KB267244

Miyabe World
미야베 미유키 단편집
인질 카논
人質
カノン
POLUVA
미야베 미유키 지음
최고은 옮김
북스피어

옮긴이 **최고은**

대학에서 일본사와 정치를 전공하였다. 현재 대학원에서 일본 대중문화에 관심을 가지고 공부하고 있으며 전문번역가로도 활동중이다. 본격 미스터리 팬으로, 앞으로도 아직 국내에 소개되지 않은 좋은 작품들을 소개하려 한다. 옮긴 책으로 『인사이트 밀』, 『46번째 밀실』, 『인형, 탐정이 되다』, 『잘린 머리에게 물어봐』 등이 있다.

HITOJICHI KANON
by MIYABE Miyuki
Copyright © 1996 MIYABE Miyuki
All right reserved.

Originally published in Japan by Bungei Shunju Ltd., Japan.
Korean translation rights arranged with OSAWA OFFICE, Japan
through THE SAKAI AGENCY and SHINWON AGENCY CO.

이 책의 한국어판 저작권은 THE SAKAI AGENCY와 신원 에이전시를 통해
MIYABE Miyuki와의 독점계약으로 도서출판 북스피어에 있습니다.
저작권법에 의해 한국 내에서 보호를 받는 저작물이므로 무단전재와 무단복제를 금합니다.

* 이 도서의 국립중앙도서관 출판시도서목록(CIP)은 e-CIP 홈페이지(http://www.nl.go.kr/cip.php)에서 이용하실 수 있습니다.(제어번호: CIP2010000514)

* 표지 그림은 저작권자를 수소문하였으나 찾지 못하였습니다. 저작권자를 찾으면 저작권료를 지불하겠습니다.

人　質

カノン

이질 키논

미야베 미유키 단편집

차　　　　　　　　례

인 질
카 논
人
質
カノン
1

1

만 엔짜리 지폐와 오천 엔짜리 지폐의 무게는 얼마나 될까. 일 그램—아니, 그만큼도 나가지 않을 것이다. 오백 밀리그램? 그렇게나 얇으니 더 가벼울까. 역 계단을 내려가며 하염없이 그런 생각을 하고 있었다. 오늘 밤에 쓴 돈은 모두 합해 몇 그램이나 될까?

취한 탓인지 머리가 제대로 돌아가지 않았다. 계단을 다 내려갔을 무렵, 세찬 바람에 나부끼던 나뭇가지를 잘못 밟는 바람에 벽에 등을 부딪혔다.

'도야마 이쓰코 씨, 오늘 완전히 뻗으셨네요…….'

이쓰코는 혼자서 그렇게 중얼거리며, 헤헤헤 웃음을 티뜨렸다. 그러고는 영차, 몸을 일으켜 집 쪽으로 걸음을 옮겼다. 역에서 십오 분이면 걸어갈 수 있는 집이 오늘은 유난히 더 멀게 느껴졌다.

예년부터 총무과 여직원들끼리는 으레 조금 이른 시기에 송년회를 했다. 올해에는 가와다 사토미와 입사 일 년차 여직원 둘이서 간사를 맡아 모든 준비를 해 준 덕에 겨우 오늘 파티를 열 수 있었다.

하지만 비싼 회비에 비해 그다지 재미는 없었다. 모두 비슷한 느낌을 받은 모양이다. 서로의 얼굴에 그런 기색이 아이라인보다 더 또렷하게 나타나 있었기 때문이다. 그래서 이쓰코도 과하게 마시고 말았다.

역에서 이쓰코가 사는 집에 도착하려면 네 개의 모퉁이를 돌아야 한다. 첫 번째는 오후 아홉시에 문을 닫는 도시락 가게 모퉁이고, 두 번째는 밤늦게까지 셔터 너머에서 자주 소리가 들리는 자동차 정비소 모퉁이다. 하지만 정비소 역시 바깥 간판은 일찌감치 불을 꺼 놓기 때문에 골목도 인적이 드물었고 주변에 불빛이라고는 가로등밖에 없다.

밤길을 걷는 건 그다지 무섭지 않다. 지금까지도 위험한 일을 경험한 적은 없었다. 이 동네에는 오래전부터 살고 있는 토박이들이 많고, 이쓰코 같은 연립 주택이나 맨션 거주자들의 비율이 낮기 때문일 것이다. 외부인이 드나들기 힘든 동네인 만큼 치안도 좋다.

그런 반면 이 동네에는 노인 인구가 많았다. 토박이들이 많으니 당연한 현상이다.

이쓰코는 그 때문에 겪었던 재미있는 사건을 떠올렸다. 벌써 두 달 전 일이다. 오늘처럼 막차를 타고 돌아와 이 부근을 지나려는데, 하얀 앞치마를 두른 자그마한 아주머니가 숨을 헐떡이며 달려와 근처에서 할아버지를 보지 못했느냐고 물었다.

"우리 아버님인데 정신이 온전치 않으시거든요. 밤낮을 가리지 않고 금세 밖으로 나가 버리신다니까."

아주머니는 무척이나 난처해 보였지만, 그런 할아버지는 보지 못했기 때문에 사실대로 대답했다. 아주머니는 감사 인사를 한 뒤 역 쪽으로 달려갔다.

그로부터 며칠 뒤, 슈퍼에 장을 보러 갔던 이쓰코는 우연히 그 아주머니를 목격했다. 그녀는 허리가 구부정한 작은 할아버지의 손을 잡고 과자 코너에서 초콜릿을 사고 있었다. 할아버지는 한 손에 빨간 나팔을 들고 때때로 그 나팔을 삐삐 불었다. 흡사 어린아이로 돌아간 듯한 모습이었다.

'치매 노인을 돌보는 것도 정말 보통 일이 아니야……'

고향에 계신 부모님을 머릿속으로 떠올리며 이쓰코는 잠시 울적한 기분에 빠졌다.

세 번째 모퉁이를 돌면 작은 상점가가 보인다. 새벽 한시 무렵이라 대부분의 가게가 문을 닫은 상태였지만, 이곳에는 가로등 외에도 담배나 음료수를 파는 자동판매기 불빛이 흘러나오고 있었다. 그리고 이쓰코의 앞길을 환하게 비추는 또 하나의 불빛이 있다. 이십사 시간 영업하는 편의점이다. 정적에 휩싸인 어두운 거리에서 간판이 밝게 빛난다. 통유리로 둘러싸인 가게 안쪽에서 움직이는 사람들을 확인할 수 있었다. 노란 유니폼을 입은 직원의 뒷모습과 손님 두세 명이 보인다.

'Q&A'란 장난 같은 이름의 이 체인점은 업계에서도 약소 업체인지 다른 지역에서는 본 기억이 없다.

이쓰코가 사는 동네에 자리 잡은 이 편의점도 꽤나 고전하는 모양이다. 손님이 있긴 하지만 저쪽에 있는 '세븐일레븐'이나 이쪽에 있는 '미니스톱' 등과 비교하면 역시 썰렁한 느낌을 감출 수 없다.

그래도 'Q&A'의 불빛이 가까워지자 잠깐 들르고 싶어졌다. 오늘 밤뿐만 아니라 술자리나 미팅이 끝나고 집으로 돌아오는 길에는 반드시 'Q&A'에 들렀다. 여럿이서 시끌벅적하게 떠들고 난 후에 귀가하면 항상 배가 고프기 마련인데다, 아무리 만족스럽지 못한 편의점이라고는 해도 집으로 돌아가는 길목에 있다는 지리적 이점 덕분이다. 이런 점에 끌려 이쓰코는 항상 발길을 옮기곤 했다.

요란한 소리와 함께 자동문이 열린다.

"어서 오세요."

계산대를 보던 직원이 재빨리·인사했다. 아르바이트 학생이겠지. 어려 보이는 직원인데, 처음 보는 얼굴이다. 여기서 일하기 시작한 지 아직 이 주도 되지 않은 모양이다.

직원은 열심히 전표를 정리하고 있었다. 이쓰코는 물건을 고르기 시작했다. 따뜻한 실내 온기에 굽어 있던 손가락과 뺨이 풀어졌다. 안에 놓인 장바구니는 직원의 유니폼과 마찬가지로 샛노란 색깔이다. 이쓰코는 바구니를 들고 가방을 어깨 위로 올리며 걸음을 옮겼다. 입구 오른쪽에는 잡지 코너가 있고, 왼쪽에는 샴푸나 세제 등 일용품이 늘어서 있다. 화장지가 거의 바닥을 드러낸 것을 떠올리고 이쓰코는 진열대 위에 있는 네 개들이 화장지를 집었다. 슈퍼에 가면 화장지나 세제 등은 항상 싸게 파는 것들만 사면서도, 어째서인지 여유분이 없을 때 편의점에 들르면 아무 생각 없이 바구니에 집어넣고는 하니, 스스로도 이해가 가지 않는 일이다.

안쪽에 있는 냉동식품 코너로 걸음을 옮기자, 반대편 모퉁이에 짙은 회색 양복을 입고 팔에 코트를 걸친 남자의 모습이 보였다. 남자는 당장 집이라도 한 채 구입하려는 듯 진지한 얼굴로 과자 코너를 노려보고 있었다. 통통한 체형에 반백의 머리. 이쓰코가 일하는 회사에도 이런 생김새의 중간 관리직 사원이 수없이 많다. 얼굴은 새빨갛고, 졸린 듯 눈을 껌뻑거리고 있다. 거나하게 취해 귀가하는 길이리라.

고작 포테이토칩을 고르는 데 저렇게 진지해질 필요가 있을까.

분명 취객 특유의 끈질긴 성질을 발휘해 머릿속에서 '와사비 비프 맛'이나 '홋카이도 버터 맛' 과자에게 시비라도 걸고 있겠지.

통로는 좁았다. 무심코 소매라도 스쳤다가 저기서 진을 치고 있는 벌건 눈의 아저씨가 돌아보기라도 한다면 일이 성가셔진다. 아저씨가 등을 돌리고 있는 냉장 진열장 안에 이쓰코가 사려던 우유가 들어 있긴 하지만 지금은 타이밍이 좋지 않다. 이쓰코는 신중하게 몸을 틀어 술 취한 아저씨와 눈이 마주치지 않도록 조심조심 바로 옆 통로로 꺾어 계산대 쪽으로 돌아왔다.

그 순간, 자동문이 열리며 귀에 거슬리는 소리가 들렸다. 이쓰코는 고개를 들었다. 직원이 "어서 오세요" 하고 인사를 건넸다.

문 앞에는 키가 이쓰코의 어깨 정도 되는 소년이 서 있었다. 중학교 1학년, 많아 봤자 2학년 정도로 보이는 아이였다. 호리호리한 체형의 소년은 커다란 검은 테 안경을 끼고 있다. 소년은 다른 손님들에게 눈길 한번 주지 않은 채 잡지 코너를 힐끗 본 뒤, 곧장 계산대 오른쪽으로 걸음을 옮겼다. 샌드위치와 도시락이 진열되어 있는 코너다.

이쓰코는 미소 지었다.

이 아이와는 자주 마주친다. 오늘로 벌써 대여섯 번은 될 것이다. 물론 이름조차 알지 못하지만, 낯익은 얼굴이다. 편의점에서는 이런 일이 종종 생긴다. 이 소년 말고도 자주 보는 단골손님이 몇몇 더 있다.

안경 소년은 아무래도 늦게까지 공부하는 중학생들 가운데서도 '엄마가 야식을 만들어 주지 않아서 직접 사러 오는 아이'의 범주에 포함되는 모양이다.

안경 소년은 진열된 샌드위치를 확인하고 있었다. 이쓰코는 다시 계산대 앞을 지나쳐 푸딩과 젤리가 놓인 냉장 진열장 앞에서 걸음을 멈췄다. 진열장은 거의 비어 있었다. 굳어 버린 생크림처럼 보이는 '프린세스 아라모드'란 제품 두 개가 남아 있을 뿐이다.

이쓰코가 빈 진열장을 보고 한숨을 쉬는 사이, 안경 소년은 샌드위치를 골라 뚜벅뚜벅 안쪽으로 걸어갔다. 눈 벌건 아저씨가 과자와 눈싸움을 벌이고 있는 그 부근이다. 이쓰코도 우유를 가지러 그쪽으로 가고 싶었지만 아저씨 옆으로 다가가고 싶지는 않았다. 그녀는 결과를 궁금해하며, 우연이긴 하지만 모르모트가 된 안경 소년의 움직임을 살폈다. 그는 우유가 놓인 냉장 진열장으로 다가가 문을 열려 했다. 아저씨는 바로 앞에 계속 버티고 서 있었다. 안경 소년이 연 문이 아저씨의 등에 부딪힐 것 같았다.

"저기, 실례합니다."

안경 소년은 아저씨에게 말을 걸었다. 말도 없이 문을 열지 않는 걸 보니 가정교육을 제대로 받은 것 같았지만, 상대를 잘못 골랐다.

아저씨는 소년 쪽을 돌아보지도 않았다. 아까의 자세 그대로 시선조차 돌리지 않은 채 물건처럼 옆으로 이동했을 뿐이다. 목적을 달성한 안경 소년은 작은 우유를 꺼내 들었다.

이쓰코는 망설였다. 서둘러 가면 안경 소년이 문을 닫기 전에 우유를 꺼낼 수가 있다. 하지만 지금 목격한 아저씨의 반응은 역시 지나친 음주로 제정신을 잃은 사람의 모습이었다.

'안 돼. 저 아저씨, 제대로 취했어.'

이쓰코는 그렇게 판단했다. 안경 소년에게 시비를 걸지 않은 것은 다행이지만, 저 아저씨는 언제 폭발할지 모르는 존재다. 역시 우유는 포기하자.

그렇게 결심한 이쓰코가 발길을 돌린 순간이었다. 출입구의 자동문이 다시 요란한 소리를 내며 열렸다. 0.5초 정도 후에 계산대에서 "으악!" 하는 비명이 터져 나왔다.

뒤를 돌아 본 이쓰코의 눈에 직원의 샛노란 유니폼이 들어왔다. 그리고 출입구에 버티고 선 새카만 실루엣도.

얼굴 전체를 가리는 헬멧을 쓰고 검은 가죽 재킷을 입은 한 남자가—분명 남자이리라—직원을 향해 오른손을 내밀고 있었다. 그것만이라면 무서울 까닭이 없다. 문제는 오른손에 권총 같은 물건이 쥐어져 있다는 사실이었다.

2

'얼굴 전체를 가리는 헬멧을 쓴 채 가게 안으로 들어오시는 일은 삼가 주십시오.'

자동문 옆에는 분명히 그런 안내문이 붙어 있었다. 손으로 쓴 안내문이 아니라, 플라스틱 판에 인쇄되어 있다. 이 동네의 모든 편의점 출입구에 비슷한 내용의 안내문이 붙어 있다. 물론 방범상의 이유에서다.

일 초 남짓한 순간, 그 문구가 몇 번이고 이쓰코의 머릿속을 스쳐 지나갔다. 바보같이 그 생각만 했다. 자동문 앞에 버티고 선 시커먼 남자는 탁한 목소리로 "움직이지 마" 하고 말했다.

아무도 움직이지 않았다. 적어도 직원과 이쓰코는. 아직 뭐라고 하지도 않았는데, 직원은 양손을 어깨 위로 올렸다. 이쓰코는 장바구니를 든 채 그 자리에 서 있었다.

강도의 손에 들린 번들거리는 회색 권총은 마치 크롬을 입힌 장난감 총처럼 보였다. 총신이 무척 짧은 뭉툭한 모델이다. 진짜인지 아닌지는 알 수 없었지만 이쓰코는 구별하는 방법을 알지 못했다. 눈에 보이는 것은 얇은 회색 장갑을 낀 강도의 집게손가락이 똑똑히 방아쇠에 걸쳐 있는 모습뿐이다.

아저씨와 안경 소년—이쓰코는 그들을 떠올렸다. 그들은 안쪽 냉장고 앞에 있었다. 냉장고 옆에는 가게 안쪽으로 통하는 문이 있다. 그곳으로 직원이 드나드는 모습을 몇 번인가 봤던 기억이 난다. 그들이 재빨리 움직이면 그곳으로 도망칠 수 있을 것이다.

강도 역시 그 사실을 알고 있었다. 그는 총으로 직원을 겨눈 채, 재빨리 고개를 움직여 가게 천장에 설치된 방범용 거울을 보는 것 같았다. 얼굴이 전혀 보이지 않았기 때문에 그렇게 추측하는 수밖에 없었다.

덩달아 이쓰코도 거울을 쳐다봤다. 볼록 거울 위로 안경 소년과 주정뱅이 아저씨의 모습이 납작하게 비친다.

"야!"

강도는 거울에서 눈을 떼더니 가게 안쪽을 향해 큰 소리로 외쳤다.

"거기 너희, 이리 나와! 빨리 나오지 않으면 쏜다!"

얼굴 전체를 가린 헬멧 때문에 목소리는 알아듣기 힘들 정도로 탁했지만, 그가 쏘겠다고 한 대상이 안쪽에 있는 두 사람이 아니라 직원의 머리라는 사실은 알 수 있었다. 이쓰코는 그들을 뚫어지게 바라보았지만, 거울 속 두 사람—이라기보다 제정신인 안경 소년은 뭐가 뭔지 모르겠다는 표정으로 가만히 서 있을 뿐이었다. 누가? 어디서 어떻게 날 쏘겠다는 거지?

'도망쳐, 어서 도망쳐.'

이쓰코는 마음속으로 안경 소년에게 외쳤다.

'넌 문 바로 옆에 있으니까 그냥 뛰어나가기만 하면 돼!'

그리고 110일본의 경찰 신고 번호에 신고해! 큰 소리로 외치고 싶었다. 하지만.

"손님, 시키는 대로 하세요. 제 머리에 총을 겨누고 있다고요."

두 손을 올린 직원이 떨리는 목소리로 입을 열었다.

이쓰코는 속으로 눈을 부라렸다. 이 세상 어디에 제 손으로 자기 살 길을 막는 바보가 있단 말이냐. 주정뱅이는 제쳐 두고서라도, 쓸데없는 소리를 하지 않았다면 저 아이는 도망칠 수 있었는데. 그러면 우리 역시—.

"손님! 제발요."

직원은 다시 한번 애원했다.

천장 거울에 비친 안경 소년이 움직였다. 이쪽을 향해 다가온 소년은 금세 이쓰코의 바로 뒤에 다다랐다. 돌아볼 수 없었기 때문에 얼굴은 보이지 않았지만, 등 뒤에서 숨을 삼키는 소년의 기척을 느낄 수 있었다.

"이제 알았냐."

강도는 그렇게 위협했다. 헬멧 때문에 목소리가 탁해져서 잘 들리지 않았다.

안경 소년은 강도보다도 그가 관자놀이 근처에 들이댄 권총 때문에 몸을 웅크린 채 떨고 있는 직원의 모습에 더 충격을 받은 듯했다. 이 상황에서도 직원을 향해 괜찮으냐고 묻는 걸 보면 알 수 있다. 직원은 대답하지 않았다. 뭐, 그도 그럴 테지만.

"안에 또 한 사람 있잖아."

강도가 말했다.

그래, 천장 거울 속에는 아직도 포테이토칩과 눈싸움중인 아저씨가 있다. 이쓰코는 힘껏 숨을 들이마신 뒤 강도를 향해 말했다.

"저 사람, 취했어요. 움직이지 않을 거예요. 지금 상황이 어떻게 돌아가는지도 모를걸요."

강도가 어떤 표정을 지었는지는 알 수 없다. 그 대신 직원이 눈을 질끈 감았다. 이쓰코의 저항에 화가 난 강도가 자신을 쏠 거라고 생각한 모양이다.

"야, 데리고 와."

강도가 안경 소년을 향해 고개를—정확히는 헬멧을—까닥했다. 소년은 곧바로 움직이지는 않았다. 슬쩍 살펴보니 손에 든 샌드위치와 우유를 옆 진열장에 올려놓고 있었다.

그러고 나서 소년은 안쪽으로 향했다. "아저씨" 하고 부르는 소리가 들렸다.

"계산대 쪽으로 오세요. 강도가 들어왔어요."

술 취한 아저씨가 처음으로 입을 열었다.

"뭐야?"

"강도가 들었다고요. 다른 사람들이 위험해요."

소년의 목소리도 다소 떨리고 있었다.

이쓰코는 천장의 거울로 상황을 살폈다. 아저씨는 소년을 뚫어지게 바라보더니 그를 밀쳐내고 이쪽으로 향했다. 금세 바로 옆에서 코를 찌르는 술 냄새가 풍겼다. 회색 양복의 남자가 이쓰코 옆을 지나쳐 계산대 앞에 모습을 나타냈다.

"강도?"

아저씨가 말했다.

"제발 시키는 대로 하세요. 안 그러면 제가 죽어요."

직원은 울먹이며 말했다.

이쓰코 옆에서 아저씨의 벌건 눈이 움직였다. 권총을 보고 있다.

"이게 진짜인지 가짜인지 어떻게 알아?"

그렇게 말하자마자 아저씨는 성큼성큼 강도를 향해 다가갔다. 이쓰코는 심장이 몸속 제일 깊은 곳을 향해 달음박질치는 듯한 기분이 들었다. 뒤에는 혈관 다발을 매달고, 최대 속도로 말이다. 온몸에서 핏기가 가시는 것 같았다.

강도는 재빨리 반응했다. 권총을 든 손이 움직였다. 직원의 머리를 겨누고 있던 손이다. 이쓰코는 강도가 아저씨를 쏠 거라고 생각했다. 하지만 권총은 천장, 거울을 겨눴다. 빛나는 회색 권총이 둥그런 거울 위를 향해 움직였다. 다음 순간, 요란한 소리와 함께 거울은 산산조각이 났다. 이쓰코의 눈에는 마치 거울 속에 있는 또 한 자루의 권총이 안쪽에서 거울을 쏜 것처럼 보였다.

떨어지는 파편을 피하기 위해 이쓰코는 손으로 얼굴을 가리고 고개를 숙였다. 곧이어 또 한 발을 쏘리라 짐작했지만, 총성은 그것으로 끝이었다.

이쓰코가 고개를 들고 주변을 살피니, 강도는 조금 전과 거의 똑같은 자세로 직원의 머리를 겨누고 있었다. 달라진 점이라면, 직원의 얼굴이 백지장처럼 하얗게 질렸고 조금 전보다 두 손을 더욱 높이 올리고 있다는 것뿐이다.

"이제 알았냐?"

강도는 그렇게 말했다. 강도 바로 옆까지 다가갔던 아저씨도 조심조심 뒷걸음치기 시작했다. 이쓰코는 살며시 옆으로 이동해 그의 팔꿈치를 잡아당겼다. 상대의 안전을 생각해서 한 행동인지, 아니면 단순히 다른 누군가에게 매달리고 싶다는 일념에서 비롯된 행동인지는 알 수 없었다.

"너희 모두 꼼짝도 하지 마."

강도는 이쓰코를 포함한 세 명의 손님을 향해 말했다. 그러고는 직원의 얼굴을 보며 명령했다.

"문 잠가."

권총은 여전히 직원의 머리를 겨누고 있었다. 직원은 뻣뻣한 동작으로 계산대 밑에서 열쇠 다발을 꺼내 또다시 뻣뻣한 걸음으로 계산대에서 나가 자동문 쪽으로 향했다.

그동안에도 총은 빈틈없이 그의 머리를 노리고 있었다.

"조금이라도 이상한 짓 하면, 이 자식 머리가 날아갈 줄 알아."

강도가 굳이 말하지 않아도 세 사람 역시 그 사실을 알고 있었다. 모두 꿈쩍도 하지 못했다. 직원처럼 두 손을 올리는 것조차 불가능했다. 총으로 위협받는 것도 무서웠지만, 위협받는 사람의 목숨이 자신의 몸짓 하나에 달려 있다는 사실이 갑절은 더 무서웠다. 무언가를 던져 주의를 끈다든지, 가만히 뒷걸음쳐 안쪽 문으로 도망치는 것은 상상도 할 수 없었다.

직원은 자동문을 잠갔다. 강도는 혹시 밖에서 보고 있는 사람이 있더라도 권총이 보이지 않도록 그의 등 뒤에 바싹 붙어 팔꿈치를 구부린 채 손을 내리고 있었다.

제발 다른 누군가가 와 주었으면. 이쓰코는 그런 생각을 했다. 지금 이 순간에 새로운 손님이.

하지만 만일 실제로 새로운 누군가가 등장한다 해도 반드시 이 사태가 호전되리라고 장담할 수는 없다. 그 사람이 총에 맞을 수도 있고, 직원이 총에 맞을 수도 있다. 어쩌면 이쓰코를 포함한 전원이 총에 맞을 수도 있다. 혹은 강도가 사람들을 인질로 삼아 이곳에서 농성전을 벌일 가능성도 있다.

그렇다면 차라리 지금 이 상황이 유지되는 편이 나을지도 모른다.

문을 잠그는 직원의 모습이 보인다. 열쇠 구멍은 문 위에 하나, 밑에 하나, 가운데에 하나가 달려 있었다. 연중무휴 이십사 시간 영업이라고 광고하면서도, 이 편의점 문에는 열쇠 구멍이 세 군데나 있다. 어떤 경우에 대비해 만든 것일까?

비스듬하긴 하지만 강도가 세 사람에게 등을 보인 것은 이번이 처음이었다. 이쓰코는 강도가 입은 가죽 재킷 소매가 다 닳아 있다는 사실을 알아챘다.

또 하나 눈에 띄는 것이 있었다. 강도가 입은 바지다. 카키색 면바지였는데, 이 바지도 상당히 해졌다. 그것뿐이라면 그냥 넘어갈 수도 있겠지만, 왼쪽 엉덩이 주머니가 무척 보기 싫게 튀어나와 있었다. 무언가를 쑤셔 넣은 모양이다.

직원이 문을 잠그자 강도는 다시 입을 열었다.

"열쇠를 이쪽으로 넘겨."

직원은 앞을 향한 채 고개도 돌리지 않고 뒤로 손을 돌려 열쇠를 넘겼다. 왼손으로 열쇠를 받아든 강도는 그대로 엉덩이 주머니에 넣으려 했다. 하지만 그 안에는 이미 부피가 큰 무언가가 들어 있었다. 열쇠도, 그것을 쑤셔 넣으려는 강도의 손도 주머니 안으로 들어가지 않는다. 손에 낀 장갑도 한몫 거드는 듯했다.

총을 겨누고 있는 오른손을 움직일 수는 없었기 때문에 이것은 강도에게 있어 무척 짜증이 나는 상황이었으리라. 이쓰코는 숨을 죽이고 그 모습을 지켜봤다. 강도는 열쇠를 쥔 왼손 끝으로 주머니 안에 든 물건을 꺼내 바닥에 버렸다. 그러고는 열쇠를 넣었다.

바닥에 떨어진 물건은 데굴데굴 소리를 내며 굴러갔다.

이쓰코는 눈을 부릅떴다. 바로 뒤에서 안경 소년이 움직이는 기척이 느껴졌다. 아저씨가 눈을 껌뻑거렸다.

강도의 바지 주머니 속에서 튀어나와 바닥에 떨어진 물건은 바로 딸랑이였다. 아기들이 가지고 노는 바로 그 딸랑이 장난감이다.

세로 십 센티미터 정도의 크기였다. 딸랑이치고는 작은 사이즈다. 원통 모양에 삼 센티미터쯤 되는 손잡이가 달려 있다. 아마 갓난아기용이리라. 전체적으로 연한 노란색이었다.

이 강도는 왜 하필 이런 물건을 가지고 있었을까.

'이봐요, 딸랑이가 떨어졌어요.'

그렇게 말할 수 있을 리 없다. 게다가 모르고 떨어뜨린 게 아니라 자신이 떨어뜨린 것이다. 일부러 알려 줄 필요는 없다.

이쓰코는 하마터면 웃음을 터뜨릴 뻔했다. 참을 수 있었던 것은 때마침 살짝 다리를 움직였다 바닥 위에 떨어진 거울 파편을 밟는 바람에 소리가 났기 때문이다.

아무리 이상한 물건을 가지고 있다 해도 강도가 든 권총만큼은 진짜다. 그 사실을 잊어선 안 된다.

열쇠를 넣은 강도는 다시 빈손으로 직원의 멱살을 잡았다.

"뒤로 물러나."

바깥에서 보이지 않게 하기 위해서겠지.

그러고는 총을 든 손으로 직원의 머리를 겨누며 세 사람을 향해 명령했다.

"너희 모두 계산대 안으로 들어가. 들어가면 바닥에 엎드려 머리 위로 깍지를 끼고. 서둘러."

세 사람을 재촉하는 대신, 강도는 권총으로 직원의 머리를 건드렸다. 그것만으로도 충분했다.

"허튼짓할 생각은 하지도 마."

"장바구니를 바닥에 내려놔도 될까요?"

이쓰코가 물었다.

"발밑에 내려놔."

이쓰코는 시키는 대로 했다. 안경 소년은 아까 물건을 내려놓았기 때문에 빈손이었고, 아저씨는 처음부터 아무것도 들고 있지 않았다. 이쓰코는 그들의 얼굴을 바라본 뒤 앞장서 걸음을 내딛었다.

발밑에서 깨진 거울 조각 밟는 소리가 났다. 오늘 단화를 신어서 다행이야. 이쓰코는 불현듯 그런 생각을 했다. 아끼는 구두를 신지 않기를 잘했어. 그걸 신고 이런 데를 걸었다가는 구두 뒤축이 다 벗겨졌을 테니까.

무서운데도, 다리가 부들부들 떨리고 있는데도, 왜 그런 생각이 드는 걸까.

안경 소년이 이쓰코의 뒤를 따랐다. 아저씨의 얼굴은 아직도 벌겋게 달아올라 있다. 걸음도 휘청거린다. 아무리 충격적인 상황에 처했어도 그렇게 쉽게 술에서 깰 리는 없을 것이다.

강도는 바닥에 엎드리려는 세 사람을 제지했다.

"그 전에 신발을 벗어서 계산대 위에 올려놔. 빨리."

이쓰코의 단화, 소년의 운동화, 전체적으로 해졌지만 끈만은 새 것인 아저씨의 가죽 구두가 계산대 위에 나란히 늘어섰다. 강도는 직원을 건드렸다.

"저 신발을 들어. 전부."

직원은 시키는 대로 신발 세 켤레를 양손으로 껴안았다. 도중에 안경 소년의 운동화가 떨어질 뻔했지만 황급히 몸을 움직여 자세를 바로잡았다.

이쓰코는 천천히 바닥에 엎드렸다. 리놀륨 바닥에는 검은 얼룩이 군데군데 묻고 신발 자국이 가득 찍혀 있었지만 더럽다고 불평할 때가 아니었다.

안경 소년은 무슨 생각에서인지 천장을 보고 드러누우려 했다.

"얘, 엎드리라고 하잖아."

이쓰코가 넌지시 말을 걸자 소년은 눈을 깜빡거리더니 엎드렸다. 튀어나온 배가 거치적거리는지 아저씨는 바닥에 엎드리기 괴로운 듯 끙끙댔다.

"됐어, 안쪽 사무실로 안내해."

머리 위로 얌전히 손을 올리는 세 사람을 보고, 강도는 직원을 향해 그렇게 명령했다. 거울 조각을 밟는 소리를 듣고, 이쓰코는 그들이 중앙 통로 쪽으로 이동하기 시작했음을 알아챘다.

머리 위에서 소리가 들렸다.

"잘 들어, 너희가 허튼짓을 벌인 순간, 이 녀석 머리는 날아가는 줄 알아. 이 녀석이 죽으면 너희 모두 연대 책임이야."

이쓰코는 눈을 질끈 감고 강도가 안쪽으로 사라지기를 기다렸다. 바보 같은 강도 아저씨. 우리는 계산대 안쪽에 있다고요. 여기에는 전화가 있거든요?

그때 강도가 말했다.

"전화는 내가 끊었어."

곧이어 무언가를 잡아당기는 소리가 났다. 전화선을 빼 버린 것이다.

유리 파편 밟는 소리가 멀어져 갔다. 그러더니 신발이 바닥을 밟는 소리로 바뀌었다. 가게 안쪽 문이 열리는 소리가 들린다.

그 순간, 가게 안의 모든 조명이 꺼졌다. 안쪽 사무실에서 조작한 것이리라. 동시에 줄곧 가게 안을 흐르던 음악도 사라졌다. 지금까지 음악 같은 건 귀에 들어오지 않았는데도 꺼지자마자 바로 알아챈 걸 보면 참 신기하다. 유선 방송에서는 최근 유행하는 히트곡이 흘러나오고 있었다. 꺼지기 직전까지 젊은 남자 목소리는 '사랑해'라고 노래하고 있었다. 노래는 몇 번째 반복되는지 모를 '사랑' 부분에서 뚝 끊겼다.

가게 안이 정적에 휩싸였다. 침묵과 정적은 편의점과는 거리가 먼 감각들이다. 그래서 이 정적은 더더욱 불안하게 다가왔다. 가게가 무언가 다른 것으로 바뀐 듯한 느낌이 들었다. 불도 꺼졌고, 직원도 없고, 음악도 나오지 않는 이십사 시간 편의점. 그런 것이 존재해서는 안 된다. 그런 좀비 같은 것은.

"누구 알아챈 사람 없을까요?"

안경 소년은 바닥에 턱을 댄 채 작은 소리로 말했다. 숨을 죽이고 있어서인지도 모르지만 생각보다 낮고 어른스러운 목소리였다.

"어려울 것 같은데. 이 부근은 밤에는 인적이 드물거든."

이쓰코는 그렇게 속삭였다.

"간판도 꺼졌을까요?"

"아마 그렇겠지."

"꺼진 걸 보고 누군가 이상하게 생각하지 않을까요?"

"사람이 지나가지 않으면 모두 소용없어."

조금이지만 계산대 안쪽에도 거울 파편이 떨어져 있었다. 이쓰코는 파편이 뺨에 닿지 않도록 후 불어 날려 보냈다.

"묶여 있는 것도 아닌데 움직이지 못하다니 이상하네."

안경 소년은 그렇게 말했다. 의외로 침착한 목소리다.

고개를 들자 바닥에 얼굴을 댄 채 눈을 감고 있는 아저씨의 모습이 보였다. 기절한 것은 아닐 테니 이것도 강심장이라면 강심장이라 할 수 있겠다. 주정뱅이에게 무서울 건 없다는 건가.

이쓰코도 다소 냉정을 되찾았다. 무엇보다 눈앞에서 총이 사라졌으니 당연한 결과다. 설령 편의점 직원이 여전히 생명의 위협을 받고 있다 할지라도, 눈앞에 보이는 것과 보이지 않는 것에는 큰 차이가 있다.

하지만 이대로는 무슨 행동을 하고 싶어도 시도조차 할 수 없었다. 발이 묶여 있기 때문이다.

"저 범인, 아주 머리가 좋네. 전화도 끊어 놓고, 문을 잠그고 열쇠도 가져갔지, 거울을 쏘아서 바닥을 저렇게 만들어 놓고 우리 신발까지 벗겼잖아."

이쓰코는 안경 소년을 향해 속삭였다.

놀랍게도 안경 소년은 코웃음을 치며 말했다.

"신발을 벗긴 건 〈다이하드〉를 흉내 낸 거예요."

"그런 장면이 있었어?"

"있어요. 누나, 영화 안 봤어요?"

본 적 없다. 본 적은 없지만, 범인이 따라할 정도라니 상당히 중요한 장면이었을 것이다.

"그보다 조금 전 그게 뭐였을까요? 범인이 주머니에서 떨어뜨린 물건 말이에요."

콧김으로 거울 파편을 밀어내며 안경 소년이 말했다.

"아기 장난감이야. 딸랑이."

"왜 그런 걸 갖고 있었을까요?"

"나도 몰라. 하지만 버린 걸 보면 그렇게 중요한 물건은 아니었나 보지."

"하지만 주머니에 들어 있었잖아요. 내 눈에는 일부러 떨어뜨린 것처럼 보였어요."

소년은 고개를 들고 말했다.

그 순간, 안쪽 사무실에서 요란한 소리가 들렸다. 이쓰코는 화들짝 놀랐다. 옆에 있던 안경 소년이 팔꿈치를 바닥에 대고 일어나는 걸 보고 이쓰코는 황급히 그의 스웨터를 잡아당겼다.

"머리 내밀면 안 돼. 총 맞으면 어쩌려고 그래."

"총은 한 자루밖에 없잖아요. 나하고 직원 양쪽을 겨눌 수는 없어요."

"그래, 그럼 소리라도 내 봐. 강도가 이쪽에 신경 쓰고 있는 동안 그 사람이 도망칠 수 있을지도 모르잖아. 하지만 네가 총에 맞는다는 사실은 변함없을 거야."

안경 소년은 다시 바닥에 납작 엎드렸다.

"말 되네요."

이쓰코와 안경 소년은 잠시 동안 침묵을 지켰다. 사무실에서는 더 이상 아무 소리도 들리지 않았다. 아저씨의 요란한 숨소리만이 귀를 찔렀다.

"아저씨, 괜찮아요?"

소년은 아저씨를 향해 말을 걸었다.

아저씨는 대답하지 않았다. 눈도 꼭 감은 채다.

소년은 팔을 움직여 아저씨의 어깨를 흔들었다. 주정뱅이가 벌 건 눈을 떴다.

"녀석이 우리를 쏠 것 같아?"

그는 느닷없이 그렇게 물었다. 아직도 혀가 꼬여 있는 것 같다.

"모르죠. 하지만 냉정하게 생각해 보면 처음 총을 맞은 사람에게 는 미안하지만, 나머지 세 사람에게는 도망칠 기회가 생기겠네요."

안경 소년은 솔직하게 대답했다.

"그럼 저 직원은 내버려두고 우리만이라도 도망치자고."

아저씨의 말에 허를 찔린 이쓰코와 안경 소년은 할 말을 잃었다. 이쓰코는 겨우 입을 열어 현실적인 문제를 지적했다.

"어떻게요? 아까 자동문을 잠갔잖아요."

"유리를 깨면 되지."

"그러는 동안 범인이 쫓아와서 쏘아 죽일걸요? 그리고 만일 그 렇게 해서 우리만 도망친다고 해도 나중에 난리가 날 거예요. 그 사람이 죽으면 그건 우리 책임이니까요. 저는 기자들에게 쫓겨 다 니기 싫어요."

안경 소년은 그렇게 말했다.

직원을 버리고 도망친다. 분명히 그건 인간으로서 할 도리가 아 니다.

"내가 총에 맞으면 되지."

이쓰코는 고개를 들고 그의 얼굴을 관찰했다. 밖에서 새어든 가로등 불빛을 받아 둥그런 얼굴 윤곽이 드러났다.

"냉정하게 생각하세요."

이쓰코는 그렇게 말했다. 아저씨는 후, 하고 한숨을 쉬었다.

"냉정하게 말하는 거야. 아까부터 남은 주택 대출금하고 생명보험금을 계산하고 있었어. 내가 죽으면 우리 가족들은 편하게 살 수 있어. 내가 죽는 게 나아."

안경 소년은 아저씨의 얼굴을 들여다보았다. 콧잔등 위의 안경이 삐뚤어졌다.

"아저씨……."

"오늘 회사에서 인사 발령이 났어." 아저씨는 목소리를 낮추려고도 하지 않은 채 말했다. "좌천됐어. 그만두라는 말이나 마찬가지야. 삼십 년이나 영업을 했는데 이제 와서 창고나 지키라니."

그래서 이렇게 술을 마신 건가.

"자그마치 삼십 년이야."

그는 다시 한번 강조했다.

"하필이면 연말에. 송년회와 환송회를 한 번에 해결할 수 있으니 잘됐다고 하더라고."

"그렇다고 강도의 총에 맞아 죽겠다는 말이에요?"

안경 소년은 작은 소리로 반박했지만 아저씨는 상대도 하지 않았다.

"애들이 뭘 알아."

이쓰코는 불현듯 이런 생각을 했다. 내가 지금 여기서 총에 맞아 죽는다 해도 누가 꿈쩍이나 할까.

일은 누군가가 대신 맡아 줄 것이다. 어차피 꼭 이쓰코가 아니어도 할 수 있는 일들뿐이다. 얼마 동안은 동료들도 슬퍼할 테지만, 그것도 얼마나 갈지……. 주목받기 좋아하는 사토미는 피해자의 동료로 언론 취재를 받을 수 있어서 기뻐할지도 모르겠군.

고향에 계신 부모님은 물론 무척 슬퍼하시겠지. 하지만 그것만으로는 역시 마음이 허했다. 깊은 관계를 맺은 사람이라고는 오직 '부모님'밖에 없는 인생이라니, 그런 건 현지 옵션 없는 패키지 여행이나 마찬가지다.

"차라리 좀 더 괜찮은 곳에서 인질로 잡혔으면 좋았을 텐데. 지유가오카나 시모키타자와 같은 데 말이야. 그런 동네 편의점이나 술집에서."

저도 모르게 한숨이 나왔다.

아저씨가 웃었다. "어디서 죽든, 아가씨 자체가 바뀌는 건 아니잖아."

그 말이 가슴을 찔렀다. 안경 소년이 입을 열었다.

"그건 아저씨도 마찬가지잖아요. 창고에 있든 영업직으로 뛰든."

아저씨는 입을 다물었다.

그러고는 잠시 후에 속삭였다.

"어린애 주제에, 흥."

가게 밖에서 자동차 시동 거는 소리가 들렸다. 움직이기 시작한 자동차가 멀어져 간다. 실내는 다시 조용해졌다.

"너희 부모님, 걱정 안 하시니?"

이쓰코는 안경 소년에게 물었다.

"아빠는 자요. 일이 바빠서 항상 피곤에 찌들어 있거든요. 엄마는 오늘 밤 야근이고요."

소년은 그렇게 대답했다.

"직장에 다니시나 봐?"

"네. 간호사거든요."

"이렇게 늦게 돌아다녀도 돼?"

"집이 근처라서요. 밤에 출출하면 자주 와요."

안경 소년은 씩 웃더니 이쓰코의 얼굴을 보며 말했다.

"누나도 여기 자주 오죠?"

"맞아. 네 얼굴도 알아."

"나도요. 혼자 살아요?"

"응."

"그럴 줄 알았어요."

소년은 고개를 끄덕였다.

다소 신경 쓰이는 말투였지만, 이쓰코는 아무 말도 하지 않았다.

안경 소년은 계산대 너머를 힐끔거리며 고개를 낮췄다.

"아무 움직임도 없는데요?"

"범인은 분명 되돌아올 거야. 계산대에 있는 돈을 가지러."

"그것도 그러네요……. 아까 계산대에는 눈길도 주지 않았죠?"

소년은 잠시 생각에 잠긴 표정을 지었다.

"나중에 가져갈 속셈이겠지."

하지만 아무리 기다려도(이 경우에는 '기다린다'고 하기도 뭐하지만), 범인도 직원도 돌아오지 않았다. 이상하다는 생각이 들기 시작한 뒤, 이쓰코는 손목시계를 바라보며 딱 한 시간 동안 기다렸다. 그러고는 힘껏 몸을 일으켰다.

바닥 위에 깨진 거울 조각이 가득 떨어져 있었다. 파편을 비추고 있는 것은 바깥 가로등 불빛만은 아니었다. 사무실로 통하는 문이 활짝 열려 있고, 그 안에서 밝은 불빛이 새어 나오고 있다.

이쓰코를 따라 안경 소년이 일어났다.

"상황을 보고 오죠."

아저씨는 도통 일어날 기미가 없었기 때문에 두 사람은 그를 넘어 계산대 밖으로 나왔다.

이쓰코는 가게 오른편으로, 안경 소년은 왼편으로 돌았다. 두 사람은 사무실 문 양옆에 착 달라붙었다.

아무 소리도 들리지 않았고, 범인이 움직이는 기척도 느껴지지 않았다. 이쓰코는 목이 타들어가고 머리가 쿵쾅거리는 듯했다.

"누구 있어요?"

안경 소년이 사무실을 향해 말했다.

그 목소리에 총알이 날아오는 일은 일어나지 않았다. 끙끙대는 신음 소리와 의자를 앞뒤로 흔드는 듯한 불규칙적인 소리가 들려왔을 뿐이다.

이쓰코와 안경 소년은 동시에 사무실 안으로 뛰어들어 갔다. 형광등 불빛 아래로 입에 테이프를 붙이고 포장용 끈으로 결박당한 채 의자에 앉아 있는 직원의 모습이 보였다. 그 옆에 활짝 열린 금고 하나가 입을 떡 벌린 채 두 사람을 비웃고 있었다.

아저씨는 근처 파출소로 달려가 신고하는 역할을 기꺼이 떠맡았다. 그는 이쓰코가 부탁하기도 전에 뒷문을 통해 뛰어나갔다.

신고를 받은 경찰이 달려올 때까지 이쓰코와 안경 소년은 새파랗게 질려 부들부들 떨고 있는 직원을 가운데에 두고, 진열장에서 따뜻한 캔 커피를 꺼내 파편이 떨어지지 않은 바닥에 앉아 말없이 마셨다. 경찰차 사이렌 소리가 가까워지기 전에 이쓰코는 자동문 쪽으로 다가가 범인이 떨어뜨린 것이 정말로 딸랑이인지를 확인했다.

틀림없다. 딸랑이다. 플라스틱으로 만들어진 연한 노란색 딸랑이로, 오렌지색 오리 그림이 그려져 있었다.

"경찰이 조사할 때까지 건드리면 안 돼요."

안경 소년의 말대로 이쓰코는 손대지 않았다. 소리를 들어 보고 싶어서 손끝으로 살짝 건드리긴 했지만.

딸랑딸랑, 소리가 났다.

3

사건이 외부로 알려지자 이쓰코의 주변에는 큰 파문이 일었다. 회사 사람들은 몇 번이나 전화를 걸었고, 직접 찾아와 걱정해 주기도 했다. 하지만 생명에 지장이 없었기 때문인지, 걱정하는 한편으로 그녀의 '공포 체험담'을 듣고 싶어 했다. 그것이 성가셨던 이쓰코는 그다음 날부터 유급 휴가를 냈다. 어차피 경찰 수사 때문에 회사에 휴가를 내야 했기 때문에 상관없을 거라 생각했다.

고향에 계신 부모님은 바로 올라오시겠다고 성화였지만, 이쓰코는 부모님을 달래 그냥 계시도록 했다. 아버지는 일 년 전부터 건강이 좋지 않다. 그리고 지금은 잠시 혼자 조용히 있고 싶었다. 경우가 경우이니만큼, 부모님이 오시면 조만간 고향으로 돌아오라는 말을 들을 게 뻔했으니까.

하지만 전화로 어머니의 우는 목소리를 들었을 때에는 이쓰코도 찔끔 눈물이 났다. 현지 옵션 없는 패키지 여행도 쓸 만한 것 같다.

이쓰코가 만난 형사는 두 명이었다. 이쓰코가 은근히—그리고 약삭빠른 사토미가 '있잖아, 혹시 멋진 형사님이면 소개시켜 줘'라고 조르며 기대했던 '기대주'와는 거리가 먼, 회사 상사와 다를 바 없는 아저씨들이었다.

하지만 이 아저씨들은 모두 정중하고 다정했으며 친절하기까지 했다. 적어도 이쓰코에게는 말이다. 다른 세 사람에게는 어땠는지 모르겠다. 관계자 조사는 제각각 이루어졌고, 형사들은 잠시 동안 이쓰코를 포함한 네 명의 사건 관계자들이 서로 연락하거나 이야기를 나누는 것은 삼가 달라고 부탁했기 때문이다.

"기억에 혼란이 생길 수도 있으니까요. 아니, 오히려 그 혼란을 어설프게 수정하려 들었다간 우리가 곤란해지거든요."

이쓰코는 자신이 겪은 일과 당시의 느낌, 보고 들은 이야기를 정직하게 이야기했고, 경찰은 그것을 그대로 받아들여 조서로 꾸몄다. 반대로 형사들은 사건에 대해 자세한 내용은 거의 가르쳐 주지 않았다. 강탈당한 것이 금고 안의 현금 오백만 엔이었다는 사실도 신문을 읽고 알았을 정도다.

예상했던 대로 그 'Q&A' 편의점의 매출은 그다지 좋지 않아서, 주인은 토지와 함께 편의점을 매각하려 했다고 한다. 금고 안에 들어 있던 오백만 엔은 계약금으로 받은 돈이다. 강도는 그 사실을 알고 편의점을 노린 것이다.

'내부 사정을 잘 아는 사람의 범행인가?'라고 적힌 신문 헤드라인을 본 순간, 이쓰코의 눈동자 속에서는 겁에 질린 직원의 얼굴이 스쳐 지나갔다. 연극 같지는 않았는데…….

형사들은 한 가지를 더 당부했다. 범인이 흘리고 간 딸랑이에 대해 발설하지 말아 달라는 부탁이었다.

"범인을 찾기 위한 중요한 증거입니다. 다른 분들에게도 그렇게 부탁했고 언론에도 비밀로 했습니다."

이쓰코는 책임지고 비밀을 지키겠다고 약속했다. 대신 한 가지 부탁을 했다.

"사건이 해결되면 범인이 왜 그런 물건을 가지고 있었는지 저한테도 가르쳐 주세요."

"그야 상관없습니다만, 왜 그러시는 거죠?"

"궁금해서요. 너무 뜬금없잖아요."

이쓰코가 회사로 돌아간 것은 사건이 일어난 지 일주일 후나 되어서였다. 첫날은 종일 소란스러웠지만 오래 가지는 않았다. 냉각 기간을 두길 잘한 듯싶었다.

사상자도 없는 강도 사건이었기 때문에 신문에서 계속 기사로 다룰 리 없었다. 역시 경찰의 통보를 기다리는 수밖에 없는 건가…….

그런 생각이 들기 시작할 무렵, 사건 발생일로부터 열흘째 되던 날 아침이었다. 이쓰코는 조간신문에 사건의 중요 참고인으로 공개된 '사사키 슈이치'라는 스무 살 청년의 사진을 보고 놀랐다.

기사를 읽어 보니 사사키 슈이치는 옆 동네에 사는 자동차 수리공으로, 놀랍게도 이쓰코가 매일 지나가는 자동차 정비소에서 근무했다고 한다. 그는 평소 애용하던 오토바이를 아파트 앞에 세워 둔 채 사건 당일 밤부터 자취를 감추었는데 오토바이 헬멧만 사라졌다고 했다. 신문에서는 오토바이를 사용했다가는 눈에 띄기도 쉽고 추적당할 우려가 있기 때문에 헬멧만 이용한 뒤 범행 후에 그대로 도주했으리라 추측하고 있었다. 이쓰코는 계산대 안쪽에서 엎드려 있을 때 멀리서 들려왔던 자동차 엔진 소리를 떠올렸다.

사사키 슈이치는 우락부락한 생김새의 청년이었다. 실제 나이인 스무 살보다 더 나이가 들어 보였다. 얼굴 전체를 가리는 헬멧을 쓰고 있었기 때문에 어떤 사진을 본다 해도 그다지 와 닿을 리 없었지만, 왠지 정말 이 사람일까? 하는 생각이 들었다. 목소리를 들어 보면 알아볼 수 있을까?

잠시 망설인 끝에, 이쓰코는 경찰에 사정을 묻기보다는 직접 현장에 가 보기로 했다. 그녀는 출근할 채비를 하고 'Q&A'를 찾았다.

사건 당시의 직원은 보이지 않았다. 대신 계산대에 있던 직원이 무뚝뚝한 어조로, 오늘은 그 직원이 쉬는 날이고 그 후로 계속 나오지 않는 걸 보니 그만둔 것 같다고 했다. 서른 살 정도로 보이는 직원은 이쓰코가 인질 중 하나였다고 말하자 갑자기 친절한 태도로 돌변했다.

"구경꾼이 아니시구나. 아니, 최근에 그런 손님들이 많아서요."

"하지만 전 사건 수사에 대해선 아무것도 몰라요. 왜 사사키란 사람이 중요 참고인이 되었죠?"

직원은 가게 안을 둘러보았다. 다행히도 이쓰코 외에 손님은 없었다.

"범인이 아기 장난감, 딸랑이를 가지고 있었다고 했잖아요."

"네, 맞아요. 제가 봤거든요."

"경찰한테 그 이야기를 듣고, 우리 직원들은 바로 녀석이 범인이라는 걸 알았어요. 여기는 교대제라서 직원은 여섯 명, 아니 다섯 명인데, 모두 그 사사키란 녀석을 알고 있어요."

"손님이에요?"

"네. 옆 동네에서 오토바이와 자동차로 저 자동차 정비소에 출퇴근하는데, 일주일에 몇 번은 꼭 퇴근길에 여기 들러 물건을 사거든요. 음, 벌써 한 일 년 됐나? 그런데 최근 한 달 동안은, 여기 올 때 항상 그 오리 딸랑이를 주머니에 넣고 다녔어요."

벗기가 귀찮았는지, 사사키 슈이치는 예전부터 가끔씩 오토바이 헬멧을 착용한 채로 편의점에 들어오고는 했다고 한다. 직원들도 딱히 뭐라고 하지는 않았다. 그 때문에 직원들 사이에서 그는 오랫동안 '헬멧남'이라 불렸다. 그러다 그가 바지 주머니나 재킷 주머니에 오리 딸랑이를 넣고 다니기 시작하자 '딸랑이남', '변태'로 별명이 바뀌었다고 한다.

"변태요?"

"그렇잖아요, 다 큰 남자가 아기 장난감을 들고 다니다니. 변태라고 생각하는 게 당연하죠."

직원은 웃으며 말했다.

하지만 강도짓을 하면서도 딸랑이를 들고 다닐까? 게다가 손님이었던 사사키가 어떻게 그날, 금고 안에 오백만 엔이라는 거금이 들어 있었던 사실을 알 수 있었을까?

이쓰코가 의문을 제기하자 직원은 별안간 경계하는 말투로 투덜거렸다.

"손님, 그런 소리 마세요. 우리도 괜한 오해 때문에 힘들다고요. 자기가 일하는 편의점에서 들통 날 게 뻔한 짓을 할 녀석이 어디 있다고 그래요."

"그야 그렇지만……."

"게다가 우리는 주인이 바뀌어도 같은 조건으로 계속 일하게 되어 있거든요. 그런데 왜 일부러 그런 사건을 벌이겠어요?"

그도 그렇군. 이쓰코는 그렇게 생각하며 가게를 나오려는데 갑자기 무언가 마음에 걸렸다. 조금 전, 직원이 여기서 일하는 사람의 숫자를 잘못 말했던 것이다.

"저기요, 최근에, 요 근래에 말이에요. 여기서 일하다 그만둔 사람 없나요?"

직원은 꽃가루를 퍼뜨리는 식물을 발견한 듯 노골적으로 인상을 찌푸리며 이쓰코를 흘겨봤다.

"손님, 형사도 아니면서 그런 건 왜 물어요?"

"그런 사람이 있군요?"

"네. 지난주 말에 그만둔 사람이 하나 있어요. 그게 어쨌다고 그래요?"

별 대단한 일은 아니다. 그렇긴 하지만…….

그날 밤, 이쓰코는 왠지 무척 마음이 싱숭생숭해서 잠을 이룰 수 없었다. 의식하고 있던 것도 아닌데, 정신을 차려 보니 시간을 신경 쓰고 있었다. 사건에 휘말린 시각이 가까워 오자, 그녀는 재킷을 걸치고 밖으로 나왔다. 물론 목적지는 'Q&A'였다.

이심전심인지 편의점 안에는 안경 소년이 있었다.

"누나, 무서워서 여기 계속 못 왔죠?"

안으로 들어가 그의 어깨를 툭 치자, 소년은 그렇게 말했다.

"어? 그럼 넌?"

"난 다음 날 밤부터 왔어요."

그다지 섬세한 성격은 못 되나 보다.

"그 일이 생각나서 무섭진 않았어?"

"전혀요. 하지만 내가 여기 있는 걸 알면 부모님이 화내시겠죠."

안경 소년은 햄 샌드위치를 흔들며 대답했다.

"그야 당연하지."

대충 과자를 고른 이쓰코는 안경 소년과 나란히 사건 전과 별반 다를 바 없는 편의점을 나왔다. 사건 당시 깨진 거울은 새로운 거울로 교체되어 있었지만, 그 외에 딱히 손본 데는 없는 것 같았다.

"사사키란 사람이 범인이라고 생각해요?"

안경 소년은 하얀 숨을 내쉬며 그렇게 물었다.

"넌 어떻게 생각해?"

"누나, 꼭 형사 같네요. 질문에 질문으로 답하다니."

이쓰코는 쓴웃음을 지었다.

"난 잘 모르겠어. 헬멧 때문에 우리는 범인의 얼굴도 목소리도 모르잖아. 편의점 직원들은 틀림없이 사사키라는 사람이 범인일 거라고 하더라. 변태였다고도 했어."

"단순하긴."

안경 소년은 일축했다.

"그렇게 단순한 문제가 아니잖아요. 강도짓을 계획한 녀석은 그렇게 생각했겠지만."

이쓰코는 걸음을 멈췄다.

"무슨 소리야?"

"난 사사키란 사람이 그 딸랑이를 주운 거라고 생각해요."

"주웠다고……?"

"네. 일 때문에 밤에 이 근처를 자주 지나갔을 거 아니에요. 그때 발견하고 주운 거죠."

"그래서 버리지 않고 계속 가지고 다녔다고?"

"언젠가 주인에게 돌려주려고 했겠죠. 그것밖에 이유가 없잖아요."

"그건 좀 이상하잖아. 돌려줘야겠다고 마음먹을 정도로 아는 사람이라면, 집으로 찾아가든지 연락해서 직접 돌려주면 될 거 아냐."

이쓰코는 웃으며 말했다.

안경 소년은 고개를 저었다.

"그럴 수 없는 상대였겠죠. 나랑 누나도 그렇잖아요. 편의점에서 가끔 마주치긴 하지만, 서로 이름도 모르고 사는 곳도 모르죠. 만일 내가 누나가 떨어뜨린 물건을 주워서, 조만간 만났을 때 돌려줘야겠다고 마음먹고 들고 다녔다고 가정해 봐요. 그럼 분명 편의점에 갈 때마다 그 물건을 가지고 갔을 테고, 그러지 않았더라도 편의점에서 만났을 때 말을 걸었을걸요."

이쓰코의 눈이 휘둥그레졌다. 안경을 끼고 있으면서도 볼 건 다 보는구나.

"문제는 떨어뜨린 사람이 누구냐는 거죠."

소년은 말을 이었다. "그걸 알아낼 수 있으면 좋을 텐데."

지당하신 말씀이다.

안경 소년과 헤어진 뒤에도, 이쓰코는 이 문제로 머리를 쥐어짰다. 다음 날도, 그다음 날도 말이다. 회사에서 서류나 컴퓨터를 보고 있을 때에도 머리 한구석에서는 계속 그 생각이 맴돌고 있었다.

사건이 일어나고 이 주가 지난 어느 날, 총무부 전체의 송년회 날이 돌아왔다. 3차까지 참석한 뒤, 이쓰코는 아슬아슬하게 막차를 탔다.

집으로 돌아가는 길, 이쓰코는 사건이 일어났던 밤보다 더 거센 바람을 맞으며 걸었다. 사사키 슈이치가 근무했다는 자동차 정비소 앞을 지날 때에는—요즘 계속 그랬지만—잠시 걸음을 멈추고 셔터를 올려다보았다. 이쓰코에게 쏘겠다고 위협했던 그 남자가 여기서 열심히 자동차와 오토바이를 수리하고 정비했던 남자라고는 도저히 믿기지 않았다.

아니, 주운 딸랑이를 들고 다니며 언젠가 주인에게 돌려주려고 했던 남자라고는.

'어디까지나 그 애의 생각이 사실이라고 가정했을 때의 이야기지만.'

재채기가 나왔다. 이쓰코는 코트 앞섶을 여미고 다시 걸음을 옮겼다.

모퉁이를 돌자마자 길 반대편에서 이쪽을 향해 달려오는 하얗고 자그마한 사람 형체가 눈에 들어왔다. 밤도 늦었으니 조심해서 나쁠 건 없다. 눈을 부릅뜨고 자세히 보자 예전에 만난 적이 있는, 할아버지를 찾아 헤매던 그 아주머니였다.

"미안하지만 뭣 좀 물어볼게요."

그날 밤과 마찬가지로 아주머니는 그렇게 말을 걸었다. 이쓰코가 선수를 쳤다.

"할아버지가 또 없어지셨어요?"

아주머니는 추위로 발그레해진 뺨을 두 손으로 감쌌다.

"어머, 어떻게 알았어요?"

"예전에 만난 적이 있는데, 기억 못하세요?"

"어머, 그랬군요. 할아버지가 자주 이쪽으로 오시거든요……." 아주머니는 피곤한 듯 고개를 푹 숙였다. "내가 정말 못 살아. 날씨가 춥든 덥든 상관 않고 나가 버리시니 말이야. 문을 잠가 놔도 소용이 없다니까요. 실은 멀쩡하신 게 아닌가 싶을 정도로요."

"전 못 봤는데요. 파출소에 가 보시면 어떨까요?"

이쓰코가 말했다.

"매번 그러고 있어요."

쌀쌀한 바람 속에서 모처럼 붙잡은 이야기 상대를 놓치지 않겠다는 듯, 아주머니는 이쓰코를 향해 한 걸음 다가왔다.

"정말 못 살아……. 장난감을 잃어버리신 뒤부터 계속 기운이 없으셔서 한동안 얌전하시더니, 오늘 밤에는 또 무슨 바람이 불어서."

장난감.

그 단어가 이쓰코의 머릿속에 벼락처럼 번뜩였다. 장난감을 잃어버렸다고?

'그러고 보니…….'

슈퍼에서 만났을 때도, 아주머니의 손을 잡은 할아버지는 마치 아이 같았다. 초콜릿을 사 드리자 얼마나 기뻐하셨는지……. 그때도 손에는 장난감 나팔을 들고 계셨다.

"저기, 아주머니." 이번에는 이쓰코가 물을 차례였다. "할아버지가 애들 장난감을 좋아하세요?"

"그래요, 정말 좋아하시죠. 집에도 많고, 가지고 다니시면서 놀기도 하시고요. 사람이 나이를 먹으면 애가 된다더니."

이쓰코는 한 걸음 더 다가가며 물었다.

"저기, 할아버지가 잃어버리셨다는 장난감 말인데요. 혹시 딸랑이 아닌가요? 오리 그림이 그려진 노란색 딸랑이요."

아주머니는 눈을 동그랗게 뜨며 말했다.

"어머, 어떻게 알았어요?"

이쓰코가 아주머니와 함께 형사를 찾아간 것은 그다음 날의 일이다. 아주머니의 이름은 이마이고 이 동네에 산다고 했다. 이마이 아주머니는 반년 전에 혼자 밤 산책을 나간 할아버지를 찾으러 돌아다니다 오토바이를 탄 청년을 만났던 일을 형사에게 이야기했다.

"전혀 모르는 사람이었어요. 하지만 친절하게도 무슨 일이냐고 묻더니 같이 할아버지를 찾아 줬어요. 그 청년, 할아버지를 찾고 나서 파출소에 알려 주기까지 했죠. 그 후에는 못 봤어요. 맞다, 그때도 할아버지는 딸랑이를 들고 있었어요. 그걸 제일 좋아하시거든요. 자주 들고 나가셨죠. 그러다 잃어버리셨지요. 딸랑이를 잃어버린 건, 맞아, 한 달쯤 됐나?

네, 이름은 말하지 않았기 때문에, 이름 같은 건 전혀 몰라요. 하지만 고향에 여든이 넘으신 할아버지가 계시기 때문에 뭔가 남일 같지 않다고 했어요. 그러고 보니 말투에 살짝 사투리가 섞였던 것 같기도 하네요."

이마이 아주머니는 사사키 슈이치가 동네에서 일어난 강도 사건의 중요 참고인으로 수배되었다는 사실을 전혀 모르는 눈치였다.

"난 원래 신문 같은 건 안 보거든요. 텔레비전조차 마음 편히 본 적이 없어요. 할아버지한테서 한시도 눈을 뗄 수가 없으니까."

사건의 진범이 체포된 것은 그 후로 채 사흘도 지나지 않아서였다. 친구 집을 찾아온 범인은 잠복하고 있던 형사에게 붙잡혔다.

범인은 열아홉 살의 프리터_{정해진 직장이 없이 아르바이트로 생활하는 사람}로, 이쓰코가 어렴풋이 예상했던 대로 사건 직전에 'Q&A'를 그만둔 전 직원이었다. 얼마 지나지 않아 그의 자백대로 지치부 산속에 암매장된 사사키 슈이치의 시체가 발견되었다. 둔탁한 흉기에 머리를 맞아 살해되었다고 한다.

범인의 자동차(빚을 내 구입한 차로, 아직 한 번밖에 상환하지 않았다고 한다) 트렁크에서는 사사키 슈이치의 머리카락과 그와 같은 혈액형의 혈흔이 발견되었다. 범인이 사건 직후에 도주에 사용한 차였는데, 이쓰코가 들은 엔진 소리도 이 차의 소리였다.

'딸랑이남'이라는 것과 얼굴을 가리는 헬멧을 쓴 채로 자주 편의점 안에 들어오고는 했다는 것, 직장이 가까워서 쉽게 거주지를 파악할 수 있었던 것. 사사키 슈이치에게는 범인이 교묘한 계획을 꾸미기 위해 필요한 요소가 모두 갖추어져 있었다. 지극히 단순한 발상이었지만, 헬멧으로 얼굴을 가린 채 딸랑이를 들고 가게에 들어가면 계산대에 있는 직원들은 반드시 범인이 사사키 슈이치라고 생각할 것이라 믿었다. 일을 벌이기 전에 딸랑이를 입수하고, 사사키 슈이치를 해치워 버리면 다 차려 놓은 밥상이나 마찬가지라 생각했다. 상대는 혼자 사는 자취생이고, 귀가 시간도 늦다. 쉽다, 식은 죽 먹기다. 녀석은 변태니까 죽여도 상관없다. 누명을 뒤집어씌우기에는 안성맞춤인 상대다.

실제로 사건 당일 계산대를 보던 새로 들어온 직원은 이 계획에 걸려들었다. 그에게 이야기를 들은 다른 직원들도 금세 범인이 '딸랑이남'이라고 믿었다. 하지만 경찰은 단 일 초도 속아 넘어간 적이 없다. 사사키 슈이치를 중요 참고인으로 수배한 것은 그를 의심해서가 아니라, 속아 넘어간 척함으로써 범인을 색출하기 위해서였다. 수사의 초점은 처음부터 전 직원에게 맞춰져 있었다.

범인은 유흥비를 마련하기 위해 저지른 범행이었다고 털어놓았다. 예전부터 기회가 생기면 총을 한번 쏴 보고 싶었다는 말도 덧붙였다. 폭력 조직을 통해 입수했다는 권총은 그가 붙잡혔을 때 자동차 대시보드 안에 아무렇게나 놓여 있었다.

단 한 번 만났을 뿐인 노인을 기억하지 못했더라면, 노인이 좋아했던 딸랑이를 기억하지 못했더라면, 같은 동네 사람인 것 같으니 다시 만나면 딸랑이를 돌려줘야겠다는 생각만 하지 않았더라면. 그랬다면 사사키 슈이치라는 청년은 이런 사건에 휘말리지 않았을 것이다. 살해되지도 않았을 것이다.

이 얼마나 의미 없고 얄궂은 일인가. 울적해진 이쓰코는 회사를 하루 쉬었다.

그 후로 이쓰코는 'Q&A'에 발길을 끊었다. 다행히도 자신에게는 아무 피해도 없었지만, 너무나도 부조리한 죽음을 맞이한 사람 좋은 청년이 생각나서 괴로웠기 때문이다.

이마이 아주머니와 할아버지와는 역 앞 버스 터미널에서 한 번 마주쳤다. 따뜻해 보이는 털모자를 쓴 할아버지는 아주머니의 손을 잡고 버스를 기다리고 있었다. 그 손에 들린 노란 딸랑이를 보고 이쓰코는 저도 모르게 걸음을 멈췄다.

경찰이 돌려준 모양이다. 아주 잠깐이지만, 다행이라는 생각이 들었다. 저 딸랑이는 그의 유품이나 마찬가지인 물건이니까.

함께 인질이 되었던 아저씨는 그 후로 보지 못했다. 아마 그 아저씨도 'Q&A'에 발길을 끊은 모양이다. 지금쯤 건강하게 회사에 다니고 있을까. 총에 맞아 죽는 게 낫다는 생각은 더 이상 하지 않을 것이다. 그렇게 필사적으로 파출소로 뛰어갔으니, 설마 그럴 리는 없겠지.

단 한 번이었지만, 안경 소년과는 생각지도 못하게 역 플랫폼에서 마주친 적이 있다. 사건이 모두 해결되고 이틀 정도 지난 어느 토요일 오후였다.

그는 친구들과 함께 전차에서 내리고 있었다. 이쓰코는 그와 반대 방향 전차를 타기 위해 기다리고 있었다.

이쓰코는 안경 소년에게 말을 걸려 했다. 그의 추측이 옳았다는 사실만이라도 전하고 싶었다. 소년도 이쓰코를 보고 그녀에게 다가오려 했다.

하지만 타이밍이 맞지 않았다. 안경 소년의 친구는 계속 즐겁게 떠들고 있었고, 소년도 그 이야기에 대꾸하고 있었다. 목소리는 시끌벅적한 이야기 소리에 묻혔고, 소년은 친구들 사이에 섞여 이쓰코 옆을 스쳐 지나갔다. 이쓰코는 그의 뒤를 쫓듯 움직였고, 안경 소년은 곁눈으로 그런 이쓰코를 힐끔힐끔 쳐다봤지만, 역 계단 옆에 다다르자 단념한 듯 어깨를 으쓱하더니 친구들과 나란히 계단을 내려갔다.

친구를 밀치고 달려와 주지는 않았다.

그래, 우리는 편의점 친구였지. 플랫폼에 홀로 우두커니 서서, 이쓰코는 그런 생각을 했다.

남들이 보기에는 이상해 보이겠지. 편의점 말고 다른 곳에서는 제대로 이야기조차 못하는 사이인지도 몰라.

그걸로 됐어. 이쓰코는 그렇게 생각했다. 편의점이란 그런 곳이다. 낮 동안의 생활과는 동떨어진 공간.

전차가 들어오는 굉음이 이쓰코를 놀라게 할 때까지, 그녀는 마음속으로 사사키 슈이치의 얼굴을 떠올리고 있었다. 범인이, 아니 'Q&A'의 직원 중 단 한 사람이라도, 사사키 슈이치의 이름을 알 기회가 있었더라면 어땠을까. 그랬다면 그가 딸랑이를 가지고 있던 이유도, 그가 지극히 평범한 사람이라는 사실도 모두 알 수 있지 않았을까. 나아가서는 그런 식으로 이용당하거나 살해당하지도 않았을 텐데.

일반적으로 한 손님이 사흘 간격으로 드나드는 가게라면, 직원은 손님의 얼굴이나 이름을 기억하게 된다. 잡담 정도는 나누어도 이상하지 않다. 그랬더라면 방범상의 문제 운운하지 않았더라도 손님이 오토바이 헬멧을 쓰고 가게 안으로 들어오는 일은 없었을 것이다.

하지만 편의점은 그런 곳이 아니다. 모두가 그런 곳이 아니기를 바라고 있기 때문이다.

흔들리는 전차에 몸을 맡긴 채, 이쓰코는 어느샌가 콧노래를 흥얼거리고 있었다. 사건이 일어났던 날 밤, 배경 음악이 끊기기 직전까지 흘러나왔던 그 곡이다. 사랑해, 사랑해.

이쓰코의 콧노래도 그날 밤 노래가 끊겼던 부분에서 멈췄다. 반복되는 '사랑해'란 후렴구 중간에서.

십 년
계 획
人
質
2
カノン

이것은 어떤 사람이 들려준 이야기다.

그 사람은 여자고, 나이는 사십 대 중반 정도였다. 통통한 체형에, 목소리는 벽에 부딪혀 되돌아올 정도로 기운찼다. 일일 드라마에서 조연으로 등장하는 '남의 이야기 좋아하는 동네 아주머니' 같은 부류의 수다스러운 사람이었다.

한 시간 남짓 그녀와 단둘이 이야기할 기회가 있었던 나는, 그녀의 말을 빌리자면 '살아온 인생사에 대한 이야기'를 듣게 되었다. 새벽 두시가 넘은 시각이었는데, 그녀가 틀어 놓고 있던 라디오에서는 스탠더드 넘버_{시대에 상관없이 오랫동안 연주되고 사랑받은 인기곡}의 팝송 몇 곡이 연이어 흘러나오고 있었다. 진행자의 멘트 없이 계속 음악만 내보내는 방송 같았다.

처음에 먼저 말을 걸어 온 것은 그녀였다. 그녀는 나에게 운전면허를 가지고 있냐고 물었다.

"안타깝게도 운동 신경이 둔해서 엄두도 못 냈어요. 저 같은 사람이 면허를 따면 남들에게 민폐만 끼칠 테니까요."

내가 그렇게 대답하자 그녀는 소리 내어 웃었다.

"막상 도전해 보면 생각보다 어렵지 않아요."

"그럴까요?"

그녀는 고개를 끄덕였다.

"그렇다니까요. 자기 안의 새로운 면을 발견할 수 있을지도 모르고요.”

“어쩌면 저 같은 사람일수록 천둥벌거숭이로 변할지도 모르겠네요.”

“확실히 운전대를 잡으면 성격이 돌변하는 사람도 있지요. 그건 그렇고 아가씨처럼 젊은 사람이 그런 옛날 말도 알아요?”

“저 그렇게 젊지 않아요.”

“어머, 그래요. 그럼 서로 나이 얘기는 하지 말도록 하죠.”

그녀는 발랄한 미소를 지으며 말했다. 힐끗 보았을 뿐인데도 그녀가 이 대화를 즐기고 있음을 알 수 있었다.

다소 피곤했지만 지루한 시간을 그냥 보내기보다 마음 편히 대화를 나누는 편이 훨씬 재밌겠다고 생각했다. 나는 남의 이야기를 듣기 좋아하는 체질이다.

게다가 그녀는 잠깐 동안의 이야기 상대로는 꽤 호기심을 자극하는 존재였다. 그래서 그녀가 먼저 이야기보따리를 풀어 놓았을 때, 나는 겉치레가 아닌 진짜 호기심을 느끼고 귀를 기울였다.

“난 말이죠, 또래 여자치고는 일찍 운전면허를 딴 편이에요.”

“언제 따셨는데요?”

“고등학교를 졸업하고 취직한 지 이 년 후였죠. 스무 살 때네요.”

이 사람의 나이를 생각해 보면, 당시로서는 분명 드물었으리라.

“삼십 년 전 일이죠.”

어라? 나는 그녀의 추정 연령을 살짝 조정했다. 나이보다 젊어 보인다.

“아가씨, 나도 말이죠. 처음에는 운전면허 따위는 필요 없다고

생각했어요. 나랑은 맞지 않는다고 생각했죠. 운동 신경이 둔했거
든요."

"게다가 삼십 년 전이었으면 지금처럼 여자가 쉽게 면허를 따는
시대가 아니었으니까요."

그녀는 살짝 고개를 끄덕였다. 다시 얼굴이 환해져 있다.

"맞아요. 요새는 고등학교를 졸업하고 바로 면허를 따는 추세잖
아요. 우리 딸도 따고 싶어 하더라고요."

"몇 살인데요?"

"고등학교 3학년이요. 참 말도 안 듣는 말괄량이예요. 내년 봄에
졸업하면 바로 학원에 등록하겠다고 벼르더니, 벌써부터 아르바이
트를 해서 돈을 모으지 뭐예요. 그러면서 초보 운전 기간 동안에는
엄마 차를 빌려 달라고 하는 거 있죠."

"하지만 그 편이 마음이 놓일지도 모르겠네요."

"맞아요. 과연 신경 써서 정비했는지 의심 가는 싸구려 렌터카
나, 값싼 중고차나 다름없는 친구 차를 타고 다니는 것보단 나으니
까요."

어머니의 마음을 짐작할 수 있는 말이다.

"이야기가 딴 데로 샜네요."

그녀는 말을 이었다.

"아무튼 난 스무 살 때 갑자기 면허를 따겠다고 결심했어요. 정
말 급작스러웠죠. 그때까지는 생각해 본 적도 없는데 말이에요. 왜
그랬는지 알아요?"

"글쎄요. 학원 강사 중에 멋진 사람이 있었나요?"

나는 웃으며 대답했다.

"그렇게 낭만적인 이유 때문은 아니에요."

그녀 역시 웃음 지었다.

때마침 그때, 라디오에서 흘러나오던 느릿한 템포의 음악이 끝났다. 다음 곡이 시작되기까지 짧은 공백의 순간을 그녀의 말이 채웠다.

"아가씨, 난 말이죠. 어떤 사람을 죽이기 위해서 운전면허를 따려고 했어요."

잠시 동안 나는 입을 다물었다. 아마 얼굴에는 변함없이 웃음이 감돌고 있었을 것이다.

"그게 정말이에요?" 그렇게 물으려 한 순간, 라디오에서 다음 곡이 흘러나왔다. 프랭크 시나트라의 〈한밤의 이방인 Strangers in the Night〉이었다.

"정말이에요. 지어낸 이야기가 아니라 진짜로."

그녀는 가볍게 고개를 갸웃거리며 날 돌아보더니 이렇게 덧붙였다.

"다 옛날 일이에요."

"깜짝 놀랐어요. 다른 사람에게도 이런 이야기를 하신 적이 있나요?"

나는 웃으며 말했다.

"가끔요. 마음 내키면."

"이야기를 들은 사람들은 모두 다 놀라죠?"

"좋은 생각이라고 칭찬했던 사람도 있어요. 천벌을 받을지도 모르는데."

머리 한구석에서 시나트라의 목소리를 들으며, 나는 생각에 잠겼다. 좋은 생각이라—.

"말씀인즉, 운전면허를 따서 교통사고로 위장해 누군가를 죽이려 했다는 건가요?"

"딩동댕!"

그녀는 즐거운 듯 말했다. 나는 안심했다. 이건 정말 옛날 이야기고, 말하는 사람 역시 즐기고 있다. 위험한 냄새가 나긴 했지만 적어도 해묵은 원한을 털어놓으려는 것은 아닌 듯하다.

"아가씨, 난 말이죠. 그 옛날 스무 살 때, 정말 힘든 일을 겪었답니다."

그녀의 목소리 톤이 살짝 가라앉았다. 조바꿈. 이 부분은 그녀의 과거에 경의를 표하는 뜻으로 가급적 슬프게 연주해야 하리라.

"사실대로 말하면 실연이지만. 그 때문에 직장도 잃었죠. 사내 연애였거든요. 회사에 더 이상 못 다니게 되었어요."

"아, 뭔지 알겠어요."

"요새도 그런 일이 있나요?"

"그럼요. 그 불편한 느낌은 정말 말도 못해요."

"뭔지 알겠죠? 하지만 옛날 일이니 기분 문제로 끝나지도 않아요. 지금보다 훨씬 자유롭지 못했던 시절이니까요. 사내 연애는 회사 규정상 금지되어 있었어요. 그래서 들키자마자 난 바로 잘렸죠. 상대방은 계속 다닐 수 있었지만."

"어째서요? 불공평하잖아요."

그녀는 튼튼해 보이는 어깨를 으쓱했다.

"상사가 주선한 혼담을 받아들였거든요. 그래서 날 찬 거예요."

"어머. 그럼 방해꾼 취급을 당하신 거예요?"

"맞아요. 하지만 방해꾼이라기보다는……."

불쾌한 추억을 입 밖으로 꺼내기까지 얼마간 시간이 걸리는 것도 당연하다. 어기영차. 그 사이 잠시 침묵이 흘렀다.

"당시 내 남자 친구는요, 상사가 주선한 혼담을 받아들이고 싶어 했어요. 그래서 날 처리하기 위해 상사에게 일부러 고백한 거예요. 나랑 사귀는 걸 말이에요. 하지만 자긴 진심이 아니다, 그 여자가 끈질기게 달라붙어서 힘들다, 그렇게 이야기했죠. 자기는 회사 규정을 어기기 싫어서 몇 번이나 거절했다고."

이게 사실이라면 어이없을 정도로 이기적인 남자다.

하지만 세상에는 그런 일도 있는 법이다. 세상일이라는 게, 무슨 일이 일어나도 이상할 것 없다. 그런 사실을 깨달을 정도로는 나이를 먹었다.

"결과적으로는 그런 남자와는 헤어지길 잘했다고 생각해요."

"정말이에요, 잘하셨어요."

"그래도 괴로웠어요. 어느 날 느닷없이 중역들이 불러내 규정을 위반했다고 몰아붙였으니까. 결국 한 달이라는 유예 기간 후에 잘렸죠."

남의 일이지만 분통이 터졌다.

"그냥 배신당했다고 할 수준이 아닌데요. 그런데 그런 사정을 어떻게 아셨어요? 설마 그 남자가 이야기했어요?"

"실은 그래요."

이번에는 나도 입을 떡 벌릴 수밖에 없었다.

"사람이 어쩜 그렇게 뻔뻔할 수 있어요?"

"이 세상에는 별의별 사람이 다 있잖아요."

그녀는 활기차게 웃었다. 웃음소리에 작위적인 느낌은 전혀 섞여 있지 않았다. 세월이 그녀에게 그러한 지혜와 힘과 회복력을 선사했으리라.

"그 남자가 뭐래요?"

그녀는 쓴웃음을 지으며 대답했다.

"이해해 달래요. '네가 날 정말 사랑한다면 당연히 내 행복을 빌어 주겠지. 깨끗하게 물러나 줄 거라 믿어'라지 뭐예요."

나는 웃음을 터뜨렸다. 그녀 역시 계속 웃고 있었다.

"원래 그런 남자였던 거예요. 나도 참 멍청했죠."

"듣고 보니 죽이고 싶어진 것도 이해가 가요. 당연히 그럴 만하죠."

"아가씨라면 어떻게 하겠어요?"

"어떻게 죽일 거냐는 말씀이세요?"

"네. 당당하게 죽일 건가요? 이런 짓을 할 만한 이유가 있었다는 사실을 세상 사람들이 다 알도록?"

나는 잠시 침묵을 지켰다. 문득, 여기서 '못할 게 뭐 있어요!'라고 즉답하지 못하는 사람은 앞으로도 그런 자폭이나 다름없는 살인은 저지를 수 없겠구나, 하고 생각했다.

"아뇨, 그건 아닌 것 같아요. 그런 식으로 죽이진 않을 거예요.

그런 자식 때문에 범죄자가 되는 건 사양할래요."

"그렇죠? 나도 마찬가지였어요. 그래서 교통사고로 위장해야겠다고 생각했죠. 교통사고로 사망하면 사고로 처리되니까요."

"아니, 잠깐만요."

내가 그렇게 말한 순간, 라디오에서 흘러나오는 음악이 〈10번가의 살인Slaughter on 10th Avenue〉으로 바뀌었다. 지금 상황에 딱 어울리는 음악이다.

"그 계획은 성공하기 어려울 것 같아요. 아무리 사고라도 사람이 죽으면 경찰도 일단 이것저것 조사해 볼 것 아니겠어요. 조금만 조사해 보면 가해자와 피해자 사이의 관계가 밝혀지잖아요. 그걸 알면 경찰도 단순 사고로 다루지는 않을걸요."

"그래서 아가씨, 난 말이죠, 최소한 십 년은 기다릴 생각이었어요."

그녀는 침착하게 말했다.

"십 년이요?"

"그래요. 소문이 사라질 때까지 말이죠."

"십 년이나 지나면 당연히 소문도 사라질 테지만, 살의도 같이 사라지지 않을까요?"

일반적으로는 그럴 것이다. 그렇지 않으면 지독하게 실연당한 사람들은 모두 일생을 허비했을 테니.

"몇십 년이 지나도 잊을 리 없다. 당시 스무 살 계집애였던 난 그렇게 생각했어요. 확신했죠. 원한과 복수심을 마음에 담고 살아갈 마음은 없었고, 나는 나대로 다시 시작하면 분명 멋지게 살아갈 수 있다고 믿었거든요. 그래도 그것과 그 자식이 한 짓을 용서하는 건 다른 문제였어요. 아가씨, 난 용서할 수 없었어요. 도저히 용서할 수 없었죠."

그 마음은 알 것 같다. 하지만 그렇다 해도 너무 원대한 계획이다.

"십 년이나 기다리기 힘들지 않으셨어요?"

그녀는 웃음과 발랄함을 잠시 옆으로 치워 두고 진지한 목소리로 말했다.

"그런 인간 말종하고 같은 세상에, 같은 하늘 아래 십 년이나 같이 살아야 한다니 끔찍하다는 심정이었어요. 오 년이면 충분하지 않을까, 아니, 삼 년, 그런 생각이 들었죠. 정말로 조급했을 때는 면허만 따면 바로 실행에 옮기자고 마음을 먹기도 했어요. 어디 사는지도 알고 있었고, 생활 패턴도 파악하고 있었으니까요. 이유는 얼마든지 만들 수 있겠다 싶었거든요. 예컨대 이런 거 말이죠. 다시 시작하고 싶어서 차를 몰고 나갔다가 우연히 회사에서 퇴근하는 그를 발견하고 다가가서 말을 걸려고 했다. 하지만 너무 긴장한 탓에 브레이크 대신 액셀을 밟고 말았다. 면허를 딴 지 아직 일주일밖에 안 돼서 운전이 서툴다. 이런 이유 말이에요."

나는 낮게 신음하며 팔짱을 꼈다.

"그런 변명은 통하지 않을 것 같은데요."

"그렇죠? 나도 그럴 것 같아서 관뒀어요. 그래서 십 년을 기다리기로 결심했죠."

"장기 계획으로 가기로 하신 거네요."

"맞아요. 눈 깜짝할 새에 십 년이 지났어요."

그녀는 웃으며 대답했다. 처음 이야기를 시작했을 때와 같은 밝은 웃음소리였다.

중얼거리는 그녀의 머릿속에서 앨범의 페이지가 넘어가는 모습이 눈에 선하다. 세월을 지나도 변색되지 않는 사진, 먼지 하나 묻지 않은 기념품.

"모아 둔 돈도 어느 정도 있었기 때문에, 회사에서 잘린 직후에 제일 먼저 학원을 찾아갔어요. 강사가 정말 짜증나는 사람이라 힘들었지만 아무튼 무사히 면허를 땄죠. 그 후가 문제였어요."

"문제요?"

"그런 사정이 있긴 했지만 난 '해고'당한 걸로 되어 있었거든요. 그래서 일자리를 구하기가 어려웠죠."

"아, 그랬겠군요……."

"부모님께는 걱정 끼쳐 드렸지, 생활비도 없지. 우리 집은 학교 졸업하고 다 자란 딸을 그냥 집에서 놀고먹게 해 줄 정도로 여유 있는 집이 아니거든요. 정말 죄송하고 비참한 마음뿐이었죠. 한때는 물장사에 뛰어들까 하는 생각도 했어요."

역시 삼십 년 전 이야기구나……. 그 사실을 실감할 수 있었다. 지금이라면 스무 살짜리 여자애가 일할 곳은 얼마든지 있다. 생계를 잇기 위한 아르바이트라도 상관없다면, 일자리는 당장이라도 구할 수 있다.

"면허를 땄다고 해도 반년이나 일 년쯤 차를 건드리지도 못하면 금방 잊어버릴 거 아니에요. 그래서 난 운전면허를 살릴 수 있는 직장을 찾았어요. 당시에는 그런 직업은 모두 남자들 차지였죠. 여자가 비집고 들어갈 틈은 없었어요."

"그랬겠죠. 시대가 달랐죠."

나는 고개를 끄덕이며 말했다.

"맞아요. 달랐죠, 정말 많이."

그녀는 잠시 뜸을 들인 뒤 말을 이었다.

"그렇기 때문에 한때는 자신의 인생에 절망할 뻔하기도 했지만, 난 의외로 운이 좋았나 봐요. 악운에 강했는지도 모르지만."

"일자리를 구하셨군요?"

"입주 가정부 자리였죠."

살짝 가슴이 아팠다. 직업에 귀천은 없다. 하지만 얼마 전까지 화려한 사무직 여성이었던 스무 살 여성이 갑자기 가정부로 일하게 되었으니 분명 괴로웠으리라.

"나에겐 정말 고마운 직장이었어요. 왜냐면 그 댁에서 운전을 할 수 있게 해 줬거든요. 말하자면, 가정부인 동시에 사모님 전용 운전기사였어요. 세 대나 되는 자가용이 전부 외제차인 집이었죠. 사장님 전용 운전기사가 있긴 했지만 혼자만으로는 불편했나 봐요. 사모님도 미용실에 가거나 하는 여러 가지 볼일이 있으니까 말이에요. 그래서 날 여자 운전기사로 키워 준 거예요."

처음 반년 동안 낮에는 가정부로 일하고 밤에는 다른 운전기사의 지도를 받아 차를 몰고 집 근처를 돌면서 조금씩 훈련을 반복했다고 한다.

"처음으로 혼자서 사모님을 태웠을 때에는 긴장해서 땀이 뻘뻘

나더라고요. 댁은 진잔소 근처였는데, 거기서 메지로 역 앞까지 나가는 데 삼십 분이나 걸렸어요."

"굉장하셨군요."

"그렇죠? 나도 참 귀여웠어요."

그녀의 머릿속에는 지금도 젊은 아가씨였던 당시의 자신이 남아 있는 듯했다. 그녀는 그 젊은 아가씨를 사랑스러운 눈으로 바라보고 있다. 현재, 고등학교 3학년인 자신의 딸을 애지중지하는 마음과 마찬가지로.

불현듯 나는 그녀가 부러워졌다. 내가 이 사람과 비슷한 나이가 되었을 때, 젊었던 자신을 이렇게 사랑스러운 눈으로 바라볼 수 있을까.

"아까 이야기했던 원대한 계획을 마음속에 품고 있었기 때문에, 난 아주 우수하고 실력 좋은 운전기사가 되어야만 했어요. 막상 실행에 옮기려니까 차로 사람을 치어 죽이는 것도 그리 쉬운 일은 아니더라고요. 기술을 익혀야 했죠."

"네, 그도 그렇겠네요. 대상이 살아 있는 사람이니 말이에요."

"원대한 계획을 실행에 옮겨 죽였을 때에 정상 참작을 받아야만 했거든요. 스스로 각오한 일이긴 하지만 역시 감옥에 가기는 싫었으니까. 그래서 정상 참작이 될 정도의 무사고 실적을 가진 운전사가 되어야만 했지요."

"네……."

그건 그렇고, 정말 정신이 아찔해지는 계획이다. 더구나 이 사람은 만사를 용의주도하게 준비할 만큼 머리 좋은 사람이다.

"또 하나, 돈도 모아야 했죠. 사고로 사람을 죽이면 배상해야 하니까. 이것도 잘만 하면 깎을 수 있지만, 그래도 상당한 금액을 지불해야 하잖아요. 모은 돈이 없으면 주변에 폐를 끼치게 될 테고."

"배상금을 지불할 생각이셨어요?"

"그럼요, 사고니까 당연하죠."

"바보 같다고 생각하지 않으셨어요? 그런 남자한테 그렇게까지 하다니."

"그 녀석이 죽어서 그 가족들이 살기 힘들어지면, 나도 잠자리가 뒤숭숭할 것 같았거든요."

나는 감탄하며 이야기를 들었지만, 반면에 슬그머니 무서워지기도 했다. 오래도록 지속되는 분노와 주변을 배려하는 마음까지 갖춘 살의가 제일 무서운 것이 아닐까.

"난 열심히 살았어요."

내 생각을 아는지 모르는지 그녀는 옛 이야기를 계속했다.

"오 년 정도 지나 내 운전 실력은 상당한 수준에 이르렀죠. 사람 일은 모른다는 말이 맞나 봐요. 결혼도 했거든요."

"어머."

"아까 이야기한 사장님 운전기사하고요."

개인 교습 선생님과 맺어졌구나.

"결혼한 뒤에도 우리는 같은 집에서 일했어요. 사장님도 사모님도 모두 좋은 분들이셨죠."

"그 집에서 얼마나 일하셨나요?"

"딱 십 년요. 십 년이 되던 해에 사장님 회사가 없어졌거든요. 파산했죠. 그래서 저택도, 일하던 사람들도 모두 사라졌어요."

"아주머니와 아저씨는 어떻게 하셨나요?"

"난 일을 그만뒀어요. 남편은 다시 취직을 했고. 아이도 있었기 때문에 그때부터는 육아에 전념했죠."

그녀는 씩 웃으며 말을 이었다.

"신경 쓰여요?"

"당연하죠."

원대한 십 년 계획은 대체 어떻게 되었는지 궁금했다.

"그렇게 바쁘게 살다 보니 십 년 계획도 잊어버렸어요. 사실대로 말하면 결혼한 시점에 이미 잊어버렸지만."

나는 가슴을 쓸어내렸다. 감정이 얼굴에 드러났겠지만 그래도 상관없었다.

"그럴 거라고 생각하긴 했어요."

"그래요?"

"아니, 진짜로 그 계획을 실행에 옮겼다면 지금 이런 일은 하지 못하셨을 거 아니에요."

"듣고 보니 그렇네요."

그녀는 밝게 웃으며 정확한 각도로 머리 위의 하얀 모자를 살짝 건드렸다. 모자 테두리에 회사 이름이 적혀 있었다.

'주식회사 사쿠라 택시'

시대는 변했다. 삼십 년 전에 비하면 거짓말처럼 변했다. 심야에 여자 기사가 운전하는 택시를 탈 수 있다니.

조금 신기하다는 생각이 들었다. 나는 택시 기사와는 잘 떠드는 편이고 그럴 때마다 항상 '기사님'이라 불렀지만, 상대가 여자일 경우에는 그 말이 나오지 않았다. 내 편견 때문인지도 모르지만 좀처럼 부르기 어려웠다.

뭐, 이런 인식도 조만간 바뀌겠지.

"남편분도 같은 택시 회사에서 일하세요?"

"아뇨. 우리 남편은 다른 데서 일해요. 사쿠라 택시는 사장도 여자예요. 나 같은 여자 기사를 고용해서 다른 회사와 차별화를 두고 있어요."

큰아들이 고등학교를 졸업한 뒤부터 여기서 일하기 시작했다고 한다.

"그즈음 집을 지었거든요. 남편한테만 대출금을 갚게 할 순 없잖아요. 아까 이야기했던 고등학생 딸은 엄마가 집에 붙어 있으면 잔소리만 하니까 차라리 밖에서 일하는 게 편하다고 얄밉게 말했지만 말이에요."

"멋진 집이겠지요?"

"마루에 진짜 노송나무 기둥이 있어요. 그게 나와 우리 남편의 꿈이었답니다."

그녀는 뒷자리에 있어도 다 보일 만큼 자랑스러운 얼굴로 싱글벙글 웃으며 가슴을 펴고 말했다.

어느새 차창에서 보이는 주변 풍경이 익숙한 거리 풍경으로 바뀌어 있었다. 이야기에 푹 빠져 중간부터 제대로 설명도 하지 않았는데도, 이 사람은 처음 탔을 때 이야기했던 번지수를 기억하고 나를 집 근처까지 태우고 와 주었다.

실력이 좋구나, 역시 프로야.

"이제 다 왔네요."

"네, 다음 모퉁이에서 좌회전해서 내려 주세요."

차는 유연하게 모퉁이를 돌아 이내 우리 집 앞에 멈췄다. 불은 이미 꺼져 있었다.

"정말 이른 시간에 귀가하시네요."

그녀는 놀리듯 그렇게 말했다.

"우리 가족은 이미 익숙해졌어요."

"어머나."

요금을 내고 거스름돈을 받았다. 미터기에 달린 기계가 영수증을 출력하는 사이, 그녀는 덧붙이듯 말했다.

"실은 말이죠, 전에 태운 적이 있어요."

"누구를요?"

나는 그렇게 묻자마자 바로 멍청한 질문이란 사실을 깨달았다. 누구긴 누구겠는가, 당연히 그 남자지!

그녀는 말없이 미소 짓고 있었다. 이쪽을 돌아보고 있었기 때문에 처음으로 얼굴을 마주 볼 수 있었다. 오른쪽 눈 밑에 까만 점이 있었지만, 그 이외에는 딱히 인상에 남을 것 없는 평범한 '아줌마'였다. 이십 년이란 세월이 지나면 나도 이렇게 될까.

"언제였는데요?"

"벌써 일 년 가까이 됐을걸요."

"바로 알아보셨나요?"

"한눈에 알아봤어요."

“세상 참 좁네요.”

“게다가 얄궂기까지 하죠.”

그녀가 웃으며 말했다.

“애초에 그 사람이 없었더라면 난 지금쯤 이렇게 살지는 못했을
거예요. 그렇게 생각하면 그 사람은 나한테 꽤 좋은 걸 주고 갔어
요. 즐거운 인생이요.”

그 남자에게 받은 게 아니라 스스로 쟁취한 거잖아요. 나는 마음
속으로 말했다.

“상대방은 알아보던가요?”

“아뇨, 전혀요.”

“하나도 못 알아봐요?”

“네. 내 얼굴은 보지도 않았고, 딸 같은 여자애랑 함께 있었거든
요. 보아하니 딸 같지는 않았지만.”

그녀는 웃었다. 나도 따라 웃었다. 서로 누구를 비웃고 있는지
분명히 알 수 있었다.

“여기, 영수증 받으세요.”

그녀는 출력된 영수증을 뽑아 건넸다.

“잘 자요.”

그녀는 자동문을 열며 그렇게 인사했다.

“안녕히 주무세요.”

나도 대답하며 내렸다.

그 남자를 태웠을 때 어떤 기분이었을까. 그 남자는 어떻게 나이
를 먹고, 어떤 중년 남자가 되었을까.

물어보고 싶었다. 하지만 물을 것도 없다고 생각했다. 그녀의 운전 실력이, 온화한 표정이 모든 대답을 대신하고 있었다. 나는 그렇게 생각했다.

평소 같으면 절대로 하지 않을 짓이지만, 나는 현관문에 손을 댄채 그녀의 차가 떠나가는 모습을 지켜보았다.

붉은 후미등을 자랑스럽게 빛내며, 차는 심야의 도심 속으로 돌아갔다. 그녀는 프로 운전기사다.

나는 그녀에게 허락도 구하지 않고 이 이야기를 써 버렸다. 그녀가 직접 볼 일은 없을 거라 생각하지만, 넓은 것 같으면서도 좁은 게 세상이니까, 이 글을 읽은 분이 언제 어딘가에서 그녀의 택시를 탈 일이 있을지도 모른다.

그리고 만일 그녀가 이 이야기를 시작한다면, 그때는 부디 '아, 그 이야기 저도 알아요' 하고 말하지 말고 끝까지 들어 주길 바란다. 그녀의 목소리로, 그녀가 좋아하는 스탠더드 넘버가 흘러나오는 라디오 방송을 배경 음악으로 깔고 직접 듣는 이야기는 분명 이 졸문보다 훨씬 커다란 무언가를 듣는 이의 마음에 남길 테니까.

그것만은 장담할 수 있다.

과거가
없는
수첩
人
質
カノン
3

1

팔이 아프다.

손잡이를 붙잡기 위해 팔을 올리자 반밖에 올라가지 않는다. 새로운 청소기가 아직 손에 익지 않았기 때문이기도 하지만, 아무래도 요새 운동을 전혀 하지 않아서인 듯하다……. 가즈야는 살짝 겸연쩍어졌다.

전철은 오차노미즈 역을 향해 달리고 있었다. 비어 있는 차내에는 가즈야와 비슷한 또래의 젊은이들도 있었지만, 그들 역시 무리 지어 있는 것이 아니라 하나 둘씩 떨어져서 앉아 있었다. 평일 오후 두시라는 시간대 때문이리라.

일반적으로 평범한 대학생은 이 시간에 무슨 일을 하고 있을까? 가즈야는 그런 생각을 했다. 수업중인가? 아니면 서클 활동? 마작이나 파친코를 하거나, 영화를 보는 걸까? 열심히 아르바이트중인가? 어찌 되었든 자기 마음대로 편하게 보내고 있을 것이다.

아르바이트라면 가즈야도 하고 있다. 지금도 열흘에 한 번 지급되는 급료를 받으러 아르바이트하는 회사에 가는 길이다. 번 돈은 그대로 용돈으로 나간다. 학비는 부모님이 내 주시고, 가족과 함께 살기 때문에 집세나 식비 걱정도 없다. 그렇게 따지자면 가즈야 역시 마음 편한 대학생 중 하나였다. 하지만 가즈야가 막연하게 상상하는 '마음 편한 학생'과 자신의 가장 큰 차이점은 지금 현재의 생활을 자신은 조금도 즐기고 있지 않다는 점이다.

전철이 오차노미즈 역에 정차했다. 플랫폼에 있는 젊은이들의 모습이 눈에 들어온다. 문이 열리자 가즈야는 차량 안쪽으로 이동했다. 이 역에서 내릴 일이 없어진 지도, 아니, 솔직히 말하자면 내릴 수 없게 된 지도 벌써 한 달이 되어 간다. 처음에는 학교에 가지 않아도 오늘처럼 나카노에 갈 때, 중간에 오차노미즈에서 내려 주오선 급행으로 갈아타는 일 정도는 할 수 있었다. 하지만 지금은 그것조차 할 수 없다. 플랫폼에서 아는 사람을 만날지도 모른다는 두려움 때문이기도 했지만, 무엇보다 오차노미즈 역에 내리면 학교에 가지 않는 것에 대한 죄책감과 자기 자신에 대한 혐오감에 짓눌려 버릴 것만 같았기 때문이다.

처음 입학했을 때에는 자신이 이렇게 될 줄 꿈에도 몰랐다. '오월병'이란 단어의 존재조차 잊고 있었다. 가즈야에게 그것은 콜레라나 이질처럼 자신과는 전혀 무관한 '병'이었다.

그런데 지금은 이 모양 이 꼴이다.

앞으로 며칠만 있으면 오월도 끝난다. 환한 햇살이 차창 너머로 보이는 도쿄 시내를 태평하게 내리쬐고 있다. 조만간 찾아올 유월 장마철 전에 마음껏 햇볕을 쬐라는 태양의 배려일까.

전철은 나카노를 향해 달렸다. 모든 역에 정차하는 열차다 보니 속도는 느렸다. 이다바시 부근에 왔을 때는 뒤에서 쫓아온 급행에게 추월당했다. 다가왔다 멀어졌다 하며 추월하는 빨간 급행전철이 매끄럽게 스르르 앞쪽을 향해 달려간다. 마치 지금 이 순간에도 인생의 레이스 코스에서 가즈야를 추월하고 있을 다른 수많은 젊은이들처럼.

요쓰야를 지나자 차내는 더욱 한산해졌다. 가즈야는 다시 문 옆에 섰다. 센다가야 역에서 플랫폼과 노선을 둘러싸듯 활짝 피어 있는 진달래꽃을 보고 싶어서다. 이럴 때가 아니면 꽃을 볼 수 있는 기회도 없고, 예전부터 진달래꽃을 좋아하기도 했으니까.

잠시 열차가 정차한 동안 가즈야는 진달래꽃 숫자를 셌다. 모두 세 본 적은 없다. 열흘에 한 번 이곳을 오갈 때마다 항상 세고 있는데도 말이다.

오늘은 열흘 전보다 꽃이 더 많이 진 것 같았다. 진달래꽃이 모두 지면 이 봄도 끝을 맞이할 것이다. 덤으로 오월병도 사라져 주면 얼마나 좋을까…….

전철은 센다가야 역을 떠났다. 마흔일곱 개밖에 세지 못했는데 진달래는 더 이상 보이지 않는 곳으로 사라졌다. 문에서 떨어져 통로로 향했다. 나카노까지는 앉아서 가야겠다. 신주쿠에서 멈추면 다시 붐빌 것이 뻔하니까.

차내는 텅 비어 있었기 때문에 어디 앉든 상관없었다. 자리에 앉자마자 건너편 좌석 위 선반에 놓인 잡지 한 권이 눈에 들어왔다. 누군가가 다 읽고 두고 내린 모양이다.

마침 잘됐다, 가져다 읽어야겠다 싶어 자리에서 일어나 손을 뻗어 잡지를 집어 드는데, 갑자기 무언가가 떨어졌다.

순간 화들짝 놀랐다. 그 물건은 가즈야의 어깨를 치고 바닥에 떨어졌다.

수첩이었다. 자세히 보니 비즈니스 수첩이다. 푸른 표지에 길쭉하니 스마트한 디자인.

가즈야는 손에 든 잡지를 보았다. 월간 여성지다. 화보와 광고로 가득 찬, 그런 종류의 잡지였다. 푸른 수첩은 이 안에 끼워져 있었던 모양이다. 그래서 가즈야가 잡지를 집었을 때 떨어진 것이다.

잠시 주변을 둘러보았다. 이 열차 안에는 모두 다섯 명의 승객이 타고 있다. 바로 옆에는 중년 여성 두 명이 앉아 아까부터 수다를 떨고 있었다. 나머지 세 명은 모두 혼자 탄 듯, 책을 읽거나 꾸벅꾸벅 졸고 있다. 아무도 이쪽을 보지 않는다. '아, 그건 제 물건인데요' 하고 말을 거는 사람도 없다. 가즈야는 수첩을 들고 좌석에 앉았다.

잡지는 일단 옆에 내려놓았다. 《컬렉션》이라는 잡지였다. 처음부터 여성 잡지인 줄 알았다면 일부러 꺼내지도 않았을 것이다. 미용이나 다이어트, 봄철에 돌려 입기 좋은 의상 조합 따위, 가즈야와는 무관한 이야기다.

푸른 수첩은 아직 새것이다. 표지도 깨끗하고, 내지도 빳빳하다. 앞뒤에 아무 표시도 없는 걸 보니 은행이나 출판사의 판촉물도 아닌 듯했다.

표지를 넘기자 바로 뒷면에 펼치는 형태의 달력이 붙어 있었다. 올해 달력이다. 뒤쪽에는 옅은 파란색 종이로 된 부분이 있었는데, 그 뒤에는 관공서나 호텔, 공공 기관의 전화번호 일람표가 인쇄되어 있었다.

가즈야는 다시 주변을 힐끗 둘러보았다. 슬슬 신주쿠 역에 도착할 때가 되었는지 전철은 속도를 늦추고 천천히 흔들리고 있었다. 옆에 있던 중년 여성 두 명은 자리에서 일어나 좌석 위와 발밑에 놓아두었던 백화점 봉지를 정신없이 챙기기 시작했다. 모두 합쳐 예닐곱 개는 되어 보인다.

아무도 가즈야를 보고 있지 않다. 그래도 주운 수첩 안을—한가운데 부분을—펼쳐 보기란 여간 어려운 일이 아니었다. 표지가 푸른색이긴 하지만 여성 잡지 사이에 들어 있었으니 여성의 물건일 가능성이 높기 때문이다.

전철이 신주쿠에 도착했다. 문이 열리자 플랫폼에서 기다리고 있던 승객들이 한데 몰려들어 왔다. 차내가 갑자기 북적거리기 시작했다. 가즈야는 그 틈을 타 수첩 한가운데를 펼쳤다.

새하얀 캘린더가 늘어서 있다. 펼친 부분은 딱 일주일 치였다. 내용은 전혀 없었다. 앞을 펼쳐 봐도, 뒷장을 넘겨 봐도 글자는 전혀 보이지 않았다. 정말 구입한 지 얼마 되지 않은 새것인가 보다.

캘린더 뒤에는 주소록이 있었다. 가즈야는 주저 없이 넘겼다. 내용이 없어서 머뭇거릴 필요도 없었다. 이런 수첩은 고작해야 오백 엔 정도일 테니 분실물 보관소에 가져다줄 필요도 없다. 그래, 그냥 가져가자.

그렇게 생각한 순간, 손으로 쓴 글씨가 보였다.

'요시야 시즈코'.

정중하고 여성적인 필적이었다. 주소와 전화번호도 꼼꼼하게 기재되어 있다. 아다치 구 아야세 3번지 카이젤 하이츠 303호.

다시 한번 수첩을 처음부터 끝까지 천천히 훑어봤다. 그밖에 다른 글씨는 보이지 않았다.

마지막 페이지에 소유자의 이름과 주소를 기입하는 칸이 있었지만 역시 비어 있었다. 적혀 있는 것은 주소록의 요시야란 여자의 이름뿐이다.

수첩 주소록에 자기 이름과 주소를 적을 리는 없을 테니, 이 요시야란 여자는 수첩 주인과 아는 사람일 것이다. 새로 수첩을 사자마자 제일 먼저 적어 넣을 정도로 친한 사이겠지.

가즈야는 《컬렉션》을 다시 집어 들었다. 화려한 화보로 가득 찬 사치스러운 잡지다. 슬쩍 훑어보기만 해도 이른바 '원숙한 여성'들을 대상으로 한 잡지라는 걸 알 수 있었다. 실린 광고도 모두 외국 브랜드 화장품이나 향수 광고뿐이다. 푸른 수첩의 주인은 적어도 이십 대 초반의 젊은 여성 같지는 않다. 가즈야의 머릿속에 고급 정장을 입은 차분한 분위기의 미인—텔레비전에서 본 아나운서 같은—의 모습이 떠올랐다.

그건 그렇고 덜렁대는 여자군. 잡지 하나만이라면 몰라도 안에 끼워 놓은 수첩까지 두고 내리다니. 뭐가 그렇게 급했을까.

연락해서 돌려줄까……. 하지만 돌려주기 위해서는 유일한 단서인 이 '요시야'란 여자에게 연락해 수첩의 주인이 누구인지 알아내야 한다. 최근 당신 친구 중에 새로 수첩을 구입한 사람 없나요?

가즈야는 혼자서 쓴웃음을 흘렸다. 그런 전화를 걸었다가는 본론을 꺼내기도 전에 장난전화인 줄 알고 끊어 버릴 것이 뻔하다. 뭐, 그냥 내버려둘 수밖에 없겠군. 그렇게 비싼 물건도 아닌 듯하니.

차내가 술렁거린다 했더니 이미 나카노 역에 도착해 있었다. 둥글게 만 잡지와 수첩을 쥔 채 가즈야는 서둘러 열차에서 내렸다.

"오빠, 이게 뭐야?"

그날 밤이었다. 저녁을 먹고 신문을 훑어보던 가즈야에게 동생 이쿠코가 말을 걸었다. 막 목욕을 끝낸 만질만질한 얼굴로, 언제 봐도 괴상해 보이는 헤어 캡을 쓰고 있다. 수건이나 드라이어를 사용해 머리를 말리면 머릿결이 상하기 때문에 자연 건조시키기 위해 헤어 캡을 쓴다고 한다. 장황한 설명을 몇 번 듣긴 했지만 아직도 자세히는 모르겠다. 난쟁이 모자 같은 헤어 캡이 그렇게 머리에 좋다면 어째서 볼 때마다 잔머리를 뽑고 있냐고 물었다가 잔뜩 토라져서는 용돈까지 빼앗겼던 씁쓸한 과거가 있다.

이쿠코가 가리킨 것은 바로 《컬렉션》이었다. 가즈야가 거실 잡지꽂이에 넣어 둔 걸 본 모양이다.

"뭐긴, 잡지지. 너도 보잖아."

"보긴 보지만. 왜 오빠가 이런 걸 사 온 거야?"

이쿠코는 소파에 털썩 주저앉으며 말했다.

"사 온 게 아니라 주운 거야."

"주웠다고? 어디서?"

이쿠코는 그렇지 않아도 큰 눈을 더 크게 뜨며 물었다.

"전철 안에서."

"어머, 좌석 위 선반에서 주워 온 거야?"

"그래. 문제 있어?"

"꼴사납게 그게 뭐야……."

이쿠코는 목에 두르고 있던 수건으로 얼굴을 닦았다. 머리는 안 되지만 얼굴은 닦아도 괜찮은 모양이다.

"너 읽으라고 가져온 거야. 필요 없으면 됐어."

"누가 필요 없대? 내 돈 주고는 안 산다는 소리지."

이쿠코가 황급히 말했다.

"그게 뭐야."

"비싸단 말이야. 그리고 아직 내가 볼 잡지는 아니니까. 참고삼아 보기만 해야겠다."

이쿠코는 잡지꽂이에서 《컬렉션》을 집어 들고 훑어보기 시작했다.

"역시 그 잡지, 너보다 나이 많은 여자들이 보는 거지?"

이쿠코는 고등학교 3학년이다. 가즈야와는 연년생으로, 키가 백칠십 센티미터나 된다. 지금은 가즈야가 더 크지만, 한때는 키도 체중도 모두 여동생에게 뒤쳐졌던 시기가 있었다.

"맞아. 어차피 가져올 거라면 앞으로는 《앙앙》이나 《논노》로 부탁해. 내가 취직한 뒤에는 《JJ》도 괜찮고."

"엄마가 보면 되지 않을까?"

이쿠코는 부엌에서 일하고 있는 어머니를 살짝 돌아보며 웃음을 터뜨렸다.

"엄마한테는 《가정화보》가 어울리지. 《컬렉션》은 아마 이십 대 후반부터 삼십 대까지의 여자들을 대상으로 한 잡지일 거야."

그렇군……. 가즈야는 마음속으로 수긍했다. 그러고는 다시 늘씬하고 지적인 미인의 모습을 상상했다.

가즈야는 다시 신문으로 눈을 돌렸고, 이쿠코는 잡지를 넘기며 때때로 '비싸!'라든지 '어머, 이거 괜찮다' 등등 시끄럽게 중얼거리고 있었다. 가즈야가 경제면에 실린 차세대 게임기의 판매 경쟁 현황을 다룬 특집 기사에 정신이 팔려 있는 동안에도 이쿠코는 혼자서 계속 중얼거렸다.

게임기 기사가 신경 쓰인 데는 나름대로 이유가 있다. 고등학교 시절 서클 선배가 대학을 중퇴하고 친구들과 함께 소프트웨어 회사를 창업했는데, 얼마 전에 만났을 때 학교 다니기 싫어서 빈둥거릴 바에는 자기 회사에서 일해 보지 않겠냐며 제의했기 때문이다. 게임은 하지도 않고 컴퓨터 프로그램은 전혀 모른다며 거절하자, 자동차 운전만 할 수 있으면 된다며 청소 회사에서 아르바이트하는 것보다 훨씬 낫지 않느냐고 권했다. 일단은 조금 더 생각해 보겠다고 했다.

그때 선배는 금방이라도 크게 성공할 것처럼 신나게 떠들어 댔지만, 가뜩이나 요즘은 불황인데다 게임 업계도 그렇게 만만한 곳은 아닐 터였다. 소프트웨어 회사인데 운전기사가 필요하다는 말도 그다지 신빙성이 없었다. 요컨대 힘쓰는 일이나 잡일 하는 사람이 필요한 것이리라…….

결국 난 뭘 하고 싶은 걸까. 스스로도 알 수 없었다. 수업에는 전혀 나가지 않지만, 학교를 그만둘 결심은 서지 않는다. 애초에 학교를 그만두고 뭘 하겠단 말인가? 가즈야가 다니는 학교는 결코 일류 대학이라고는 할 수 없지만, 그래도 무사히 졸업하면 취직하는 데 도움은 될 것이다. 그러나 대학 중퇴자에게는 그조차 여의치 않다. 대학을 그만두면서까지 하고 싶은 일이 있다면 이야기는 달라지겠지만, 머리와 가슴속을 아무리 뒤져 봐도 그런 건 전혀 찾을 수가 없었다.

고등학교 시절, 진학 상담을 할 때 담당 교사가 했던 말이 불현 듯 떠올랐다. 너도 경영학부냐. 이렇다 할 목적 없이 그냥 막연하게 대학에 진학하려는 녀석들은 대부분 경영학부를 선택하지. 너, 뭔가 하고 싶은 일은 없냐?

"너무 아까운데? 그렇지, 오빠?"

생각에 잠긴 가즈야를 향해 이쿠코가 말을 걸었다.

"오빠? 멍하니 뭐 하는 거야?"

"뭐야, 시끄러워."

"이거 말이야."

이쿠코는 《컬렉션》 표지를 두드리며 말했다.

"자그마치 천 엔이나 하는 잡지인데 말이야. 이런 걸 그냥 놓고 가다니……. 아깝지도 않나."

천 엔이나 한단 말인가. 정가는 신경도 쓰지 않았기 때문에 전혀 몰랐다.

"처음부터 놓고 갈 생각은 없었겠지. 잊어버린 거 아냐?"

"그럴까? 좌석 위 선반에 덩그러니 놓여 있었다면서."

"안에 수첩이 있었어."

"그럼 돌려줘야 하는 거 아니야?"

이쿠코는 놀란 얼굴로 말하더니 아무렇게나 넘기던 잡지 페이지를 황급히 조심조심 만지기 시작했다.

"뭐야, 그러면 그렇다고 말을 해야지."

돌변한 이쿠코의 태도에 가즈야는 웃으며 사정을 설명했다.

"돌려줄 수가 없어. 그 사람 이름도 모르니까."

"요시야란 사람한테 연락해 보면 어때?"

"그렇게까지 할 필요가 있을까?"

잠시 생각하는 듯하더니 이쿠코는 곧 웃으며 고개를 저었다.

"맞아, 그렇게까지 할 필요는 없지."

"오히려 기분 나빠할걸? 입장이 반대였다면 너도 그랬을 거잖아."

"맞아. 그리고 물건이 물건이잖아. 비싼 물건도 아니고 수첩이니까."

이쿠코는 그렇게 말하더니 고개를 갸웃거렸다.

"그런데 좀 이상하긴 하다. 여자들은 보통 그런 데다 물건 올려놓지 않는데."

"물건이 아니라 잡지잖아."

"그게 더 이상하지. 가방에 넣으면 될 거 아냐. 요새는 빅백이 유행이거든. 큰 가방을 어깨에 메고 다니는 여자애들, 길에서 많이 봤지?"

이쿠코의 말대로 신주쿠나 시부야에서 그런 여자들을 자주 봤다. 일전에 아르바이트를 하는 나카노의 청소 회사에서 가즈야에게 월급을 주는 경리과 여직원과 역까지 한 번 같이 간 적이 있는데, 그녀 역시 일박은 물론 이박 삼일 정도 여행에 들고 갈 수 있을 만한 커다란 검은 가방을 들고 있었다.

"나처럼 덩치 큰 애들이라면 또 몰라도."

이쿠코는 살짝 입을 삐죽이며 말했다. 옛날 분들인 부모님이나 친척들이 여자애가 너무 크면 보기 싫다고 가끔씩 몰래 이야기하는 것을 들었는지, 키 이야기에는 유난히 민감했고 화도 많이 냈다.

"나 같은 애들은 선반에 물건을 올려놓는 게 그렇게 어렵지 않지만 보통 여자애들에게는 꽤 큰일이야. 사람이 붐빌 때는 특히 더."

그러고 보니 오늘 함께 탔던 중년 여성들도 백화점 쇼핑백을 모두 발밑이나 옆 좌석 위에 놓고 있었다. 뭐, 비어 있었으니 상관은 없지만.

"또 잡지를 가지고 전철에 타면 보통은 전철 안에서 읽잖아. 잡지도 읽지 못할 정도로 붐비거나 읽고 나서 집으로 가지고 돌아갈 생각이었다면 손에 들고 있든지 가방에 넣었을 거고. 잡지를 선반에 올려놓았다면 역시 버리는 걸로 봐야겠지."

가즈야는 감탄했다.

"너도 머리가 나쁜 편은 아니구나."

"이런 쓸데없는 일에 한해서는 말이지?"

먼저 선수를 치더니 이쿠코는 이야기를 계속했다.

"더 말해 볼까? 여자들은 잡지를 사면 반드시 집에 가져가. 애초에 읽고 버릴 잡지라면 사지도 않거든. 만화책도 꼭 집으로 가지고 돌아가지. 가지고 가서 버린다 해도 선반에 올려놓고 가지는 않고. 이건 내 경험담이니까 틀림없어. 《앙앙》을 선반에 두고 가는 사람은 본 적도 없거든."

"그런가……."

"그렇다니까. 《컬렉션》도 마찬가지야. 선반에 올려놓고 버릴 만한 잡지가 아니거든. 무려 천 엔이야, 천 엔. 그것도 월간지고. 생각해 봐. 남자들도 월간지를 선반에 놓고 내리지는 않잖아. 스포츠 신문이랑은 다르다고. 아빠도 《문예춘추》는 매달 집에 들고 돌아오시잖아.”

가즈야의 아버지는 기계 제조 회사에서 기술자로 일한다. 기술 직이기는 하지만, 그런 분야의 잡지나 서적보다 일반 경제서나 종합 잡지를 더 즐겨 보시는 것 같았다.

“하긴. 그래서 네가 하고 싶은 말이 뭔데?”

이쿠코는 개운한 표정으로 말했다.

“딱히 없어. 그저 이상하다는 생각이 들었을 뿐이야. 안 씻어?”

동생의 말대로 가즈야는 거실에서 나와 욕실로 향했다. 부엌에서는 어머니가 매일 늦게 들어오는 아버지를 위해 식탁 위에 식사를 차리고 있었다. 내일 욕조 청소를 할 거니까 물을 너무 많이 받아 놓지 말라는 어머니의 말에 건성으로 대답하고 욕실로 들어갔다.

우울증 때문에 아무 일도 하기 싫어서 계속 학교에 나가지 않았어요, 그렇게 말할 수도 없었기 때문에 부모님에게는 아직 아무 말도 하지 않았다. 가즈야가 말하지 않는 한 앞으로도 눈치 채지는 못하실 테고. 낙제해서 유급한다 해도 어떻게든 잘 빠져나갈 수 있을지도 모른다. 십 대 중반이 채 되기 전부터, 부모님과는 생활에 꼭 필요한 대화 이외에는 거의 이야기를 나누지 않게 되었다. 친구들에게 물어봐도 모두 비슷하다고 하니 딱히 유별난 현상은 아닌 모양이다.

욕실에서 머리를 감던 가즈야는 다시 팔에 통증을 느꼈다. 내일도 또 새로운 청소기를 사용해야만 한다. 가즈야의 담당 구역 내에서 제일 큰 맨션 바닥을 닦는 날이기 때문이다.

바닥 청소나 창문 청소 등, 청소는 싫지 않다. 혼자서도 할 수 있고, 작업하는 동안에는 아무 생각도 들지 않는다. 계속 이 일을 해도 괜찮을 것 같다는 생각마저 든다. 부모님도 어설픈 물장사 아르바이트보다는, 몸도 움직일 수 있고 남들을 기쁘게 해 줄 수 있으니 괜찮겠다고 말했던 적이 있다.

하지만 그건 어디까지나 아르바이트일 경우에 한해서다. 지금은 수업에도 나가지 않고 매일 청소 회사에 다니며 중요 인재로 대우받고 있다고 고백하면, 틀림없이 아버지는 얼굴을 붉히며 성을 내시리라.

욕조에 몸을 담그고 그런 생각을 하고 있는데 아버지가 돌아온 기척이 났다. 얼굴을 마주치지 않도록 가즈야는 자기 방으로 돌아갔다. 아래층에서 이쿠코가 신나게 떠드는 소리와 부모님의 웃음소리가 들렸지만, 가즈야는 방에 틀어박힌 채 멍하니 있었다.

푸른 수첩은 방 안에 있는 우편함에 넣어 두었다. 자기 전에 다시 한번 꺼내 '요시야'란 이름을 보았다. 전화를 걸어 볼까. 그런 생각이 잠깐 들었다. 이쿠코의 이야기를 듣고, 조금이지만 수첩의 주인에 대한 관심이 생겼기 때문이다. 어쩌면 남자일지도 모르겠군…….

'아, 됐어. 관두자.'

정말 남자일 경우에는 시시할 테니.

푸른 수첩에 대해서는 그 후로 얼마동안 잊고 있었다. 버리지는 않았지만, 머릿속에서는 까맣게 잊고 있었다.

일주일 후에 신문 기사에서 '요시야 시즈코'란 이름을 발견하기 전까지는.

2

그날, 가즈야는 아라가와 구 마치야에 있는 작은 맨션에 있었다. 선배 여직원과 함께 로비와 바닥, 바깥 계단을 청소하고 공동 쓰레기장을 치웠다.

정기적으로 청소만 하면 되는 소규모의 사 층 맨션이었기 때문에 두 시간 정도면 모든 작업을 완료할 수 있었다. 로비 청소를 끝낸 가즈야에게 쓰레기장 청소를 마치고 돌아온 선배가 말을 걸었다.

"안내문을 받았어."

이 동네 자치회에서 발행한 안내문이라고 했다. '방화 조심!'이란 글자가 크게 인쇄되어 있다.

"요즘 근처에서 이상한 방화 사건이 연이어 일어나고 있대. 맨션도 표적으로 삼은 모양이니 이걸 로비에 붙여 달라고 그러더라."

안내문을 읽어 보니 작년 말부터 현재까지 스미다, 아라가와, 아다치 세 구 내에서 합계 열한 건이나 되는 방화 사건이 발생했다고 한다. 주로 낡은 목조 일 층 건물이 표적이었지만 맨션 쓰레기장에도 불을 지른 적이 있었고, 발견이 늦어서 피해를 입은 곳도 있다고 적혀 있었다. 안내문 아래에는 열한 건의 방화가 일어난 동네 이름까지 적힌 목록과, 혹시 수상한 사람을 발견하거든 즉시 신고하라는 당부의 말이 적혀 있었다.

"이 근처부터……. 신문에도 나왔어. 꽤 크게 실렸더라고. 아다치 구에 있는 맨션에서 처음으로 부상자가 나왔대."

선배는 목록 아랫부분을 가리키며 말했다. 그녀가 말한 아다치 구의 맨션은 목록에서 여덟 번째에 있었다. 화재가 일어난 것은 오월 십오일 새벽이다.

"조심해야겠네요. 신문에서 찾아볼까요?"

가즈야가 말했다.

유리문과 창문을 두 번째 닦을 때는 지난 신문을 사용한다. 신문에는 잉크의 유분이 함유되어 있어서 유리창이 쉽게 더러워지지 않기 때문이다. 그런 연유로 가즈야의 발밑에는 쓰레기장에서 가져온 지난 신문 더미가 있었다.

십오일 밤에 일어난 사건이니 십육일 조간을 보면 된다. 두 사람은 곧 해당하는 신문을 찾아냈다. 사회면 구석에 조그맣게 기사가 실려 있었다.

'연속 방화 사건 발생'.

불탄 맨션은 아야세 3번지의 카이젤 하이츠다. 공동 쓰레기장에서 피어오른 불꽃이 이층 베란다까지 번져, 베란다에 쌓아 둔 박스에 불이 붙는 바람에 큰 소동이 일어났다고 한다.

"그래서 베란다에 짐을 놓아두면 안 된다니까."

가즈야 옆에서 신문을 들여다보던 선배가 그렇게 말했다.

"다친 건 이 이층 사람인가 봐."

하지만 가즈야는 다른 생각을 하고 있었다. 아야세의 카이젤 하이츠—어디에서 들은 기억이 있는데.

아, 푸른 수첩이다. '요시야 시즈코'란 여자의 주소가 아야세의 카이젤 하이츠였다.

가즈야는 신문을 선배에게 떠넘긴 뒤 그날 석간을 찾았다. 속보가 실려 있을지도 모른다.

"왜 그래?"

"아, 이 맨션에 아는 사람이 살거든요."

"뭐? 정말이야?"

가즈야는 구겨진 신문을 찾아서 서둘러 사회면을 펼쳤다. 훑어보듯 신문을 확인하자 기사가 실려 있었다. 조간보다 훨씬 작은 기사다.

정확히는 화재 속보가 아니었다. 두 명의 부상자를 낸 카이젤 하이츠 화재가 진화된 후 소방서와 관리 회사에서 주민들의 안부를 확인했는데, 소재 불명으로 처리된 여성이 한 명 있다는 소식이다.

303호실의 요시야 시즈코였다.

신문을 든 채, 가즈야는 아연실색했다. 대체 어찌 된 일이란 말인가. 기사에 의하면 요시야 시즈코는 화재가 일어나기 훨씬 전부터 모습을 감췄다고 한다. 실내에는 가재도구가 그대로 남아 있었지만 본인의 소재는 전혀 파악할 수 없었고 연락도 되지 않는다고 했다. 기사는 경찰에서는 방화와는 상관없을 것이라 보고 있지만, 일단 실종 사건으로 추정하고 있다는 말로 끝맺고 있었다.

등골이 오싹해졌다. 가즈야는 잠시 동안 기사의 '실종'이란 글자에서 눈을 떼지 못했다.

"이상한 일도 다 있네."

가즈야의 손에 들린 신문과 그의 얼굴을 번갈아 보며, 선배는 그렇게 말했다.

"방화 사건으로 인해 우연히 실종 사건이 알려지다니. 어머, 다나카, 괜찮아?"

가즈야는 눈을 껌뻑이며 선배의 얼굴을 보았다.

"죄송합니다. 오늘 근무일지는 선배한테 맡겨도 될까요? 잠깐 여기에 다녀오려고요."

마치야에서 아야세까지는 전철로 십 분 정도 걸리는 거리다. 아야세 역 앞의 서점에서 아다치 구의 지도를 샀다. 그 자리에서 확인해 보니, 카이젤 하이츠의 위치를 알 수 있었다. 여기서 걸어서 갈 수 있는 거리다.

길도 찾기 쉬워서 헤매지 않고 도착할 수 있었다. 카이젤 하이츠는 큰길가에 세워진 칠 층짜리 건물이었다. 외벽은 벽돌색으로, 아직 지은 지 얼마 되지 않은 듯했다. 건물 아래에서 파란 비닐 시트가 바람에 펄럭인다. 가까이 다가가 보니 공동 쓰레기장이 시트로 덮여 있었다. 화재로 불탄 부분을 수리하고 있는 모양이다. 한 남자가 열심히 콘크리트를 바르고 있다.

정면 현관을 들여다보자 자동 잠금 방식의 문 옆에 늘어선 우편함이 보인다. 303호에는 '요시야'란 명패가 붙어 있다. 분명히 활자로 적힌 명패였다. 자물쇠로 잠긴 우편함 입구 안을 슬쩍 들여다보았다. 안에 작은 광고지 등이 쌓였을 뿐, 거의 비어 있다.

관리실은 우편함 왼쪽에 있었다. 커튼이 쳐진 작은 방 창문 안쪽에 '이 맨션은 순회 관리 체제입니다. 긴급 시에는 이쪽으로 연락 주십시오'라는 팻말이 놓여 있다. '동도 주택 관리(주) 업무 제2과'. 전화번호는 도쿄 도의 번호였다.

일단 현관을 나와 콘크리트를 바르던 남자에게 되돌아왔다. 남자는 콘크리트를 바르고 벽돌을 벽에 붙이고 있었다.

"실례합니다. 저기, 이 주쯤 전에 이 맨션에 불이 났었죠?"

남자는 이쪽을 돌아봤다. 삼십 대 중반 정도일까. 볕에 타서 새카매진 얼굴이 건강해 보였다.

"아아. 여기가 그때 다 타 버렸지."

의외로 남자는 순순히 대답해 주었다.

"그때 행방불명된 여자가 있었다고 신문에서 봤는데, 그 후에 돌아왔나요?"

"글쎄……, 잘 모르겠는걸. 관리 회사에 물어보지그래?"

"혹시 옆집에 사는 사람은 모르시나요?"

남자는 소용없다는 듯 손을 내저으며 말했다.

"여긴 말이지, 낮에는 아무도 없어. 모두 일하러 나가거든. 나도 여기 온 지 일주일 정도 됐는데 아무하고도 못 만났어."

고맙다는 인사를 하고 가즈야는 현관으로 되돌아왔다. 관리실의 전화번호를 외운 뒤 근처에서 공중전화를 찾았다.

카이젤 하이츠 건으로 전화했다고 하자 금세 통화할 수 있었다. 담당자가 부재중이라는 이유로 대신 전화를 받은 상사는, 가즈야가 채 입을 열기도 전에 다 안다는 듯 빠른 목소리로 쓰레기장 수리는 이삼일 안으로 끝날 거라고 말했다. 아무래도 수리에 시간이 너무 오래 걸린다는 민원이 많은 모양이다.

"아니, 그게 아니라요. 저어……, 화재가 발생했을 때 303호 요시야 씨의 소재가 파악되지 않았다고 들었습니다. 그 후에 어떻게 되었는지 가르쳐 주실 수 없을까요?"

상대방은 잠시 침묵했다. 그러더니 다소 격식 없는 말투로 "아는 사람인가요?" 하고 물었다.

사실대로 이야기해도 분명 의심만 받으리라. 그냥 아는 사람이라고 둘러댔다.

"네, 그래요. 그렇게 친하진 않아요. 요시야 씨가 행방불명된 것도 여지껏 몰랐거든요."

"지금 어디 있는지 알고 싶은 건가요?"

"돌아왔으면 됐고요."

"돌아오지 않았어요. 계속 행방불명된 상태일걸요."

그렇구나…….

"집세 같은 건 어떻게 됩니까?"

"분양받은 맨션이라 상관없어요. 관리비도 계좌에서 빠져나가고 있고요."

"그럼 형식상으로는 요시야 씨가 아직 그 집 주인이라는 말이군요?"

"그렇죠. 그 때문에 이웃 주민들이 민원을 제기하는 것도 아니니까요."

상대는 한숨을 푹 쉬며 말했다.

"경찰은요?"

"화재가 일어났을 때는 신경 쓰는 것 같았지만, 지금은 모르겠군요. 찾고 있단 이야긴 못 들었어요. 언제 본인이 홀연히 나타날지 모르니까요. 그냥 내버려두고 있는 게 아닐까요?"

"카이젤 하이츠를 담당하시는 분은 몇 시쯤 돌아오시나요?"

전표를 넘기는 듯한 소리와 함께 잠시 침묵이 흘렀다.

"아마 네시에는 돌아올 것 같은데요. 만나시려고요?"

"네. 전해 주시면 좋겠는데요."

"그래요, 그럼. 하지만 우리 회사는 카이젤 하이츠의 청소를 담당할 뿐이니 입주자에 대해 자세하게 알지는 못할걸요……. 담당자는 쓰지다라고 하네요. 실례지만 성함이?"

"아, 전 다나카라고 합니다."

이럴 때 흔한 성을 가진 사람은 난처하다. 꼭 가명처럼 들리기 때문이다.

"본명입니다. 다나카 가즈야라고 합니다."

상대는 웃으며 알겠다고 한 뒤 전화를 끊었다.

카이젤 하이츠의 담당자인 쓰지다는 가즈야의 아버지와 비슷한 연배였다. 작지만 다부진 체격에 스님 같은 까까머리였다. 유도라도 할 것 같은 분위기의 소유자로, 가즈야의 얼굴을 보고 처음에는 살짝 놀란 표정을 지었다.

"요시야 씨와 아는 사이라고 하던데, 무슨 사이지? 가족인가?"

"아뇨, 그런 게 아니라, 그냥 아는 사람의 아는 사람 정도예요."

실은 요시야 씨 본인의 얼굴도 모른다고는 할 수 없었다.

쓰지다는 벌써 퇴근하는 길인 듯했다. 두 사람은 동도 주택 관리 회사 로비 한 귀퉁이에서 선 채로 이야기했다. 옆에는 의자와 재떨이가 있었고, 작은 테이블 위에 꽃병이 놓여 있었다. 손님용 흡연 구역인 모양이다.

"유감이지만 난 요시야 씨에 대해서는 아무것도 모르네. 마주쳤을 때 인사나 하는 정도니까. 그 맨션은 순회 관리 체제고."

가즈야는 고개를 끄덕였다.

"무슨 뜻인지 압니다. 저도 이런 관리 회사에서 일하거든요."

"호오, 그래? 젊은 사람이, 아직 학생 아닌가?"

쓰지다의 웃음에 친근함이 깃들었다. 학생이지만 오월병에 걸려 등교 거부중입니다, 그런 소리를 했다간 오히려 그 이야기에 대해 물어볼 것 같았다.

"학생입니다. 아르바이트죠."

"어느 지역에서 일하나?"

"저도 아라가와나 스미다, 다이호쿠 근처에서 일합니다. 집이 에도가와거든요. 회사는 나카노지만."

"꽤 구역이 크군."

쓰지다는 웃옷 안쪽 주머니에서 담배를 꺼내 불을 붙였다. 캐스터_{일본의 담배 브랜드}였다. 넥타이를 매지 않은 가벼운 차림으로, 신발도 운동화였다. 가즈야가 있는 회사도 그렇지만, 이 연배에 주택 관리 회사 현장에서 일하는 남자들 가운데에는 불경기로 인해 회사가 도산했거나 명예퇴직을 당해 먹고살려고 하는 수 없이 일하는 사람들이 많다. 그래서 얼굴에 어두운 그림자가 드리워져 있는 우울한 표정의 사람들이 자주 눈에 띈다. 하지만 쓰지다는 그런 부류는 아닌 듯했다. 하루 일을 마치고 정말 맛있게 담배를 피우고 있었다.

일주일에 몇 번 청소하러 가는 쓰지다가 요시야 시즈코에 대해 잘 모르는 것은 당연했다. 가즈야는 방향을 바꿔 보기로 했다.

"카이젤 하이츠 말인데요, 건물도 좋고 새집이지만 분양이라고 하던데. 요시야 씨는 거기서 혼자 사셨나요?"

"아마 그럴걸세. 자세히는 모르겠지만."

"요시야 씨, 젊은데도 굉장하시네요. 자기 힘으로 그런 집을 사다니."

가즈야는 슬쩍 상대방을 떠봤다. 아무래도 들어맞았나 보다. 쓰지다는 관심을 보이며 고개를 끄덕였다.

"그렇지. 기껏해야 서른두세 살밖에 안 돼 보이던데. 딱히 직장에 다니는 것 같지도 않고 말이야."

"항상 집에 있었나요?"

"그럼. 거긴 방이 작아서 독신자들이 많이 살거든. 요새는 젊은 여자들이 맨션을 구입하는 게 유행이라면서? 처음부터 그걸 노리고 지은 거야. 낮에는 다들 일하러 나가서 아무도 없기 때문에 나도 청소하기 편하지. 하지만 요시야 씨와는 의외로 자주 만났어. 평일 낮에도 집에 있었고, 장 보러 갔다 돌아오는 길에 마주친 적도 있었지. 항상 옷차림도 말쑥하고 고운 사람이었는데."

가즈야는 애매하게 고개를 끄덕였다. 처음 푸른 수첩을 주웠을 때 떠올렸던 늘씬하고 지적인 여자의 모습이 머릿속을 스쳐 지나갔다.

"어디 외출하는 걸 보신 적 있나요?"

자주 집에 있었다고 하지만 재택근무가 가능한 일을 했는지도 모른다. 어디서 수입을 얻는 걸까.

"글쎄……. 잘 모르겠는데."

"요시야 씨가 갈 만한 곳이나, 짐작 가는 데는……."

그렇게 말하자 쓰지다는 고개를 저었다.

"없네, 그걸 내가 어떻게 알겠나. 거기 사는 것도 아닌데."

쓰지다는 그렇게 말하며 웃었다. 미소 짓자 얼굴이 쪼글쪼글해졌다.

"친하게 지냈던 이웃들이 있었나요?"

"없었을 거야. 있었다면 화재가 나기 전부터 요시야 씨가 사라진 사실을 알았겠지."

화재가 일어났을 때 소방대원이 한 집 한 집 방문해 주민의 안부와 소재를 확인했지만, 요시야 시즈코의 집은 아무런 응답도 없었다. 그래서 다음 날 아침 연락을 했지만 전화도 받지 않았다고 한다.

"쓰레기장에서 불이 났을 때, 연기가 상당히 많이 났었네. 나중에 가스가 샜다며 잠깐 소동도 일어났고. 피곤한 하루였지."

오후가 되어도 전화가 연결되지 않자 소방서와 관리 회사는 상의 끝에 업자를 불러 요시야 시즈코의 집 문을 열기로 했다. 그 자리에는 쓰지다와 아까 전화를 받았던 상사도 동석했다고 한다.

"난 그렇게까지 할 필요는 없다고 생각했네. 혹시 해외로 여행을 갔을지도 모르니까 말이야. 사실 지금도 그렇게 생각하고 있고. 왜

냐면 집이 너무 깨끗했거든. 쓰레기도 없었고 냉장고 안도 비어 있었지."

그렇다면 장기 여행을 갔을 가능성도 충분히 있을 법하다. 혼자 사는 사람이 집을 비우게 된다면 그 정도의 준비는 했을 테니까.

"그럼 왜 경찰까지 나서서 실종 사건으로 커진 겁니까?"

"그 화재, 연속 방화 사건이었잖나. 그래서 경찰이 출동했지. 실종 이야기가 나온 건 요시야 씨가 혼자 사는 여자였기 때문이 아닐까? 최근에는 위험한 사건이 많이 일어나니까."

그렇게 말한 뒤 쓰지다는 무언가 생각났다는 듯 서둘러 담배를 끄며 말했다.

"그러고 보니 자동 응답기가 좀 이상했어."

요시야 시즈코의 집에는 자동 응답기가 놓여 있었지만, 녹음 버튼에 불이 들어와 있지 않았다고 한다.

"경찰에서는 여행이나 다른 일로 집을 비웠으면 당연히 스위치를 켜 놓고 갔을 거라더군. 좀 마음에 걸린다는 거야. 하지만 우연히 잊어버렸을 수도 있잖나."

쓰지다는 자신이 아는 한, 그 후로 경찰이 수사하고 있는 것 같지는 않다고 했다. 분명히 그 정도 일로 경찰이 나서지는 않을 것이다. 신문 기사에 실린 것도 그녀의 실종이 우연히 연속 방화 사건에 얽혔기 때문이고, 조금 수상해 보인다는 이유에서일지도 모른다.

"기다리다 보면 조만간 돌아오지 않을까. 커다란 트렁크를 들고 말이야."

쓰지다는 태평한 얼굴로 그렇게 말했다.

가즈야도 더 이상 처음 신문에서 요시야 시즈코의 이름을 보았을 때만큼의 긴장감은 들지 않았다. 화재가 일어난 것이 오월 십오일. 그 후로 이십 일 정도 지났지만, 유럽이나 미국으로 장기 여행을 떠난 거라면 그 정도는 집을 비워도 이상하지 않다.

그래도 역시 그 푸른 수첩이 신경 쓰였다. 그 점에서 경찰과 소방서, 쓰지다 등과 가즈야는 입장이 달랐다. 새 수첩에 유일하게 이름이 기재된 여성이 행방불명되었다. 이것이 과연 우연일까?

"그다지 도움이 못 되어 미안하네. 너무 걱정하지 말고 좀 지켜보는 게 어떨까?"

쓰지다는 힐끗 손목시계를 보며 말했다.

그러겠다고 대답하며 가즈야는 고개를 숙였다. 요시야 시즈코의 행방을 모른다고 하니 더 이상 쓰지다를 붙잡을 이유가 없다.

그런데 밖으로 나가려던 순간 불현듯 머릿속에 무언가가 번득였다. 카이젤 하이츠는 새로 지은 집이다. 그렇다면 그곳에 입주하기 전 요시야 시즈코는 어디에 살았을까? 어디서 이사 온 걸까?

"죄송합니다. 하나만 더 여쭙겠습니다."

가즈야는 고개를 돌리고 당황한 표정의 쓰지다에게 물었다.

"혹시 카이젤 하이츠로 이사 오기 전에 요시다 씨가 어디서 사셨는지 아십니까?"

쓰지다는 웃음을 터뜨렸다.

"내가 그걸 어떻게 알겠나."

물론 그럴 것이다. 하지만 가즈야에게도 생각이 있었다.

"물론 장소는 모르시겠지만, 그 맨션, 지은 지 얼마 안 되었잖습니까. 요시야 씨가 이사 왔을 때 일 중에 기억나는 거 없으십니까?"

"카이젤 하이츠가 완공된 건 일 년 반쯤 전일 거야. 요시야 씨는 지은 지 얼마 안 돼서 바로 입주했지."

"그때 어느 이삿짐센터에서 나왔나요? 쓰레기장에 상자 따위를 내놨을 텐데요. 기억나지 않으십니까?"

가즈야는 그렇게 물었다. 맨션에 새 주민이 입주하면, 얼마 동안은 쓰레기장에 대량의 쓰레기가 흘러넘친다. 새집에서 쓸 수 없거나 필요 없어진 가구나 물건 등도 있지만, 대부분은 역시 상자다. 이삿짐센터 중에는 이사한 다음 날 상자를 회수하러 오는 회사도 있지만, 그래도 한 번에 모든 상자를 비우고 정리할 수는 없기 때문에 나중에 하나 둘씩 상자를 내놓을 때가 있다. 가즈야 역시 일하는 맨션에서 그런 광경을 보고 누군가가 이사 온 사실을 알아채고는 했었다.

쓰지다는 생각에 잠겨 끙, 하고 소리를 냈다.

"어디였더라…….."

"큰 회사는 몇 군데 없잖아요."

쓰지다는 팔짱을 낀 채 생각에 잠겼다. 원체 사람이 좋은데다, 같은 업계에서 일한다고 하니 경계심이 사라져서 가즈야의 페이스에 말려 든 것이리라. 가즈야에게 요시야 씨와 아는 사이라면서 그런 것도 모르냐고 되묻지도 않고 열심히 기억을 더듬고 있다.

"리비나 이삿짐센터였던가…….."

쓰지다는 자신 없는 듯 말하더니 이렇게 덧붙였다.

"요시야 씨 때는 짐이 얼마 없어서, 이 톤 트럭 한 대밖에 안 왔거든. 그날 내가 당번이었는데……."

응, 맞아. 그랬지. 쓰지다는 그렇게 중얼거리며 눈을 반짝였다.

"리비나 맞아. 틀림없어. 요시야 씨가 이사 온 뒤에, 바로 사층에 또 사람이 이사 왔거든. 그때도 리비나여서, 요새 장사 잘되네, 하고 말을 건네면서 쓰레기장에 내놓은 303호 상자를 함께 치워 달라고 했더니 돈을 내라고 해서 깜짝 놀랐지."

리비나 이삿짐센터는 텔레비전에도 대대적으로 광고를 내보내고 있는 업계 굴지의 회사다. 이삿짐센터에 일을 맡길 경우 손님이 원래 살던 지역의 담당 지점이나 지부에서 사람이 나오기 때문에 아야세 지구를 담당하는 지부에 연락해도 소용없을 줄 알았는데, 역시 큰 회사라 그런지 고객 데이터를 컴퓨터로 모두 관리하고 있었다. 조회를 요청하자, 작년 일월 십오일에 아야세 카이젤 하이츠 303호로 이사한 요시야 시즈코의 정보를 금세 찾을 수 있었다.

전화를 받은 담당자가 왜 그런 걸 묻느냐고 물어볼 게 뻔했기 때문에 가즈야는 미리 거짓말을 했다. 여기는 금융 회사인데, 자세한 사정은 말씀드릴 수 없지만 현재 요시야 씨의 주소가 어디인지 확인할 수가 없어서 연락드린 거라고.

요시야 시즈코에게는 미안했지만 리비나 같은 회사에서는 여러 사정이 얽힌 이사를 처리한 경험이 있을 테니 이런 거짓말도 먹힐 공산이 크다. 전부 지금 일하는 아르바이트 회사에서 얻은 경험이다. 어느 날 담당 맨션을 청소하던 가즈야에게 험상궂은 남자 두 명이 찾아와 어떤 주민이 지금 분명히 그곳에 살고 있는지, 예전에는 어디에 살았는지 꼬치꼬치 캐물었던 적이 있었던 것이다.

요시야 시즈코가 예전에 살던 곳은 가와사키 시 미야마에 구, 게다가 단독 주택이었다. 여자 혼자 단독 주택에 살았을 리는 없을 테니 아마 이 집은 요시야 시즈코의 가족이 사는 곳이겠지. 리비나에서 전화번호까지는 가르쳐 주지 않았기 때문에, 가즈야는 서둘러 공중전화로 달려가 번호를 찾았다.

분명히 그 주소는 요시야란 이름으로 등록된 적이 있었다. 명의는 요시야 노부히코, 남자다. 요시야 시즈코의 아버지일까.

알아 낸 전화번호를 메모한 뒤, 직접 전화를 걸기 전에 가즈야는 잠시 망설였다. 이제 곧 저녁 일곱시다. 모르는 사람의 집에 거는 전화니, 조금만 더 늦으면 실례가 된다. 하지만 그 순간 불현듯 제정신이 돌아오는 기분이 들었다. 나는 왜 이런 짓을 하고 있지. 그런 의문이 들기 시작했다. '요시야'란 이름에 겨우 손이 닿을 찰나인데 이제 와서 겁이 나다니.

수첩 일은 역시 마음에 걸린다. 하지만 만일 가즈야의 막연한 예감대로, 요시야 시즈코에게 무슨 일이라도 생긴 걸 알게 된다면 그때는 어떻게 해야 할까. 괜한 호기심 때문에 엄청난 일에 말려들기라도 한다면.

가즈야는 수화기 위에 손을 올린 채 세차게 고개를 저었다.

아니, 이제 와서 우물쭈물할 수는 없다. 만일 지금 가즈야가 요시야 시즈코를 찾지 않는다면, 그녀에게 무슨 일이 생긴다 해도 당분간은 아무도 눈치 채지 못할 테고 찾으려고도 하지 않을 것이다. 그러면 그녀가 너무 가엾지 않은가. 화재 때문에 소동이 일어나지 않았다면 없어졌다는 사실조차 아무도 눈치 채지 못했을 요시야 시즈코. 가즈야의 눈에 혈혈단신 고독한 여자의 옆모습이 어른거렸다.

수화기를 든 가즈야는 미야마에 구에 사는 요시야 노부히코의 전화번호를 눌렀다. 다이얼 소리를 듣는 동안 심장이 뛰어 올랐다가 움츠러들었다 하며 펄쩍펄쩍 요동을 쳤다.

"네, 여보세요."

낮은 남자 목소리가 전화를 받았다. 성우라고 해도 믿을 만큼 멋진 목소리였다. 가즈야는 잠시 기가 죽어 말을 삼켰다. 요시야 시즈코의 아버지라 하기에는 목소리가 너무 젊다.

"여보세요? 요시야 씨 댁인가요?"

마른침을 꿀꺽 삼킨 뒤, 가즈야는 입을 열었다.

"그렇습니다만."

"시즈코 씨 계신가요?"

갑작스레 침묵이 찾아왔다. 가즈야는 손안의 수화기를 보았다.

"여보세요, 시즈코 씨는……."

재차 묻는 가즈야의 목소리를 제압하듯 상대는 바리톤의 목소리로 물었다.

"시즈코에게 무슨 일이시죠?"

그녀는 집에 있는 모양이다. 요시야 시즈코는 이 집에 사는 사람인 것이다. 가즈야는 수화기를 꼭 쥐었다.

"갑자기 전화 드려 죄송합니다. 실은 요시야 시즈코 씨가 분실하신 수첩을 주웠습니다. 그래서 연락드린 겁니다."

상대는 또다시 입을 다물었다. 가즈야는 상대가 입을 열 때까지 기다렸다.

"그 수첩에 이 번호가 적혀 있었습니까?"

상대가 천천히 물었다. 가즈야를 의심하는 듯한 목소리였다.

"네, 그런데요."

완전히 거짓말은 아니다. 가즈야는 자세한 경위를 생략하고 대답했다.

"그렇습니까……."

생각을 정리하듯, 수화기 너머의 남자는 말을 흐렸다.

"일부러 감사합니다. 하지만 시즈코는 이곳에 없습니다. 지금은 분명 아다치 구에 살고 있을 텐데요."

카이젤 하이츠를 말하는 것이리라.

"거기에는 안 계십니까?"

"네, 그렇습니다."

상대는 그렇게 대답하더니 한층 더 톤을 낮춰 말했다.

"전 요시야 노부히코라고 하고, 시즈코는 이혼한 전처입니다. 지금은 혼자 살고 있을 텐데요. 그 수첩에 아다치 구 주소는 적혀 있지 않던가요?"

요시야 노부히코에게서 그 이상의 정보는 얻어낼 수 없었다. 가즈야는 조금 의기소침해져 집으로 돌아왔다.

시간을 두고 천천히 생각하면 할수록, 이제 막다른 길로 들어섰다는 느낌밖에 들지 않았다. 반나절 동안 조사해서 요시야 노부히코를 찾아낸 일은 쾌거였지만 그 이상은 무리인 듯싶었다. 한 가지 방법이 있다면, 요시야 노부히코에게 수첩에 대해 솔직하게 털어놓고 시즈코의 친정에 연락해 그녀의 소재를 파악해 달라고 부탁하는 것—그런 생각도 해 봤지만, 현 단계에서 가즈야가 그렇게 나서는 것은 너무 주제넘은 짓 같았다.

'그리고……'

오히려 역효과만 날 수도 있다. 어쩌면 요시야 노부히코가 이혼한 전처의 실종 사건에 관련되어 있을지도 모른다. 이 역시 비약일 수도 있지만, 순수한 가능성으로만 따지자면 아주 가능성이 없지는 않다. 그렇기 때문에 가즈야는 요시야 노부히코에게 모두 털어놓고 도움을 요청할 수가 없었다. 그런 상황만은 피하고 싶었다.

그렇다고 해서 지금 경찰에 신고하는 것도 이상했다. 아무래도 시기상조라는 생각이 들었다. 가즈야의 감이나 심정을 사람들이 어떻게 받아들일지는 전혀 별개의 문제다.

게다가 집에서 곰곰이 생각해 보니 가즈야 스스로도 불확실한 부분이 있었다. 확실히 푸른 수첩이 수상하긴 했지만, 요시야 시즈코의 집은 깔끔하게 정돈되어 있었고 냉장고 안까지 정리되어 있었다. 그 두 가지 사실을 저울질해 보면 의심은 옅어져만 간다. 만일 그녀가 그녀의 의사와는 상관없이 끌려갔을 경우, 그녀를 데려간 사람이 그렇게까지 집을 깨끗하게 정돈해 놓을 이유가 있을까? 문만 닫혀 있으면 안에서 무슨 일이 일어나도 누구 하나 눈치 채지 못할 텐데. 집 안은 아무리 어지럽혀 놓아도 전혀 상관없다. 깨끗하게 정리해 놓았다는 건, 집주인인 시즈코 스스로가 일정 기간 집을 비울 것을 염두에 두고 나름대로 집을 치운 뒤에 나갔다고 생각해야 하지 않을까. 그 편이 훨씬 논리적이다. 적어도 경찰은 그렇게 보고 있는 것 같다. 그렇지 않으면 자동 응답기가 꺼져 있다는 사실을 눈치 챈 시점에서 더욱 적극적으로 대처했을 테니까.

잠시 상황을 지켜볼까.

가즈야는 이 시점에서 자신이 할 수 있는 최선을 다하고 얼마 동안 거리를 두기로 했다. 그가 생각한 최선이란 바로 쓰지다에게 연락해, 만일 요시야 시즈코가 돌아오면 알려 달라고 부탁하는 일이었다.

그렇게 하고 앞으로 삼 개월만 기다려 보자. 벽에 걸린 달력을 올려다보며 가즈야는 결심했다. 삼 개월이 지나도 시즈코가 돌아오지 않는다면 그때는 경찰에 신고하자. 수첩에 대해서도 다 털어놓자. 그렇게 오랜 시간 동안 한 여자가 모습을 감췄다는 걸 알게 되면 경찰도 지금보다 더 신경을 쓸 테고, 자동 응답기 건도 있으니 적극적으로 수사할지 모른다. 그렇게 생각했다.

그 뒤로 하루하루를 보내며 가즈야는 때때로 그런 생각을 했다. 요시야 시즈코는 어떻게 지내고 있을까. 무슨 생각으로 모습을 감추었을까. 아니면 역시 누군가에게 납치된 것일까. 브러시가 달린 육중한 청소기로 바닥을 닦으며, 신문지로 창문을 닦으며, 커다란 쓰레기통을 호스로 닦으며 상상했다. 어쩌면 그녀는 사건에 휘말려 이제 이 세상 사람이 아닐지도 모른다고. 가즈야가 알 수 없는 어떤 사정으로 단순히 집을 비우고 있는지도 모른다고 생각하면서도, 저절로 상상은 나쁜 쪽으로 기울었다. 경제적으로는 부족할 것 없는데도, 이혼한 지 일 년도 채 되지 않은 삼십 대 여자가 고독하고 단조로운 생활을 정리하고 사라질 이유. 가즈야의 머릿속에 떠오르는 이유들은 그리 밝지만은 않았다.

하지만 그런 상태가 오래 지속되지는 않았다. 지긋지긋한 장마가 끝난 칠월 중순, 가즈야가 일하는 청소 회사로 한 통의 전화가 걸려 왔다. 쓰지다였다. 그는 요시다 시즈코가 돌아왔다는 사실을 알려 주었다.

쓰지다는 요시야 시즈코에게 가즈야가 카이젤 하이츠를 찾아온 이야기를 들려주었던 모양이다. 아는 사람이 찾아왔다고 이야기하니, 시즈코는 무척 놀란 얼굴로 누구냐고 물었다고 한다. 날 걱정해서 찾아 줄 사람은 아무도 없을 텐데, 라는 말과 함께.

쓰지다는 시즈코에게 가즈야가 일하는 청소 회사의 전화번호를 알려 주었고, 그녀는 회사로 전화를 걸었다.

생각보다 훨씬 높은 목소리였다. 가즈야가 상상했던 침착한 분위기의 미녀의 입에서 나올 법한 목소리는 아니었다. 그 때문인지 처음 전화를 받았을 때에는 무척 두근거렸지만 이야기하다 보니 점점 마음이 가라앉았다. 다소 실망한 것도 사실이었다.

가즈야는 솔직하게 사정을 이야기했다. 수첩을 주워서 호기심이 생기긴 했지만 신문에서 화재 사건을 보고 무척 놀랐다고. 말없이 듣던 시즈코는 수첩을 돌려받고 싶으니 한번 만나자고 제의했다. 가즈야는 그쪽으로 가겠다고 대답했다. 되도록 빨리 만나고 싶다기에 다음 날 오후로 약속을 잡았다.

집을 나서면서 가즈야는 묘하게 가슴이 두근거려서 가만히 있을 수가 없었다. 새로 산 셔츠를 차려 입고, 땀 냄새가 나지 않는지 몇 번이나 점검했다.

오늘은 쓰지다의 근무일이 아닌지, 카이젤 하이츠의 현관 로비는 쥐 죽은 듯 조용했다. 불탔던 쓰레기장도 깨끗하게 원상 복구되었고, 파란 비닐 시트도 더 이상 보이지 않았다.

인터폰으로 303호를 호출하자 이내 대답이 돌아왔다. "금방 내려갈게요." 전화로 들었던 목소리가 그렇게 말했다.

가즈야는 현관 유리문 너머를 뚫어져라 쳐다봤다. 엘리베이터 문이 열리고 사람이 내렸다. 분명 저 사람이―.

가즈야를 향해 다가오는 여성은 긴 머리를 하나로 묶어 왼쪽 어깨 위로 늘어뜨리고 있었다. 하얀 면바지에 아이보리색 상의를 입고, 갈색 가죽 벨트가 달린 샌들을 신었다. 키는 보통이었고 체격은 마른 편, 가냘픈 분위기가 느껴지는 사람이었다.

"다나카 씨 맞죠?"

조금 전 인터폰에서 흘러나온 목소리가 가즈야를 불렀다.

"제가 요시야 시즈코예요."

“생각보다 젊어서 깜짝 놀랐어요. 스무 살 정도로 보이는데.”

카이젤 하이츠 근처의 카페에서 마주 앉자마자 시즈코는 대뜸 그렇게 말했다.

“그 나이치고는 말투가 침착하네요.”

뭐라 이야기해야 할지 난감해서 가즈야는 고개를 숙인 채 바로 수첩을 꺼내 테이블 위에 놓았다.

“이거, 돌려드릴게요.”

“고마워요.”

시즈코는 가볍게 고개를 숙여 인사한 다음 수첩을 집어 들었다.

“이상한 수첩이죠? 주웠을 때 깜짝 놀랐을 거예요.”

가즈야는 말없이 살짝 미소 지었다. 어떤 표정을 지어야 할지 알 수 없었다. 시즈코는 분명 미인이었지만, 가즈야가 상상했던 여성과는 달랐다. 뭐라고 할까, 그보다 평범했다. 어디서나 볼 수 있을 것 같은, 가즈야 또래 아이들 눈에는 평범한 아줌마로 보이는 그런 여자. 쓰지다의 말대로 시즈코의 차림은 말쑥했지만 내면에서 흘러넘치는 매력이 있거나 넋을 잃고 바라볼 정도로 아름답지는 않았다.

어디 갔다 온 건가요? 이 수첩에는 무슨 의미가 있죠? 지금까지 알고 싶었던 모든 것이 희미해져 가는 듯한 느낌이 들었다. 가즈야는 자신이 만들어 낸 ‘요시야 시즈코’의 허상을 걱정하는 한편, 이 일이 엄청난 사건이기를 기대하는 무책임한 부분이 자신의 마음속에 존재했다는 사실을 깨달았다.

“일 년쯤 전에 이혼했거든요.”

시즈코는 그렇게 이야기를 꺼냈다. 가즈야는 아무 말도 하지 않았는데도, 마치 질문에 대답하는 듯한 설명조의 말투였다. 누가 물어보지 않아도 이야기하고 싶었는지도 모른다. 자기 자신을 위해, 이야기를 들어 줄 상대가 필요했는지도 모르겠다.

"위자료 대신 전남편이 이 집을 사 줬고, 매달 생활비도 받고 있어요. 하지만 그렇게 빈둥빈둥 사는 것도 지겨워져서, 잠깐 집에서 나와 하나부터 다시 시작할 수 있을지 도전해 보려고 했어요."

그녀는 살짝 어깨를 으쓱하며 아이스커피가 든 유리잔으로 손을 뻗었지만, 빨대를 건드리기만 하고 다시 손을 내렸다.

"요시야는 전남편 성이에요. 나도 생각이 있어서 그 성을 계속 쓰고 있지만……. 집을 떠나 있는 동안에는 옛날 성을 썼어요. 사하라 시즈코라고 해요. 일할 곳을 구해 집도 얻었죠."

하지만 잘되지 않더라고요. 그녀는 살짝 웃으며 말했다.

"그래서 돌아온 거예요. 잘 안 될 경우에는 여기로 다시 돌아오려 했고. 하긴, 처음부터 그런 생각을 가지고 있었으니 어떻게 혼자서 새 출발을 하겠어요."

"불이 난 건 알고 계셨나요?"

가즈야는 겨우 말문을 열었다. 애초에 모든 일의 원인은 그 화재 사건이었으니 말이다.

"몰랐어요."

시즈코는 고개를 저으며 대답했다.

"그래서 돌아왔을 때 쓰지다 씨에게 전해 듣고 놀랐어요. 내가 행방불명된 줄 알았다면서요?"

　사정을 알고 보니, 깔끔하게 정리되어 있던 방이나 꺼진 자동 응답기도 모두 납득이 갔다. '요시야 시즈코'와는 잠시 인연을 끊을 생각이었으니, 자동 응답기를 사용할 생각은 당연히 없었을 것이다.

　"수첩도 새로 샀어요. 나이에 어울리지 않는다고 생각하겠지만요. 그 안에 요시야 시즈코의 이름을 써 봤어요. 사하라 시즈코가 혼자 힘으로 새로운 인생의 출발에 성공했을 때, 과연 요시야 시즈코란 여자를 좋아할 수 있을지 조금 궁금했거든요. 주소록에서 지우고 싶을지 아닐지 말이에요."

　어차피 그때 사하라 시즈코에게는 아는 사람이라곤 요시야 시즈코밖에 없었고요.

　그녀는 그렇게 말하며 웃었다.

　"사하라 씨로 사는 동안에 새로 친구를 사귀셨나요?"

　"아뇨."

　시즈코는 조용히 말을 이었다.

　"사하라 시즈코로 살던 생활은 반년도 못 갔거든요. 스스로 일해 생활비를 버는 것조차 힘들어서 여기로 돌아온 거니까요. 일단 결심을 했으니까 사하라 시즈코로 사는 동안에는 남편이 주는 생활비에는 손도 대지 않을 작정이었지만, 그게 말처럼 쉽지가 않더라고요."

　"그 잡지…… 《컬렉션》 말인데요. 제 동생 말로는 여자들은 잡지를 사면 선반에 올려놓지 않는다고 하던데, 정말 잊어버리고 내리신 건가요?"

　시즈코는 고개를 저었다.

"아뇨, 놓고 내렸어요. 일부러."

《컬렉션》은 이혼하기 전 시즈코가 즐겨 보던 잡지였다. 요시야 노부히코는 젊은 나이에 성공한 사업가였기 때문에 생활은 풍족했다. 《컬렉션》을 참고해 쇼핑하러 가는 것이 시즈코의 습관이었다고 한다.

"그런 생활을 오래 한 탓인지, 사하라 시즈코로 살자고 큰맘을 먹고 적은 월급으로 힘겹게 살 때도 생각 없이 《컬렉션》을 사게 되는 거 있죠. 사서 설렁설렁 넘기고 있으려니 스스로가 너무 싫어지는 거예요. 처음에는 가방에 넣었다가 내릴 때쯤 되어서 선반에 놓고 내렸어요."

가방에 넣었을 때 안에 있던 수첩이 잡지 사이에 끼어 들어간 사실은 전혀 몰랐다고 한다. 그래서 잡지째로 그냥 선반에 올려놓았다고.

듣고 보니 정말 별것 아닌 이야기였다. 가즈야는 말없이 고개를 숙이고 있었다.

"사람이란 그리 쉽게 변하지 않나 봐요. 수첩은 새로 살 수 있지만 사람은 그러지 못하잖아요."

시즈코와는 삼십 분 정도 이야기하고 헤어졌다. 이제 만날 일도 없으리라. 애초에 꼭 만나야 할 사이도 아니었다. 오늘 만나자고 한 것도 홀로 외로운 처지에 이야기를 들어 줄 사람이 필요했기 때문이리라.

"걱정해 줘서 고마워요."

헤어질 때 시즈코가 남긴 그 말은, 기쁘다기보다는 서글프게 가즈야의 귓가에 울려 퍼졌다.

흔들리는 전철 안에서 가즈야는 묵묵히 생각에 잠겼다.

사하라 시즈코란 존재로 돌아가 혼자 힘으로 살아갈 수 있을지 도전하려 했던 요시야 시즈코. 그녀의 도전은 쉽게 좌절되었고, 그녀 자신도 그렇게 될 거라 예상했던 것 같다. 다소 삐뚤어진 시각으로 보자면, 홀연히 카이젤 하이츠에서 모습을 감춘 시즈코의 마음속에는 이렇게 하면 헤어진 남편이 걱정해 줄지도 모른다는 실낱같은 기대가 남아 있었을지도 모른다. 아니, 오히려 혼자 힘으로 살아가려는 결심보다는 그런 마음이 더 컸을지도 모른다. 그녀가 생각이 있어서 요시야란 성을 계속 쓰고 있다고 말한 순간, 가즈야는 희미한 미련을 느꼈다.

그래도 푸른 수첩의 주소록에 '요시야 시즈코'란 이름 하나를 적어 넣고, 이 여자를 좋아할 수 있을지 아닐지 알고 싶다고 생각했을 때만큼은 사하라 시즈코도 진심으로 자신의 힘으로 새 출발을 하려 했으리라. 적어도 그 순간만큼은 새로운 인생을 살아가려 했던 것이다.

하지만 결국에는 제자리로 돌아왔다. 수첩은 새로 살 수 있지만 사람은 그러지 못한다고 말하며. 새로 쓰는 것도, 낡은 것을 버리고 새것을 사는 것도 불가능하다고 말하며.

난 어떨까. 가즈야는 그런 생각을 했다. 나도 새롭게 다시 태어나는 건 불가능할까. 계속 권태감에 휩싸여 아무 목적도 없이, 학교도 가지 못한 채, 무기력해져서, 도망치듯 아르바이트를 하며 살아가는 나는.

시즈코를 비웃는 것도 나약한 인간이라 욕하는 것도 모두 쉬운 일이다. 하지만 차창 너머로 스쳐 지나가는 활기찬 거리 풍경을 바라보며 가즈야는 딱 하나, 시즈코에게 배워야 할 부분이 있다는 사실을 깨달았다.

그녀는 도전하려 했다. 적어도 시도는 했다. 지금 생활과 인연을 끊고 새로운 사람이 되려고 시도했다. 설령 실패한다 해도 아무것도 하지 않는 것보다는 낫다. 결국 제자리로 다시 돌아간다 해도 도전하기 이전과 완전히 똑같은 삶을 살지는 않을 테니까.

나도 그렇게 할 수 있을까.

가즈야는 생각했다.

내일, 오차노미즈 역에서 내릴 수 있을까. 학교로 향하지는 못하더라도, 역에서 내려 시도라도 해 볼 수 있을까. 정말 이대로 괜찮은 걸까. 조금 더 다른 길을 찾아보는 것도 괜찮지 않을까. 결론을 나중으로 미루고 그저 도망치기만 하지 말고.

생각해 보니, 나도 실종된 거나 마찬가지인 셈이군…….

가즈야는 살짝 쓴웃음을 흘렸다. 저물어 가는 여름 해가 차내를 붉게 물들이고 있었다. 집에 가는 길에 나도 문구점에 들러 수첩이나 살까. 주소록에 '다나카 가즈야'란 이름을 적어 넣고, 녀석을 좋아할 수 있을지 없을지 시험해 볼까.

하지만 그때는, 그 수첩을 선반에 놓고 내리지 않도록 조심해야겠군.

그런 생각을 하며 가즈야는 홀로 미소 지었다.

팔 월 의
눈
人
質
カノン
4

1

계단에서 전화벨 소리가 울리고 있다.

이시노 미쓰루는 두 손을 깍지 낀 채 머리에 대고, 침대에 드러 누워 천장을 뚫어지게 노려보고 있었다. 그 자세로 벨이 몇 번이나 울리는지 센다. 한 번, 두 번, 세 번—벌써 여섯 번째다. 어머니는 외출한 모양이다. 오늘은 병원에 가는 날도 아니고 모임이 있는 날 도 아니니까 장을 보러 갔겠지. 아마 삼십 분 안에 돌아올 것이다.

전화벨은 열 번 울리더니 멈췄다. 에어컨 소리밖에 들리지 않는 조용한 방. 바깥 기온은 삼십 도를 넘었을 테지만, 실내는 조금 추 울 정도로 시원했다. 미쓰루는 턱 아래까지 이불을 끌어당겼다.

천장을 올려다보며 하품을 했다. 커튼을 쳐 놓았기 때문에 실내 는 어둡다. 그러고 있으면 더 우울해질 뿐이라며 때때로 청소할 겸 방에 들어온 어머니가 억지로 걷어 내고는 했지만, 혼자 남으면 곧 바로 커튼을 쳤다. 물론 창문도 마찬가지다. 환기를 시키고 싶을 때 에는 복도 쪽 문을 열었다. 바깥 공기도, 바람도, 그걸 타고 들어오 는 시끌벅적한 소리도, 사람 목소리도 모두 미쓰루와는 인연이 없 는 것이었다.

또 하품이 나왔다. 이렇게 멍하니 천장을 바라보고 있어도 지루 하다는 느낌은 전혀 들지 않는데 어째서 하품이 나오는 걸까. 그런 생각을 하는데 다시 전화벨 소리가 들렸다.

끈질기군.

힐끗 눈을 돌리자 벽에 붙은 전화기 착신 램프도 반짝이고 있다. 벨 소리만 꺼 놓은 터라 전화를 받으러 일부러 일층까지 내려갈 필요는 없었다.

하지만 미쓰루는 침대에서 움직이지 않았다. 벌렁 드러누워 꼼짝도 하지 않았다.

벨 소리가 열세 번째 들렸을 때, 황급히 현관문을 여는 소리와 복도를 뛰어가는 소리가 들렸다. 벨은 열다섯 번 하고도 반이 더 울렸다. "네, 여보세요" 하고 숨을 헐떡이며 대답하는 어머니의 목소리가 들린다.

"죄송합니다, 밖에 나갔다 이제 들어왔어요."

곧이어 "네?" 하는 놀란 목소리가 들렸다.

"언제죠?"

"네, 알아요."

"네, 곧바로 가겠습니다."

그런 말을 두세 번 되풀이하더니, 이 분도 지나지 않아 어머니는 전화를 끊었다. 미쓰루의 방에 달린 전화기의 램프가 꺼지더니 곧바로 다시 켜졌다. 어머니가 어딘가로 전화를 거는 듯했다.

뭐지……? 미쓰루의 마음에 이제야 궁금함이 솟았다. 그는 머리 밑에 있던 팔을 빼고 몸을 일으켰다.

아래층에서 목소리가 들렸다. 평소보다 배는 빠른 목소리다. 초조한 듯했다.

"아, 영업 2과의 이시노 씨 부탁드립니다. 집이에요."

회사에 있는 아버지에게 거는 전화다. 미쓰루는 사정을 짐작했다. 조금 전 전화는 병원에서 걸려 온 모양이다.

전화를 끊은 어머니는 이층으로 올라와 미쓰루의 방문을 두드렸다. 사고가 난 후에 좋은 일이라고는 이것밖에 없었다. 사고가 나기 전에는 아무리 짜증을 내며 말을 해도 어머니는 항상 노크도 없이 벌컥 방문을 열었지만, 지금은 아니다. 어머니는 성질 괴팍한 사장 밑에서 일하는 비서처럼 조심스레 노크를 했다.

"왜?"

미쓰루는 큰 소리로 말했다. 문이 열리고 어머니가 얼굴을 내밀었다. 입가가 일그러져 있다. 미쓰루의 감이 맞은 것 같다.

"지금 병원에서 전화가 왔어."

어머니는 느닷없이 그렇게 말했다.

"할아버지가 돌아가셨대."

미쓰루는 말없이 어머니를 바라보았다. 어머니는 그 이상 아무 말도 하지 않았지만, 갑자기 눈을 내리깔며 울먹이는 목소리로 말했다.

"왜 이렇게 나쁜 일만 생기는지 모르겠다."

어머니는 그렇게 중얼거리더니 앞치마 끝으로 눈가를 훔쳤다. 너무 세게 비볐는지 눈꺼풀이 빨갛게 변했다.

"아빠는 지금 회의라 자리에 안 계시대. 전해 달라고 했으니까 자리에 돌아오는 대로 즉시 병원으로 오실 거야."

"응."

"이쓰코 고모에게 연락하고 엄마는 바로 병원으로 갈 거야."

"알았어요."

미쓰루의 간결한 대답을 들은 어머니는 잠시 뜸을 들이다 물었다.

"너도 갈래?"

"집에 있을래. 움직이기도 힘든데."

"택시 타면……."

"싫어."

"그럼 그렇게 해라."

어머니는 고개를 끄덕이더니, 어떻게 눈금을 읽어야 하는지 모르는 저울을 보는 듯한 표정으로 말했다.

"혼자서 괜찮겠어?"

"응."

"그럼 다녀올게."

그렇게 말하고 어머니는 문을 닫았다. 미쓰루는 그대로 기다리고 있었다. 예상했던 대로 어머니는 다시 한번 문을 열며 말했다.

"부탁이니까 오늘은 전화 좀 받아 주겠니? 할아버지 일로 여기저기서 전화가 많이 올 거야."

미쓰루는 대답하지 않았다. 대답 대신 살짝 어두운 표정을 짓자 어머니는 더 이상 아무 말도 하지 않았다.

미쓰루가 오른쪽 다리를 잃은 것은 올해 오월 말이다.

어쩌다 그렇게 되었냐고 묻는다면, 사 톤 트럭에 치어 오른쪽 무릎 밑은 수술조차 할 수 없을 정도로 심하게 다쳤기 때문이라고 대답할 것이다. 이야기를 들은 사람들은 대부분 그 이상 캐묻지 않으리라.

하지만 개중에 어쩌다 사고를 당한 거냐고 묻는 사람이 있다면, 미쓰루는 이렇게 대답할 것이다. "도로로 뛰어들었거든."

"어째서?"

"도망치고 있었어."

"뭐 때문에 도망쳤는데?"

그러면 미쓰루는 어깨를 으쓱할 것이다.

"누가 날 죽이려 했으니까."

올봄, 미쓰루가 입학한 시립 제3중학교는 지역에서 그리 나쁜 평가를 받는 학교는 아니었다. 한때 전국 중학교에서 교내 폭력이 성행할 때에도 이곳에서는 딱히 눈에 띄는 사건이 일어나지 않았다.

그렇기 때문에 미쓰루는 운이 나빴다고밖에 할 수 없다. 그가 열었던 문 너머에 공교롭게도 말벌이 있었다. 그뿐이다.

제3중학교에는 지역 내의 초등학교 네 곳에서 올라온 학생들이 모인다. 학교에 입학한 미쓰루가 1학년 B반 3번이 되었을 때, 앞번호인 2번은 미쓰루와는 다른 학교에서 올라온 학생이었다. 그 학교는 지역 내에서 미쓰루가 다니던 학교와는 제일 멀리 떨어져 있는 곳으로, 교류도 없었고 정보도 얻을 수 없었다.

그래서 미쓰루는 전혀 몰랐다. 자신의 앞 번호인 2번 학생이 마치 늪지에 사는 거머리처럼 끈질기고, 이유 없는 적의에 시달리고 있다는 사실을. 그에게 달라붙은 거머리는 그가 죽을 때까지 결코 떨어지지 않을 거라는 사실도.

그 아이의 이름은 이이다 고지였다. 비쩍 마른 체형에 하얀 피부, 여자처럼 귀여운 얼굴의 소년으로, 무척 말이 없었다. 그리고 자주 결석을 했다. 나중에 사정을 알고 난 후에야 결석이 잦았던 이유를 이해할 수 있었다.

입학하고 처음 한 달은 출석 번호 순서대로 앉는다. 미쓰루는 고지 바로 뒤에 앉아 매일 그의 뒤통수를 보며 생활하게 되었다. 고지는 인쇄물을 돌리거나 하는 꼭 필요한 경우가 아니면 거의 뒤를 돌아보지 않았다.

왼쪽에 나란히 앉은 출석 번호 2, 3번 여학생들은 모두 명랑한 성격이었기 때문에 미쓰루는 금세 친해졌다. 두 소녀들 역시 미쓰루나 고지와는 다른 초등학교에서 올라왔기 때문에 미쓰루와 마찬가지로 고지의 사정에 대해 전혀 알지 못했다. 하지만 두 소녀는 여자 특유의 정보력으로, 한 달 후에는 어디선가 고지에 대한 정보를 물어 왔다.

"이이다, 초등학교 때 굉장했대. 같은 초등학교 애한테 들었어."

처음 그런 이야기를 들은 건 이이다 고지가 결석한 어느 날 방과 후였다. 청소 당번이었던 미쓰루는 건성으로 빗자루로 바닥을 쓸고 있었다.

"굉장했다니, 뭐가?"

"왕따였대."

옆자리 소녀는 목소리를 낮추며 그렇게 말했다.

"한 명이 아니라 여러 명이었대. 이이다를 왕따시키던 무리가 있었나 봐. 5학년 때는 그것 때문에 가출까지 했었대."

그 이야기를 들으니 더더욱 청소 따위에는 관심이 없어졌다.

"그렇게 괴롭혔대?"

"이이다네 엄마가 직접 학교까지 찾아갔었대. 학교에서는 전학을 보내려고 했지만 이이다가 거부했대. 잘못한 게 없는데 왜 자기가 도망치냐면서. 중학교에 올라오면 그런 애들하고도 바이바이할 테니까. 아무튼 사립 중학교 시험을 봤는데 떨어진 모양이야."

"그래서 여기 온 거야?"

"그래. 왕따시키던 애들하고 같이."

"최악의 상황이네."

초등학교 시절, 어차피 사립 중학교에 갈 거라 생각하고 열심히 노력한 것이 오히려 역효과를 불러일으킨 건가.

"왕따시키던 애들도 우리 반이야?"

"아니, 반은 달라. 하지만 그게 무슨 위로가 되겠어."

그녀는 손으로 가리며 더 목소리를 낮췄다.

"아직도 계속 괴롭히나 봐. 그래서 자주 빠지는 거고."

미쓰루는 이이다 고지의 가냘픈 목덜미를 떠올렸다.

"걔는 왜 그렇게 괴롭힘을 당하는 거래?"

특별히 성적이 좋은 것도 아니고 눈에 띄는 부류도 아니다. 불량

한 아이들을 따라다니는 똘마니 같지도 않아 보이는데 왜 그럴까.

소녀는 머뭇거리며 입을 열었다.

"이이다하고 이야기해 본 적이 거의 없어서 잘은 모르겠지만."

이이다에게는 가벼운 언어 장애가 있다고 했다.

"우리 삼촌도 젊었을 적에는 그랬대. 남자한테 많이 나타나는 증상인데, 남보다 여린 아이들이 많이 그러나 봐. 삼촌이 그랬어. 어른이 되면 저절로 고쳐진대."

"흐음. 다른 지역에 있는 중학교로 갔으면 됐을 텐데."

미쓰루는 그렇게 말했다. 당시에 든 생각이라고는 고작 그 정도였다. 깊이 관여할 생각은 없었다. 솔직히 말해 나와는 관계없는 일이라 여겼고, 괜히 긁어 부스럼 만들기 싫다는 마음도 있었다. 고지는 여전히 용건이 없을 때에는 뒤를 돌아보지 않았고, 아침에 인사를 나눈 적도 없었다. 혼자만의 세계에 틀어박혀 스스로를 방어하고 있는 것 같았다. 그 때문인지도 모르겠지만 고지를 왕따시키던 아이들도 남의 눈이 있는 학교 내에서는 손을 대지 않는 듯했다. 그래서 주변 사람들은 고지가 그렇게 심각한 고민을 가지고 있는지 몰랐다.

오월 연휴가 끝나자 첫 번째 자리 이동이 있었다. 미쓰루는 고지와 떨어졌다. 하지만 이상하게도 고지와 떨어지자 고지가 신경 쓰이기 시작했다.

변함없이 고지는 결석이 잦았다. 항상 기운이 없다. 수업 시간에 선생님이 질문했을 때 말고는 말하는 모습을 본 적이 없었고, 동아리 활동에도 참가하지 않는지 수업이 끝나자마자 도망치듯 집으로 돌아갔다. 같은 반 여자아이들의 정보에 의하면 언어 장애를 교정하기 위해 상담 치료를 받고 있다고 한다.

잘됐으면 좋겠다. 그런 생각이 들기 시작했다. 그와 이야기하고 싶다는 기분도 들었다. 자리가 떨어졌으니 이제 항상 붙어 있는 것도 아니다. 고지를 괴롭히는 아이들에게 찍혀 성가신 일에 말려들 걱정도 없다. 그런 속셈도 있었다.

그러던 어느 날, 이이다 고지는 철로에 뛰어들어 자살했다.

고지의 죽음 이후 제3중에는 사나운 폭풍이 몰아치기 시작했다. 고지는 장문의 유서를 남겼다. 고지 부모님은 아들이 처했던 상황을 공표하고 형사 소송도 불사할 기세였고, 결국 학교 측의 반대를 꺾고 그 사실을 공표했다.

미쓰루의 짐작대로 고지를 괴롭히던 아이들은 학교 안에서만큼은 그에게 손을 대지 않았다. 초등학교 시절의 경험을 교훈 삼았으리라. 그들은 등하교 때와 휴일에만 고지를 괴롭혔다. 물론 고지가 언어 장애 교정 진료소에 다니는 길도 표적이 되었다. 그 아이들 입장에서는 눈에 띄는 곳에서 고지를 괴롭혔다가 선생님이나 주변 학생들의 이목을 끌기보다, 학교에서는 아무 말 없이 위압만 가하고 바깥에서 마음껏 괴롭히는 편이 더 안전했을 것이다. 이 사건을 보도한 몇몇 언론에서는 그들의 악질적인 행동을 '무서운 십 대'라고 평했지만, 미쓰루는 코웃음밖에 나오지 않았다. 이 정도 잔꾀는 누구나 부릴 수 있기 때문이다.

하루가 멀다 하고 돈을 빼앗아 가고, 거절하면 폭력을 휘두른다.

좀도둑질을 시키거나 번화가로 데리고 나가 지나가는 여성을 성희
롱하도록 강요한 적까지 있다. 유서에는 그렇게 적혀 있었다. 가해
자들의 이름도 적혀 있었던 모양이지만, 물론 그것까지는 공개되
지 않았다. 그들의 얼굴을, 목소리를, 행동을 아는 것은 학생들과
교사들 등 가까이서 그들을 지켜보던 사람들뿐이었다.

'괴롭힘을 당하는 게 괴로워서 죽는 게 아니에요.'

고지의 유서에는 그렇게 적혀 있었다.

'이런 세상에서 희망을 가지고 산다는 게 불가능하기 때문에 죽
는 겁니다.'

미쓰루는 전혀 몰랐지만, 고지도 그의 부모님도 몇 번이고 학교
에 선처를 요구했다고 한다. 하지만 학교 측에서는 학교 밖에서 일
어난 일까지 관여할 수는 없다며 책임을 회피하기만 하고, 그냥 전
학을 가는 게 낫겠다고 권하기만 했다고 한다.

'내가 왜 도망쳐야 하는지 이해할 수 없습니다.'

고지는 그렇게 호소했다.

'앞으로도 이런 불공평한 일만 계속 일어난다면 나는 더 이상 살
고 싶지 않아요.'

다른 무엇보다도 바로 그 말이 미쓰루의 마음에 와 닿았다. 이런
불공평한 일만 계속 일어난다면.

결국 친해지지 못했다. 이야기를 나눈 적도 모두 합해 열 번이나
될지 의심스럽다. 하지만 그렇기 때문에 더더욱 미쓰루는 그에게
빚을 진 기분이 들었다.

그래서 저도 모르게 참견하고 말았다. 사건이 발생하고 삼 주가

량 지난 어느 날, 방과 후 복도에서 큰 소리로 떠드는 가해자들을 본 순간에.

고지가 죽은 후 얼마간은 가해자들도 얌전히 있었다. 한때는 지역 경찰까지 나서서 학교 관계자를 비롯해 그들에 대한 조사를 벌였기 때문이다. 하지만 조사가 일단락되고, 고지의 부모님이 필사적으로 노력했는데도 기소가 어려울 거란 소식이 들리자 그들은 갑자기 기운을 되찾았다.

커다란 웃음소리가 들렸다. 그들은 몇몇 여학생들과 함께 복도에서 무리 지어 태평하게 웃고 떠들고 있었다. 아무 일도 없었던 것처럼. 이이다 고지란 사람이 처음부터 이 세상에 존재하지 않았던 것처럼.

스스로도 눈치 채지 못하는 동안 미쓰루는 그들을 노려보고 있었다. 무리 중 한 명이 시선을 알아채고 갑자기 시비를 걸었다.

"넌 뭐야."

커다란 덩치에 걸맞은 굵직한 목소리였다.

"뭐가."

미쓰루는 그렇게 대답했다. 목소리가 떨리면 안 된다는 생각을 하면서.

"가방 가지러 왔는데."

"빨리 꺼져."

다른 누군가가 말했다.

"어슬렁거리지 말고, 이 쓰레기 같은 자식아."

그만하라는 듯 한 여학생이 그의 소매를 잡아당겼던 기억이 난다. 그 광경은 기억하고 있다. 하지만.

"쓰레기는 너희지."

그렇게 되받아친 자신의 목소리가 어땠는지는 아직도 기억나지 않는다. 정말 자신이 그런 소리를 했는지, 그것조차 자신이 없다.

스스로도 그들을 도발하고 있다는 사실은 자각하고 있었다. 그래서 그들이 일제히 인상을 쓰며 다가왔을 때에는 뒤도 돌아보지 않고 냅다 도망쳤다.

다행인지 불행인지 계단을 내려가 복도를 지나치자 문이 보였다. 화들짝 놀란 표정을 한 같은 반 아이들과 스쳐 지나갔지만 선생님의 모습은 보지 못했다. 아마도 그 때문에 그들은 문밖으로 뛰어나간 미쓰루를 쫓았을 것이다. 어른들이 보고 있지 않으니까.

문으로 뛰어나가 큰길로 이어진 일차선 도로를 전속력으로 달리며, 미쓰루는 딱 한 번 뒤를 돌아봤다. 깜짝 놀랄 정도로 가까이서 쫓아오던 녀석들의 얼굴과, 그들 중 하나가 주머니에 손을 넣고 세차게 나이프를 꺼내는 모습을 본 순간 머릿속이 새하얗게 변했다. 붙잡히면 죽는다. 저 녀석들은 진심이다.

"잡히면 죽는다!"

누군가가 그렇게 외쳤다. 미쓰루는 그 소리를 똑똑히 들었다. 큰길로 나간 그가 사 톤 트럭 바로 앞에 뛰어들었을 때, 트럭 운전사가 죽을힘을 다해 밟은 급브레이크 소리에도 그 목소리는 지워지지 않았다.

이런 불공평한 일만 계속 일어난다면.

사고가 일어난 뒤—그래, '사고'였다. 이전에는 '자살'이었고 이번에는 사고다. 아무에게도 책임은 없다. 사건은 이이다 고지가 죽었을 때와 마찬가지로 불공평하고 흐지부지하게 처리되었다.

응급차에 실려가, 수술, 입원, 재활 치료를 반복했다. 학교는 휴학. 하지만 미쓰루가 그런 고생을 하는 동안에도 녀석들은 또 복도에서 낄낄대고 있을 테고, 여름 방학이 되면 동아리며, 합숙, 피서 여행 등으로 바쁜 나날을 보내리라.

문병을 온 친구의 말에 따르면, 녀석들은 왜 나이프를 가지고 있었냐는 형사의 질문에, "이이다 일이 있고 나서 사람들이 꼭 우리를 나쁜 사람처럼 보았기 때문에 스스로를 지키기 위해 가지고 있었어요"라고 대답했다고 한다.

그런 대답이 통하는 세상이다. 미쓰루는 오른쪽 다리를 잃고 이렇게 천장을 바라보고 있다. 때때로 이이다 고지를 떠올렸다. 그의 가냘픈 목덜미를, 항상 푹 숙이고 있던 얼굴을, 도망치듯 교문을 빠져나가는 뒷모습을.

이런 불공평한 일만 계속 일어난다면, 나는 이제 세상과 연을 끊겠어.

사람들은 모두 빨리 털고 일어나라고 했다. 기운 내. 열심히 살아야지. 어째서 그래야 되는데? 왜? 왜 이렇게 험한 꼴을 당한 내가 죽을힘을 다해야만 하는데?

그런 녀석들은 뻔뻔하게 잘 살고 있는데. 아무 벌도 받지 않고, 웃고 떠들면서. 학교는 재밌니? 여자 친구는 생겼니?

세상일이란 이런 것이다. 아무렇지도 않게 남을 희생양으로 삼는 녀석들이 떵떵거리며 살아간다. 다른 사람은 아무리 상처 입혀도 상관없다, 자기만 잘되면 된다, 난 아무 잘못도 없어. 그런 녀석들이 천연덕스럽게 잘만 살아남는다.

손해를 본 사람들이 아무리 울부짖어도 소용없다. 그런다고 무엇이 달라진단 말인가. 아무것도 달라지지 않는다. 스스로 방법을 찾는 수밖에 없다. 아무리 피해를 입어도 아무도 보상해 주지 않으니까.

그래서 미쓰루는 결심했다.

공평하게 살지 못할 거라면 평생 천장을 올려다보며 살아가는 편이 낫다. 아무도 만나지 않고 누구와도 말하지 않고 살아도 외롭다는 생각은 들지 않는다. 전화벨 소리 따위는 시끄러울 뿐이다.

어머니가 부탁했지만 전화를 받을 생각은 전혀 없다. 그런다고 해도 아무도 화내지 않을 것이다. 장례식 준비는 알아서들 하라지. 미쓰루와는 상관없는 일이다.

어머니가 말한 '할아버지'란 미쓰루의 친할아버지다. 할아버지는 여든두 살로 작년 봄에 뇌출혈로 쓰러진 뒤 계속 병원에 있었다. 몸은 마비되었고 의식도 또렷하지 않아서 계속 잠들어 있는 상태였다. 심장이 튼튼하기 때문에 지금까지 버티실 수 있었지만, 올해 초에 이제 슬슬 마음의 준비를 하셔야 할 것 같다는 주치의 선생님의 당부가 있었다. 그런 상태였으니 이번 여름까지 버틴 것만 해도 기적이나 마찬가지다.

미쓰루가 특별히 매정한 성격이라 이렇게 생각하는 것은 아니다. 아버지도 어머니도 올해 들어서는 계속 그런 말씀만 하셨다.

이미 마음의 준비를 했기 때문이다. 온몸에 호스를 꽂은 채 생기 없이 비쩍 말라 침대 위에 누워만 있는 할아버지를 더 이상은 바라보기가 힘들었기 때문이다.

미쓰루의 아버지는 장남이고 위로는 누나 한 명밖에 없었기 때문에 결혼하자마자 집으로 돌아와 부모님을 모셨다. 그래서 미쓰루는 태어날 때부터 할아버지 할머니와 같이 살았다.

육 년 전, 미쓰루네 가족은 미쓰루가 초등학교에 입학했을 때 집을 새로 지었다. 하지만 얼마 지나지 않아 할머니가 심장마비로 세상을 떠났다. 그 후로 할아버지는 뇌출혈로 쓰러져 입원할 때까지 일층 남쪽 방에서 생활했다. 다른 가족들과는 식사 때밖에 얼굴을 마주하지 않았지만 딱히 고독해 보이지는 않았다. 할아버지는 하루 종일 텔레비전을 켜 놓은 채 지극히 조용하고 느긋한 여생을 보냈다. 정신은 멀쩡했지만 귀도 살짝 멀고 눈도 침침했기 때문에, 마치 얇은 베일을 뒤집어쓰고 세상과 한 걸음 떨어진 곳에서 살아가는 사람 같았다.

할아버지가 입원한 병원은 노인 전문 병동을 갖추고 전문 간병인을 고용하고 있어서 어머니도 체력적으로는 그리 힘들지 않았을 것이다. 하지만 역시 입원이 길어지니 정신적으로 지치는 일도 많았던 모양이다. 친정에 전화를 걸어 불평을 하거나 갑자기 비싼 물건을 사 들고 들어와 아버지와 다툰 적도 몇 번 있었다. 어쩌면 어머니는 할아버지가 돌아가셨다는 소식을 듣고 가슴을 쓸어내렸을지도 모른다. 그렇게 생각해서인지 조금 전 갑자기 울상을 짓던 어머니의 모습이 미쓰루의 눈에는 신기하게 비쳤다.

미쓰루 역시 하나도 슬프지 않다면 거짓말이리라. 하지만 미쓰루에게 할아버지는 항상 알 수 없는 존재였다. 건강했을 때에도 이야기를 나눈 적은 없었고, 함께 어딘가로 놀러갔던 기억도 없다. 어머니는 집에 노인이 있으니 마음대로 여행도 못 간다고 불평했지만, 식사 준비만 해 둔 채 할아버지를 두고 외출한 적도 몇 번 있었다.

할아버지는 그런 일로 화를 내는 사람이 아니었다. 화내는 모습은 한 번도 본 적이 없다. 무엇보다 생생한 감정을 가진 인간 대 인간으로 대화를 나누기에, 할아버지와 미쓰루는 나이 차이가 너무 컸다.

할아버지를 두고 가족 셋이서만 여행을 떠난다. 그런 생각을 하면 즐거웠다. 하지만 막상 그렇게 여행을 떠나면 두고 온 할아버지가 마음에 걸렸다. 그리고 그런 감정을 느끼는 자신이 짜증스러웠다. 미쓰루에게 할아버지는 그런 존재였다.

그래도 어릴 때에 용돈을 주시거나 공원에 데려가 주셨던 일 등이 어렴풋이 기억나긴 한다. 그렇지만 대부분의 경우, 그럴 때마다 항상 어머니에게 한마디 듣거나 혼이 나곤 했다. 아버님, 너무 오냐오냐 하시면 안 돼요. 어머니의 입버릇이었다. 그 말을 들을 때마다 할아버지는 쪼글쪼글한 얼굴로 말없이 웃었다.

슬프지 않은 것이 아니다. 그럴 여유가 없을 뿐이다. 지금 미쓰루는 주변 일 따위는 아무래도 좋았다.

아래층에서 다시 전화벨 소리가 울리기 시작했다. 미쓰루는 머리끝까지 이불을 뒤집어썼다. 시끄럽다. 침대에서 나와 난간을 잡고 계단을 내려가 전화선을 뽑아 버릴까. 아버지도 어머니도 화를 내지는 않겠지. 지금 내가 어떤 상황에 처했는지 알고 있으니까, 절대로 화를 내는 일은 없을 것이다. 할아버지가 오래 살지 못하신다는 사실은 전부터 예상하고 있었으니 말이다.

실제로 행동으로 옮기려면 여간 힘들지 않을 것이다. 혹시 도중에 균형을 잃고 굴러 떨어지기라도 한다면.

'뭐, 그래도 상관없지만.'

자포자기에 빠진 미쓰루는 그렇게 생각했다. 그렇게 죽어도 상관없다. 침대에서 내려가기 귀찮기 때문에 나가지 않을 뿐이다.

미쓰루는 귀를 틀어막고 이불 속에서 몸을 웅크렸다. 미쓰루가 아직 병원에 입원해 있을 무렵 아버지가 혼잣말처럼 했던 말이 뜬금없이 떠올랐다.

"할아버지가 빨리 일어나셨으면, 적어도 의식이라도 되찾으셨으면 했지만, 네가 이렇게 되고 나니 차라리 계속 저대로 계시는 게 낫겠다는 생각이 든다. 할아버지가 이 일을 아시면 얼마나 슬퍼하실까. 그 모습은 안 봐도 되니 그거 하나는 다행이야."

지금 이 상황에 그게 무슨 상관이야. 미쓰루는 그렇게 생각했다. 할아버지가 슬퍼하시든 말든, 한쪽 다리를 잃은 당사자가 할아버지도 아버지도 아닌 미쓰루란 사실에는 변함이 없다.

3

장례식은 별 탈 없이 끝났다. 미쓰루야 장례식장에 전혀 얼굴을 내비치지 않았으니 자세한 사정은 알 수 없었지만. 아버지도 어머니도 딱히 아무 말 없는 걸로 미루어 별일 없이 끝났으리라 추측할 뿐이다. 문상객도 얼마 없었을 테고 분쟁을 일으킬 만한 유산을 남기지도 않았기 때문에 싸울 거리도 없었겠지.

남들 앞에 나서기를 싫어하는 미쓰루에게 부모님은 억지로 참석하라고는 하지 않았다. 참석하면 친척들과 지인들에 이웃 사람들까지 할아버지 일은 제쳐 두고 미쓰루를 화제로 삼을 것이다. 그런 식으로 남의 입에 오르내리기 싫었다. 방에 틀어박혀 이불을 뒤집어쓰고 조문하러 온 사람들의 목소리를 멀리서 들으며 미쓰루는 며칠을 그렇게 보냈다.

몇 주 동안 부모님이 장례식 뒤처리나 인사 등으로 자주 집을 비웠기 때문에, 미쓰루 혼자 집에 있는 시간이 늘어났다.

홀로 조용히 있자니 우습게도 할아버지의 마지막 얼굴조차 보지 않으려 했던 것에 양심의 가책이 느껴지기 시작했다. 마치 문틈을 비집고 들어오는 틈새바람 같은 감정이었다. 어떤 순간을 계기로 마음속에 소리 없이 들어왔다. 어디를 어떻게 닫고 어떻게 끊어내면 바람을 잠재울 수 있는지 알 수 없었기 때문에, 그럴 때마다 미쓰루는 자신의 마음조차 다잡지 못하는 무력함을 느끼곤 했다.

바로 그 무렵, 할아버지 유품을 정리하던 어머니가 기묘한 편지를 발견했다.

“이게 뭘까?”

어머니는 그렇게 말하며 침대에 누워 책장을 넘기고 있던 미쓰루를 향해 다가왔다.

“뭔데?”

어머니가 내민 누렇게 뜬 갱지에는 손으로 쓴 것으로 보이는 문장이 적혀 있었다. 접힌 자국이 심해서 너덜너덜해져 있다.

“할아버지 방 서랍 안에 있던 낡은 편지함에서 찾았어.”

“편지함?”

“그래, 그 안에 들어 있더라.”

“그럼 편지겠지. 다른 것도 있었을 거 아냐.”

“다른 거랑은 좀 달라. 이건 굉장히 오래된 거야. 애초에 너, 할아버지가 편지 쓰시는 모습 본 적 없지? 엄마도 못 봤어. 귀찮다고 연하장도 안 쓰시던 양반이었는데.”

“옛날에 쓰셨던 거 아니야?”

“그게 말이지, 이거…… 어쩐지 유서 같아.”

어머니의 말에 미쓰루는 무심코 몸을 돌렸다.

“유서?”

“그래. 읽어 볼래?”

미쓰루는 눈앞의 종이를 받아들었다. 다 구겨진 종이에서는 살짝 곰팡이 냄새가 났다.

펼쳐 보니 분명 편지지였다. 밑줄이 그어져 있다. 애초부터 새하얀 종이는 아닌 듯했다. 세월에 의한 변색이 더해져 편지지는 더욱 누렇게 보였다.

그 편지를 과연 할아버지가 썼는지 이렇게 보기만 해서는 알 수 없었다. 그리고 깨달았다. 지금까지 한 번도—오랫동안 한 집에서 살았는데도—할아버지의 글씨를 본 적이 없다는 사실을.

글자는 얇은 펜으로 적혀 있었다. 그다지 잘 쓴 글씨는 아니었지만, 한 획 한 획 크고 또렷했다. 날려 쓰지도 않았기 때문에 읽기 쉬웠다.

'이것이 마지막 편지가 될 겁니다. 저는 깨끗하게 죽으러 가기로 결심했습니다. 형님께도 잘 전해 주십시오. 뒷일을 부탁드립니다. 가쓰이치로.'

미쓰루는 이 짧은 문장을 두 번이나 반복해서 읽었다. 가쓰이치로는 분명히 할아버지 이름이고, 어머니의 말대로 편지가 유서 비슷한 용도로 쓰였다는 것도 이해했지만, 그 외에는 뭐가 뭔지 알 수 없었다. 이게 뭐지?

"이게 뭐야?"

"모르겠어."

어머니도 쓴웃음을 지었다.

"할아버지가 젊었을 적에 쓰신 것 같은데, 왜 이런 걸 쓰셨을까? 깨끗하게 죽으러 가겠다니."

미쓰루가 들고 있던 편지를 다시 가져가며 어머니는 고개를 갸웃거렸다.

"전쟁중에 쓰셨나? 그러면 이해가 가네."

"할아버지가 전쟁에 나가셨어?"

"그러셨겠지."

어머니는 긍정했지만 다소 자신이 없는 말투였다.

"자세히 물어본 적은 없지만. 그런 이야기는 별로 하려고 하지 않으셨거든. 들어서 좋은 일도 아니라면서."

미쓰루는 정체불명의 편지로 관심을 돌렸다.

"이 편지, 봉투는 어쨌어요?"

"편지함에는 없던데. 뭐, 됐어. 이따 아빠한테 물어봐야겠다. 뭔가 아실지도 모르겠네."

어머니는 그렇게 말하며 미소 지었다.

"할아버지가 젊었을 적에도 분명히 여러 가지 일이 있었겠지."

아빠에게 물어보자. 그것은 아이가 일정한 나이가 되기 전까지는 그야말로 마법의 주문 같은 효과를 발휘하는 말이다. 그것이 말 그대로 모르는 것을 물어보자는 뜻으로 사용되든, 일종의 위협 섞인 뜻으로 사용되든 간에 말이다. 하지만 미쓰루만큼 나이를 먹은 아이에게 그런 말은 통하지 않는다. 미쓰루는 저녁 식사 자리에서 어머니가 이 화제를 꺼냈을 때, 아버지의 반응을 보고 금세 기대는 말아야겠다고 생각했다. 아버지 역시 아무것도 몰랐다.

"전쟁중에 아버지가 남방 쪽에 계셨다는 건 알지만."

아버지는 고단한 얼굴로 젓가락을 움직이며 말했다.

"그러고 보니 당시 일은 거의 말씀하신 적이 없어. 보통 사람들이라면 듣는 사람이 질릴 정도로 이야기하려 할 텐데."

듣고 보니 그랬다. 미쓰루의 외가 친척 중에도 듣기 싫은 옛날 이야기만 주구장창 늘어놓는 사람들이 있다.

할아버지는 그런 성격이 아니었다. 함께 살 때에는 그저, 이제 나이가 드셔서 옛날 일을 잊어버리셨을 테고 말하기도 귀찮으려니 했다. 하지만 할아버지가 아직 육십 대, 칠십 대였을 때, 돌아가시기 전보다 훨씬 건강했던 시절부터 그러셨다면……

"전쟁이 끝난 뒤에 먹을 게 없던 시절의 이야기라든지, 여기에 집을 지었을 때 이야기는 듣는 내가 달달 외울 정도로 몇 번이나 들었는데 말이야. 전쟁에 관련된 이야기는 이상하게도 한 번도 말씀하신 적이 없어."

아버지가 어머니에게 차를 달라고 하며 신문을 펼쳐 들자 미쓰루는 식탁에서 일어났다. 예전부터 식사를 마치고 가족끼리 이야기한 적은 손에 꼽을 만큼이었지만, 지금은 아예 없어졌다고 해도 좋을 정도다. 무슨 말을 하면 공연히 상처를 헤집는 꼴이 될까 봐 부모님도 미쓰루도 모두 조심스러워하고 있다. 표면이 얇게 얼어붙은 연못 위에 조심스레 발을 내디뎠다 얼음이 갈라지는 소리를 듣고 황급히 발을 빼는, 그런 분위기였다.

옆구리에 목발을 짚고 천천히 계단 아래까지 내려갔다. 계단을 오를 때에는 목발이 필요 없다—필요 없다기보다 오히려 거치적거리기 때문에 어깨에 짊어지고 움직였다. 몇 주 전만 해도 미쓰루가 이렇게 계단을 오르내릴 때는 어머니가 목발을 가지고 따라와 주었지만, 재활 치료를 담당하는 의사의 권유로 요즘에는 혼자서 움직였다.

"언젠가는 혼자 모든 걸 해야 하니까."

담당 의사는 그렇게 말했다.

목발은 무거웠기 때문에 이렇게 계단을 오르내리는 일은 무척 고되다. 그래도 그리 괴롭지는 않았다. 익숙해지기도 했고, 언젠가는 혼자서 모든 걸 다 해야 한다는 사실을 누구보다 미쓰루 자신이 제일 잘 알고 있기 때문이다.

정말 괴롭고 화가 나는 건 그런 노력이 당연하니 열심히 하라고 강요당하는 일이다.

맞는 말이다. 미쓰루가 자기 자신을 위해 해야만 하는 일이니 말이다. 평생 울면서 산다고 잃어버린 다리가 돌아오지는 않으니까.

그렇게 스스로를 닦달하는 것이 얼마나 어려운 일인지, 진정으로 이해해 주는 사람이 있을까. 모두 입을 모아 미쓰루를 격려한다. 지지 마, 힘내, 널 위해서라도 일어서야지. 그러다가도 미쓰루가 화를 내거나 언짢은 기색을 보이면, 그 즉시 어쩔 줄 몰라 하며 갓난아이 어르는 태도를 취한다. 그게 싫었다. 참을 수 없었다. 내가 원하는 건 그게 아닌데.

달래기 전에, 질타하고 격려하기 전에, 미쓰루가 다시 일어서야 하는 이유를 가르쳐 주길 바랐다. 과연 그것이 가치 있는 일인지 가르쳐 주길 원했다. 이런 삶에, 부조리한 일을 겪으며 쉽게 주저앉아 버리는 인생에, 과연 다시 일어나 살아갈 만한 가치가 있는지를.

그것만 알게 된다면, 확신을 가질 수 있다면, 어떤 노력이든 할 수 있는데.

할아버지의 편지가 미쓰루의 마음 한편에 걸린 이유도 바로 그것이다.

그 편지는 유서다. 유서가 틀림없다. 언제인지는 모르겠지만, 할아버지는 한 번 죽을 각오를 하고 유서를 남긴 적이 있다.

그런 결심을 했다가 어떻게 마음을 다시 먹었을까. 대체 어떻게 그런 절벽에서 되돌아와 남은 인생을 살아갈 수 있었을까. 무척이나 오래된 편지였다. 아마 할아버지는 그 편지를 쓴 후에도 자신이 편지를 썼던 나이의 몇 배나 되는 세월을 살아왔을 것이다. 어떻게 그럴 수 있었을까?

할아버지는 자신의 삶 속에서 그럴 만한 의미를 발견했던 걸까.

4

미쓰루는 며칠 동안 창문 밖에서 시끄럽게 울어 대는 매미 소리를 흘려들으며 정처 없이 생각에 잠겨 있었다. 할아버지는 왜? 어째서?

이유를 알아낼 방법이 없을까. 그렇게 생각한 순간, 미쓰루는 오랜만에 식사와 목욕과 용변 외의 다른 목적을 위해 침대에서 일어났다.

먼저 어머니가 편지를 발견했다는 편지함을 살펴보기로 했다. 뭔가 단서가 될 만한 물건이 들어 있을지도 모른다.

어머니는 계단을 내려온 미쓰루를 깜짝 놀란 얼굴로 바라봤다. 부엌 탁자에 앉아 무언가를 읽고 있었는지 안경을 끼고 있다.

"웬일이야? 배고프니?"

미쓰루는 고개를 저으며 편지함에 대해 물었다.

"그래, 보고 싶으면 지금 꺼내다 줄게."

"내용물은 그대로 있어?"

"대단한 건 없었거든. 그런데 편지함은 갑자기 왜?"

"그냥. 좀 신경이 쓰여서."

미쓰루는 말을 흐렸다.

어머니는 바로 일어나 할아버지의 방으로 들어갔다. 미쓰루는 탁자로 다가가 어머니가 읽고 있던 서류를 들여다봤다.

예상대로 조사 결과를 모아 정리한 문서였다. 전에 봤을 때와 분량이 거의 비슷하다. 조사는 난항을 겪고 있는 모양이다.

이이다 고지가 자살한 뒤 고지의 부모님은, 처음에는 형사 소송을 위해, 그것을 단념한 뒤에는 아들의 억울함을 풀어 주기 위해, 제3중학교에서 발생한 왕따 사건과 그에 대한 학교 당국의 무책임한 태도를 입증하기 위해 동급생이나 졸업생, 교사 들의 집을 찾아가 사건에 대해 계속 조사를 벌였다. 그리고 미쓰루가 사고를 당했다는 소식을 접하고 미쓰루의 부모님을 찾아왔다.

오갈 곳 없는 분노를 풀기 위해 부모님, 특히 어머니는 이 활동에 적극적으로 동참했다. 어떤 의미로는 미쓰루 본인보다 열심이었다. 지금까지 집안일과 가족들 뒷바라지밖에 모르고 살아왔던 어머니가 이렇게 활발하게 움직이는 모습을 본 건 처음이었다.

전부 쓸데없는 짓이야, 그런 짓 해 봤자 아무것도 달라지지 않아. 그런 말을 해서 어머니를 울린 적이 몇 번이나 있었다. 심술을 부릴 마음은 없었다. 정말 그렇게 생각했다. 그런 생각밖에 들지 않았다.

지금도 그렇게 생각한다.

"자, 이거야."

어머니가 가져다준 편지함을 들고 이층 방으로 올라가려던 미쓰루는 혼자서는 힘들다는 사실을 깨달았다. 한 손에는 목발을, 다른 한 손에 편지함을 들고 있으니 계단 난간을 붙잡을 수가 없다.

어머니는 편지함을 방까지 가져다주었다.

안타깝게도 편지함 안에는 딱히 눈에 띄는 물건이 없었다.

이 편지함은 할아버지가 평소에 사용하던 물건인 모양이다. 일회용 라이터 하나와 '나미키'란 카페 이름이 들어간 사용한 적 없는 성냥갑. 낡은 몽블랑 만년필 하나와 술집 이름이 들어간 볼펜 두 자루. 끝부분이 누렇게 변색된 은행 메모장. 편지함 구석에는 담뱃재도 떨어져 있다. 할아버지는 애연가였다.

어떤 담배를 피우셨더라. 그것조차 기억하지 못한다는 사실에 조금 충격을 받았다.

이 편지함은 딱히 중요한 물건을 보관할 목적으로 사용하지는 않은 듯하다. 하지만 그 편지는 항상 주변에 놓아둘 만한 종류의 물건은 아니었을 텐데. 유서니까 말이다.

그건 지금까지 계속, 어딘가 다른 곳에 할아버지가 소중히 보관해 놓았으리라. 그러다 어떤 시기에 편지함 안으로 옮겨 놓은 것이 아닐까?

'무슨 이유로?'

우리 눈에 띄게 하려고?

만일 그렇다면 쓰러지시기 전이다. 할아버지는 어렴풋이 자신의 몸 상태가 좋지 않다는 사실을 깨닫고 있었는지도 모른다. 그 생각을 하자 목덜미 부근에 소름이 돋는 것 같았다.

점점 더 편지의 정체가 궁금해졌다. 어떻게 해서든 알아내야겠다는 의지가 생기기 시작했다.

어떤 방법이 있을까. 미쓰루는 생각에 잠겼다. 오랜만에 머리가 돌아가기 시작했다. 마음이 헛도는 동안에는 항상 머리가 멈춰 있었는데.

친구. 그 방법이 있다.

그 방법을 떠올린 것은, 그날 저녁 고지 어머니에게 온 전화를 받은 어머니가 방으로 올라와 통화 내용을 설명해 주었을 때였다. 고지의 부모님은 이 문제를 지역 교육 위원회에 정식으로 회부하기 위해 애쓰고 있다고 한다.

그렇군. 고지에 대해, 그를 괴롭힌 아이들에 대해, 그들과 나를 둘러싼 상황을 알기 위해 고지와 우리 부모님은 돌아다니며 조사하고 있다. 누군가에 대해 알고 싶으면 친구에게 물으면 된다.

"엄마."

미쓰루가 갑자기 이야기를 끊자 어머니는 잠시 말을 삼켰다.

"왜 그래?"

"할아버지한테 친구가 있었어?"

"글쎄……."

"수첩 같은 거 없을까? 아니면 연하장이라도. 연하장 정도는 왔을 거 아냐?"

어머니는 석연치 않은 표정을 지었지만, 이런 시간에 뭘 뒤적이
는 거냐며 아버지가 핀잔을 주었는데도 할아버지 앞으로 온 우편
물과 연하장을 찾아 미쓰루에게 보여 주었다. 할아버지가 세상과
단절되어 있었음을 상징하듯 우편물은 얼마 없었다. 광고 우편물
까지 포함해 모두 스무 장밖에 되지 않았다.

“너, 뭐 하는 거니?”

어머니가 물었지만 대답은 하지 않았다. 그걸 설명해 버리면 지
금 이 기분이 어딘가로 달아나서 다시는 붙잡지 못할 것 같았기 때
문이다.

5

연하장과 우편물 가운데에는 전화번호가 적힌 것과 그렇지 않은
것이 있었다. 없는 것은 주소를 단서 삼아 104_{일본의 전화번호 안내 서비스 번호}에
전화해서 알아냈다. 그렇게 표를 만들어 순서대로 전화를 걸었다.
그러한 일련의 작업들을 하기 위해 미쓰루는 침대에서 일어나 책상
앞에 앉았다. 책상 위에 버려진 시간표는 먼지로 뒤덮여 있었다.

전화 거는 법을 잊어버렸다고 하면 과장일 테지만 처음에는 그
와 비슷했다. 통화 대기음을 듣고 있자니 가슴이 두근거렸다.

어떻게 인사를 하고 어떻게 말문을 열어야 하는지 일단 생각한
뒤에 일을 시작하긴 했어도 막상 상대방이 전화를 받으면 하나도
생각이 나지 않아서 자신의 의도를 전달하기까지는 상당한 시간이

걸렸다. 할아버지의 이름을 말하고 자신이 누구인지 밝힌 다음 연하장을 보고 전화했다는 것을 설명하고, 할아버지에 대해 잘 아는 친구를 찾고 있다고 이야기한다. 고작 그 정도 일에 그렇게 힘이 들 줄은 몰랐다.

어머니가 찾아낸 연하장은 작년 것과 재작년 것이 섞여 있었다. 그래서 전화를 걸다 보면 연하장을 보낸 사람이 할아버지보다 먼저 세상을 떠난 경우도 있었다. 전화를 받은 사람들은 미쓰루의 행동을 신기해했다.

"학교에서 할아버지에 대해 쓰는 숙제라도 있니?"

그런 질문을 받기도 했다.

본인이 전화를 받았다 해도 옛날에 일 관계상 신세를 진 아버지와 비슷한 연배의 사람인 경우도 있었다. 이시노 씨와는 벌써 십년 이상 뵌 적이 없네요. 돌아가셨다고요, 가 보지도 못하고 죄송합니다. 일 년에 한 번 연하장이나 보내는 사이였거든요.

수확은 없었다. 할아버지와 비슷한 연배의 사람들은 이제 대부분 세상을 떠났을지도 모른다.

그다지 좋은 아이디어는 아니었나 보다. 열한 번째 전화를 걸 무렵에는 그런 생각이 들기 시작했다.

열한 번째는 시바타 겐지라는 사람의 집이었다. 벨 소리가 다섯 번 울린 뒤 수화기 드는 소리가 났다. 얼마간 침묵이 이어졌다.

"여보세요."

잘 들리지 않는 탁한 목소리가 겨우 입을 열었다. 무언가 해냈다는 생각이 들었다. 목소리를 들으니 할아버지와 비슷한 연배의 사람이다.

"저기, 시바타 씨 댁이죠?"

"그렇습니다."

상대는 천천히 대답했다. 힘없는 쉰 목소리였다.

"전 이시노 미쓰루라고 합니다. 이시노 가쓰이치로가 저희 할아버지입니다."

상대는 말없이 듣고 있었다. 희미하게 숨소리가 들렸다.

"얼마 전에 할아버지가 돌아가셨어요."

잠깐 침묵이 흘렀다.

"이시노가 죽었나."

몰랐던 건가.

"네. 계속 병원에 계시다가."

"그것도……."

갑자기 기침 소리가 났다.

"몰랐군."

"시바타 씨는 저희 할아버지 친구분이신가요?"

우스울 정도로 솔직한 질문이었지만 상대는 웃지 않았다.

"아는 사이였어."

"그러면 혹시 할아버지의 젊은 시절에 대해 알고 계신가요?"

미쓰루는 열심히 편지함에서 찾아낸 편지에 대해 이야기했다.

"보기에는 유서 같은데요."

또다시 침묵이 흘렀다. 어, 무슨 일 있나? 그런 생각이 들었다.

"여보세요?"

그 순간, 갑자기 일방적으로 전화가 끊겼다.

수화기를 든 채 미쓰루는 눈을 껌뻑거렸다. 전화는 끊어진 게 분명하다.

'쳇. 실수로 끊었나 보네.'

이래서 노인은 싫다니까. 그런 생각을 하며 미쓰루는 다시 전화를 걸었다. 벨 소리가 들린다. 수화기 드는 소리가 났다.

"저기, 방금 전화 드린 이시노입니다."

다시 끊어졌다. 미쓰루는 어안이 벙벙했다. 세 번이나 더 걸고서야 실수가 아니라 고의로 전화를 끊고 있다는 사실을 깨달았다.

"정말 시끄럽군."

네 번째에는 그런 말까지 들었다.

"왜 끊으시는 거죠?"

이 사람은 분명 뭔가 알고 있다. 끈질기게 물고 늘어질 만한 가치가 있다. 미쓰루는 다시 한번 물었다.

"저희 할아버지의 유서에 대해 할아버지는 뭔가 알고 계신 거죠?"

다시 침묵이 흘렀다. 바스락거리는 소리가 났다.

"할아버지."

"보청기 상태가 좋지 않아서 말이야. 자꾸 밖으로 빠져나오네."

그 말을 듣고 짜증을 냈다간 또 전화를 끊어 버리겠지.

"병원에 가서 조절해 달라고 하면 돼요. 저희 할아버지도 그러셨거든요."

"그렇구먼."

맥 빠진 목소리로 대답한 뒤 얼마 지나지 않아 시바타 노인은 갑자기 이렇게 말했다.

"그런 건 다 버렸을 줄 알았는데."

미쓰루는 수화기를 꼭 쥐었다.

"유서 말씀이신가요?"

"그래."

"소중히 보관하고 계셨어요."

"가쓰이치답군."

친구들은 할아버지를 '가쓰이치'라 불렀던 모양이다. 그 별명을 들으니 어쩐지 쑥스럽기도 하고 우습기도 했다.

"이름이 미쓰루라고 했지."

"네."

"가쓰이치의 손자라고."

"네."

"몇 번째 손자지?"

"혼자인데요."

"아, 그렇군. 가쓰이치한테는 아들이 하나밖에 없었지. 다른 형제는 없나?"

"없어요."

"외롭니?"

"그렇진 않아요."

이야기가 점점 곁길로 새고 있다. 노인을 상대로 이야기할 경우, 이렇게 되면 다시 본론으로 돌아가기가 힘들다. 한동안 미쓰루는

시바타 노인의 자식들과 손자, 친척들의 이야기 등 뜬금없이 튀어
나오는 고유명사에 맞춰 네, 네, 대꾸를 하며 들었다. 이야기를 짜
맞춰 해석해 보면, 요지는 그들이 시바타 노인과는 다른 곳에 살고
있다는 것이었다.

"저기, 할아버지, 저희 할아버지 말인데요."

"가쓰이치가 왜."

"유서 같은 걸 찾았다고요."

시바타 노인은 잠시 침묵을 지켰다. 이야기에 열중했기 때문인
지 숨소리가 거칠었다.

"그런 건 이제 다 옛날 일이야."

"유서에 대해 아세요?"

"나도 썼거든."

미쓰루의 눈이 휘둥그레졌다.

"그럼 역시 전쟁중에 쓰신 거예요?"

노인은 신음하듯 그 말을 부정했다.

"그게 아니라 2·26사건당시 일본 군부는 두 파로 나뉘어 대립하고 있었다. 1936년, 천황 친정을 주
장하던 황도파 장교들은 쿠데타를 일으켰으나, 천황의 명령으로 나흘만에 강경진압되었다 때 쓴 거야."

"2·26사건이요?"

어색하게 되묻는 미쓰루의 목소리가 우스웠는지, 시바타 노인은
껄껄 웃었다. 웃음소리처럼 들렸다.

"학교에서 안 배웠냐?"

"……아마 아직 배우지 않았을 거예요."

사고를 당한 후로는 학교에 가지 않았기 때문에 정확히는 알 수

없다.

"학교에서 배우나요?"

"역사 시간에 배울걸."

"잠깐만요. 교과서 보고 올게요."

그렇게 말한 뒤, 미쓰루는 급하게 한마디 덧붙였다.

"할아버지, 시간이 좀 걸릴지도 몰라요. 전 잘 움직이지 못하거든요. 괜찮으세요?"

"잘 움직이지 못한다니?"

"다리를 다쳤어요. 그래서 계속 집에서 쉬고 있어요."

잠시 생각한 뒤에, 노인은 그러겠다고 대답했다.

"어차피 할 일도 없고."

전화를 보류로 돌려놓은 뒤, 미쓰루는 서둘러 의자에서 일어났다. 조급해하다가는 넘어질지 몰라 주의에 주의를 기울였다. 책상은 침대 옆에 있었기 때문에 먼저 침대로 다가가 앉은 뒤에 몸을 끌며 책상 쪽으로 이동했다.

교과서는 책상 위 선반에 놓여 있었다. 역사…… 일본사겠지.

"저 왔어요."

미쓰루는 같은 길로 전화가 있는 곳으로 돌아가 수화기를 들고 말했다.

"언제 있었던 일이죠?"

"쇼와 11년 이월 이십육일이었지."

그래서 2·26사건이구나.

연표를 뒤지던 미쓰루는 권말에 있는 색인을 떠올리고 그 페이지를 펼쳤다. 분명히 실려 있다. 2·26사건. 해당 페이지를 펼치자 '태평양 전쟁을 향해서'라는 장의 첫 부분에 실려 있었다. '쿠데타'란 단어가 제일 처음 눈에 들어왔다. '청년 장교', '계엄령', '중신을 습격, 살해', '육군성, 경시청 등을 점거'.

잘은 몰라도 대단한 사건이었나 보다. 중신이라면 대신우리나라의 장관급 관리을 말하나? 그런 사람들을 습격해 죽였다고? 경시청을 점거했다니, 그 경시청을?

그런 엄청난 사건에 우리 할아버지가 관련되어 있었다고?

머릿속이 혼란스러워서 무슨 말을 해야 할지 알 수 없었다. 시바타 노인의 쉰 목소리가 들렸다.

"나와 가쓰이치는 보병 3연대란 곳에 있었지."

알기 쉽게 이야기하고 있는 것 같았지만 그래도 미쓰루에게는 생소한 말이었다.

"보병?"

"군대 말이다. 육군 보병. 연대 모르나? 노라쿠로1930년대부터 연재된 인기만화. 개를 의인화한 등장인물들이 나온다. 주인공이 군대에 들어가 활약하는 내용란 만화 몰라? 거기에 불독 연대장이 나오잖아."

미쓰루는 그냥 듣고만 있을 수밖에 없었다. 모른다, 들어 본 적 없다고밖에 할 수 없었다.

"그럼 됐다."

못 알아듣는 미쓰루가 답답한지 시바타 노인은 더 설명하지 않고 이야기를 계속했다.

"우리는 중대장님과 함께 스즈키 시종장을 습격했지. 나도 가쓰이치도 건물 안에는 들어가지 않았고, 자기가 한 짓이 어떤 것인지 전혀 몰랐어. 그냥 중대장님의 명령을 따르기만 하면 된다고 생각했지. 중대장님은 우리에게 하느님이나 마찬가지였으니까 말이야."

노인은 마른기침을 내뱉고는 살짝 웃었다.

"눈이 내리던 날이었어. 추웠지. 그것만은 똑똑히 기억하고 있다. 그리고 이십팔일 밤부터였나, 밥이 다 떨어져서 무척 배를 곯았어. 정말 괴로웠지. 금방 해결될 거다, 중대장님이 해결해 주실 거다. 그렇게 생각했다."

미쓰루는 천천히 물었다.

"그 무렵 시바타 할아버지와 우리 할아버지는 몇 살이었나요?"

"스무 살이었어. 새파랗게 젊었지."

즉각 대답이 돌아왔다.

"그런데도 유서를 쓰셨다고요?"

"포위되어 있었거든. 쫙 둘러싸고 있었지. 알겠냐?"

"누구한테요? 경찰에 포위된 거예요?"

대신을 죽였으니 경찰이 출동하는 것도 당연하다 싶어서 한 말이었는데 시바타 노인은 웃음을 터뜨렸다.

"아니, 경찰은 무슨. 육군이야. 같은 육군 동료들에게 포위됐지. 황군끼리 대치하고 있었어. 아주 큰일이 터질 뻔했지."

"같은 편끼리 싸운 거예요?"

"그렇게 될 뻔했어. 우리는 반란군으로 몰렸거든."

"반란……."

할아버지가, 그 할아버지가, 하루 종일 멍하니 텔레비전을 보고,

단 걸 좋아하고, 가끔 화장실을 더럽히고, 식사 후에는 바로 낮잠
을 자던, 할아버지가.

반란군. 쿠데타.

"우리 부대는 맨 마지막까지 귀순하지 않았기 때문에 유서를 쓴
녀석들도 제일 많았을걸."

시바타 노인은 미쓰루에 대해서는 까맣게 잊은 듯 혼잣말처럼
중얼거렸다.

"우리 둘 다 영문을 알 수 없었지만, 옳은 일을 하고 있다고 믿었
기 때문에 죽는 건 두렵지 않았어. 각오하고 있었거든. 그래서 유
서도 써서 남겼지. 나는 부대로 돌아갈 때 놓고 왔지만 가쓰이치는
가지고 있었나 보군."

"할아버지."

"왜?"

"할아버지들이 한 행동은 옳은 것이었나요?"

수화기 너머에서 웃음소리 비슷한 소리가 들렸다. 아마도 웃고
있는 것이리라.

"교과서에는 옳지 않다고 씌어 있을 텐데."

"……."

"중대장님은 사형을 당했고, 우리도 헌병에 끌려갔다. 쫓겨날까
봐 얼마나 떨었는지. 그거 말고는 먹고살 길이 없었거든."

"……무서우셨어요?"

"그럼. 무서웠지. 시간이 흐르면 흐를수록 더 무서웠어. 가쓰이
치는 아닌 것 같았지만 말이다. 그 친구는 머리가 나쁜 게 슬프다

고 했어. 누구 말이 진실인지 구분하지 못하는 건 자기 머리가 나쁘기 때문일 거라더군. 무척 고민했다. 네 할아버지는 성실한 사람이었거든.”

시바타 노인은 처음으로 자기보다 훨씬 어린 아이를 상대로 이야기하고 있다는 사실을 자각한 듯, 부드럽지만 힘 있는 목소리로 말했다.

“유서까지 썼는데, 그렇게 열심히 했는데도 일이 잘되지 않았기 때문에 고민한 건가요?”

“일이 잘되지 않았다기보다 그게 잘못된 일이라는 말을 들었기 때문이지.”

시바타 노인은 웃었다.

“전쟁이 끝나고 나니 모두 일본이 그런 전쟁을 벌인 계기를 만든 게 2·26사건이라고 하니 말이야.”

그렇게 말했으면서도 노인은 계속 웃고 있었다.

“가쓰이치는 유서를 기념으로 남겨 두었는지도 모르겠군. 자식들이 보았을 줄은 꿈에도 몰랐을 거야. 지금쯤 무덤 속에서 벌떡 일어났을지도 모르겠는걸.”

그렇군, 가쓰이치도 떠났어.

노인은 혼잣말처럼 덧붙였다.

“그런 물건이니까 괜히 호들갑 떨 필요는 없어.”

“전 아직 잘 모르겠어요.”

“공부하다 보면 알게 될 거야.”

노인은 그렇게 말했다. 이야기를 시작했을 때보다 몇 배는 더 환한 목소리였다.

"오랜만에 좋은 추억을 떠올렸다. 그때가 그리워."

전화를 끊기 전, 시바타 노인은 그렇게 말했다.

난 잘 모르겠다.

미쓰루는 생각에 잠겨 있었다. 추억을 거슬러 올라갈 때마다 한 층 더 밝아지던 시바타 노인의 목소리가 귓가에서 계속 맴돌았다.

할아버지는 자신이 겪었던 일을 우리에게 이야기하지 않았다. 입 밖으로 내지 않았던 건 싫은 추억이었기 때문일까.

그렇게 괴롭고, 죽을 정도로 두렵고, 무엇을 믿어야 하는지 혼란스러워지는 일을 스무 살 때 겪었다. 할머니를 만나기도 전에. 아버지가 태어나기도 전에. 전쟁이 시작되고, 전쟁이 끝나기도 전에.

겨우 스무 살 때.

할아버지는 그 후의 육십여 년을 어떤 식으로 살아왔을까. 내가 물어보면 시바타 할아버지처럼 옛날 일을 이야기해 주셨을까. 그러고는 그때가 그립다고 하셨을까.

아무것도 묻지 않은 채, 아무것도 모르는 채, 나는 할아버지와 헤어졌다.

그 후로 미쓰루는 날마다 생각했다. 할아버지가 했던 행동, 할아버지가 했던 말, 생활의 사소한 부분까지 되도록 자세히 떠올리려고 노력하며.

그런 추억 어디에도 죽을 결심을 하고 중대장의 명령에 따랐던 스무 살 젊은이의 흔적은 없었다. 미쓰루가 아는 할아버지는 어디에서나 볼 수 있는 처량한 노인에 불과했다.

그 처량한 노인은 여든 해 세월을 살아왔다.

계속 생각에 잠겨 있었기 때문에 이제까지보다 말수가 훨씬 더 적어졌다. 어머니는 걱정이 됐는지 몇 번이나 무슨 일이냐며 물었지만, 그때마다 듣는 둥 마는 둥 넘겼다. 결국 어느 날 밤 어머니는 기어이 역정을 냈다.

너무 갑작스러웠기 때문에 미쓰루는 꿈에서 깨어난 기분이었다. 곧바로 상황을 파악하지 못했다. 어머니는 눈물을 글썽이고 있었다. 심장이 내려앉았다.

"내가 누구 때문에 이러는데!"

어머니는 울먹이며 말했다. 거실 탁자 위에 서류철과 문서 몇 장이 놓여 있었다.

"이제 그만 좀 해. 널 위해, 네 마음을 조금이라도 편하게 해 주려고 하는 일인데, 언제까지 그렇게 삐딱하게 굴 거야."

아버지는 아직 돌아오지 않았다. 사고 직후에는 때때로 회사를 조퇴하고 곁에 있어 주었던 아버지가 요즘에는 다시 예전처럼 늦게까지 야근을 하고, 휴일에도 출근하기 시작했다는 사실을 이제야 깨달았다.

둘밖에 없는 휑한 거실에서 어머니가 울고 있다.

"……미안."

입 밖으로 내고서야 아주 오랫동안 그 말을 해 본 적이 없다는 사실을 떠올렸다.

"생각할 게 좀 있어서, 엄마가 뭐라고 하는지 몰랐어."

오늘 밤만이 아니다. 지금까지 계속 그랬다. 혼자만의 생각 속에 틀어박혀 있었다.

"무슨 생각을 그렇게 하니."

어머니는 눈물을 훔치며 물었다.

"할아버지 생각."

"할아버지?"

"응."

미쓰루는 지금까지 있었던 일을 설명했다. 어머니는 눈을 동그랗게 뜨고 듣고 있었지만, 이내 이렇게 물었다.

"네가 전화한 거니?"

"응."

"네가 먼저?"

"그렇다니까."

"그래서 그 일로 이것저것 생각하고 있었던 거야?"

"응."

할아버지가 스무 살 때부터 지금까지 어떻게 살아왔는지, 어떤 생각을 했었는지, 그런 거 말이야. 속으로 그렇게 생각했지만, 쑥스러워서 입 밖으로 내지는 않았다.

"엄마."

"응?"

"내일 도서관에 가고 싶은데, 데려다 줘."

어머니는 울어서 빨갛게 된 눈으로 미쓰루의 얼굴을 뚫어지게 바라봤다.

"바깥에 나가려고?"

"나가 보려고."

"나갈 수 있겠어?"

"해 보지 않고는 모르잖아."

어머니는 미소 지었다.

"그래, 맞아."

어머니를 따라 웃으며 미쓰루는 생각했다. 내일 하늘은 어떤 빛깔일까.

1936년 이월 이십육일이라고 했지. 눈이 내리고 있었다고도. 눈이 내리던 그날의 하늘은 내일 미쓰루가 올려다볼 하늘과 같은 하늘일 것이다.

난 아직 알고 싶은 게 있어. 그렇게 생각했다. 꼭 알아야만 하는 것이 있어. 큰일도, 작은 일도.

2·26사건에 대해 더 자세히 알아보자. 지금 이대로는 뭐가 뭔지 모르니까. 그 후에는 전쟁에 대해서도, 그 후의 사회에 대해서도 전부 다 알아보자. 알고 싶어. 그러면 할아버지에게서 듣지 못했던 이야기들을, 그 빈자리를 메울 수 있을지도 모르니까.

그러다 보면 언젠가 분명, 할아버지가 살아온 세월을, 시바타 할아버지가 그런 체험을 '그립다'고 한 이유를 헤아릴 수 있을지도 모른다.

할아버지가 유서를 남긴 날에 내렸던 눈이 언젠가 내 눈에도 보일지 모른다. 새파란 하늘에서 눈이 떨어지는 광경이.

그것은 분명한 증거가 될 것이다. 아무리 괴로운 일을 겪어도, 아무엇도 믿을 수 없게 되어도, 유서를 쓰게 될 정도로 궁지에 몰려도, 거기서 지지 않는다면, 그 자리에서 다시 일어나 살아가는 것의 의미를, 가치를, 어딘가에서 반드시 찾아낼 수 있다는 증거가.

포기하기에는, 모두 버리기에는 아직 이르다는 증거가 되어 줄 것이다.

미쓰루가 앉은 의자 옆에서 전화벨 소리가 울려 퍼졌다. 아버지일지도 모른다. 퇴근하기 전에 전화하신 건가. 아니면 고지 부모님일까.

"내가 받을게."

미쓰루는 그렇게 말하며 의자 팔걸이를 붙잡고 천천히 일어났다.

지나간
일
人
質
5
カノン

1

　도시에는 수많은 유령이 산다는 이야기를 들은 적이 있다. 죽어서도 도시에 애착을 가지고, 높은 물가와 만원 전철, 오락에까지 따라붙는 혼잡함과 떠들썩함을 감내하며 살았던 나날을 그리워하며 이곳을 떠나지 못하고 떠도는 수많은 영혼이 빌딩과 역의 사람들 사이를 떠돌고 있다고 한다.

　다행인지 불행인지 나는 아직 그런 유령을 만난 적이 없다. 하지만 '과거'와 만났던 적은 있다. 유령이 완전히 죽지 않은 사람의 영혼을 가리키는 말이라면, '과거'는 추억이란 형태로 성불하지 못하는 시간의 유령이라 할 수 있지 않을까.

　내가 그를 만난 건 주오선 전철 안이었다. 목요일, 저녁 여섯시가 지나면 차내는 항상 붐비기 시작한다. 장마철이라 차내 공기는 습기로 가득 찼고, 냉방이 나오긴 했지만 승객들은 모두 땀 냄새를 풀풀 풍기고 있었다.

　평소에는 사무소에서 나와 간다 역에서 전철을 탄다. 그러나 오늘은 그냥 마음 내키는 대로 설렁설렁 고서점 거리를 지나 오차노미즈까지 나왔다. 단순한 변덕이었고, 이번이 처음도 아니었다. 나는 게으른 독서가였지만 책을 구입하는 건 좋아했다. 그래서 내가 찾는 책들 가운데에는 열심히 읽어 봤자 일반인들은 절대로 이해하지 못할 전문 서적이나, 그 정반대인 아이들 동화책이 섞여 있기도 했다. 아니, 나는 오히려 그런 종류의 책들을 즐겨 모은다.

남들은 이상한 취미라 한다. 예전에 외근을 나갔다 동화책만 전문으로 다루는 고서점을 발견하고, 마음에 드는 책을 몇 권 사 들고 사무소로 돌아온 적이 있다. 같이 일하는 여직원은 그걸 보고 세다 씨의 잠재의식 속에 아이를 원하는 마음이 있기 때문에 이런 책을 사는 것이라 분석했다.

분명 결혼한 지도 이십 년이 넘었지만 나와 집사람 사이에는 아직 아이가 없다. 한때는 그 때문에 쓸쓸하기도 했다. 아마 나보다 집사람이 더 오랫동안 그런 감정을 느꼈으리라. 아니, 집사람은 아직도 그런 감정에 사로잡혀 있는 듯했다. 집에 돌아와 오늘 사무소 여직원이 이런 이야기를 했다고 들려주자, 쓴웃음을 지으며 요새 젊은 애들은 잔인하다고 했기 때문이다. 그 후로 얼마 동안 나는 그림책과 동화책 구입을 자제했다.

장마철의 끈적거리는 빗속을 돌아다닌 끝에, 그날 내가 옆구리에 끼고 돌아온 건 제4세대 컴퓨터의 시장 개발에 관한 전문 서적과 『조몬 말기의 화석—발굴과 현재까지의 연구 성과』란 얇은 논문집이었다. 컴퓨터 전문 서적의 제목을 모르는 건 그 책이 영어기 때문이고, 그럼에도 불구하고 내용을 알 수 있었던 것은 아르바이트 학생으로 보이는 점원이 뒤표지를 읽고 설명해 주었기 때문이다.

젖은 우산을 들고 붐비는 전철을 탄데다가 찌는 듯한 더위에 정신이 팔려 있던 탓에, 유령의 존재를 알아챈 것은 전철이 이다바시 역을 통과했을 무렵이었다. 그의 얼굴이 사람들 사이로 머리 절반쯤 튀어나와 있어서 저절로 눈에 들어올 수밖에 없었다.

힐끗 보았다가 화들짝 놀랐다. 꼭 직업 탓이 아니더라도 나는 원래 남의 얼굴을 잘 기억하는 편이다. 대번에 어딘가에서 만난 적 있는 청년이라고 생각했다. 내 예상이 맞다면 아마 일 관계로 만났을 것이다. 바로 얼마 전에 만난 사람은 아니다. 요 일이 년 동안에 만났던 사람과 같은 차를 탔다면, 전철이 다음 역에 도착하기도 전에 내 몸속에 있는 경보장치가 그것을 감지하여 상대방이 눈치 채기 전에 다른 칸으로 피하라고 가르쳐 주었을 테니까. 자주는 아니지만, 그런 일은 지금까지 몇 차례 경험한 적이 있다. 도쿄는 그리 좁지 않지만 인구 밀도는 빽빽한 도시니까. 또 내가 몸속에 그런 경보장치를 가지고 있지 않고서는 일할 수 없는 직업을 가지고 있기 때문이기도 하다.

나와 청년 사이의 거리는 이 미터도 채 되지 않았다. 물론 그 사이에는 수많은 승객들이 있었지만, 우리는 서로의 얼굴을 마주 볼 수 있는 각도에 서 있었다. 키도 비슷했기 때문에 금방이라도 눈이 마주칠 것만 같았다. 나는 황급히 고개를 숙였다.

누구지? 그렇게 생각한 나는 얼굴 땀을 닦는 척하며 다시 한번 그를 훔쳐봤다. 문 옆에 선 청년은 가는 빗줄기로 흐려진 차창 너머로 멍하니 밖을 바라보고 있었다. 아마도 학생—대학생일 테지만 얼굴만 봐서는 연구실에 가는지 보강을 받으러 가는지, 아니면 여자 친구와 데이트하러 가는지 전혀 알 수가 없었다. 도쿄 시내를 달리는 전철 승객들의 팔십 퍼센트 이상이 그러듯, 그 역시 졸린 표정을 짓고 있었다.

전철은 이내 요쓰야 역에 도착했다. 나름대로 균형을 유지하고 있던 차내는 내리고 타는 사람들로 인해 번잡해졌다. 그래도 나는 청년에게서 눈을 떼지 못했다. 이번 역에서는 청년이 서 있는 쪽 문이 열렸는데, 그는 사람들에게서 한 발짝 물러나 발뒤꿈치를 들고 손잡이에 기댔다. 그리고 무슨 이유에서인지 흥 하고 코웃음을 쳤다. 코 한쪽을 힘껏 위로 올리는, 나이에 어울리지 않는 아이 같은 행동. 연기력이 부족한 아역 연기자가 드라마 속에서 개구쟁이 역을 맡아 연기하는 듯한 느낌이었다.

그 모습을 보고 알아챘다. 아주 오래전에 그 행동을 본 적이 있다.

얼굴 생김새는 꽤 많이 달라졌다. 턱 선은 예전 그대로였지만 전체적으로 남자다워졌다. 그 때문인지 콧날이 또렷해진 듯했다. 수염도 짙은 것 같다. 건강해 보이는 피부색도 예전과는 다르다. 일찍이 내가 알던 연약한 느낌은 입가와 눈가에 희미하게 남아 있을 뿐이다.

처음 만났을 때 그는 아직 키 작은 어린아이였기 때문에 나는 그를 내려다보며 이야기했다. 그래서 금방 알아채지 못한 모양이다.

그의 얼굴을 몰래 쳐다보는 동안 전철은 신주쿠 역에 도착했다. 편안히 문에 기대 있던 그는 몸을 일으켜 제일 먼저 내렸다. 날렵한 동작에 이끌려 나도 모르게 그를 따라 내렸다.

신주쿠에 딱히 볼일은 없었다. 그저 갑자기 저렇게 재빨리 내린 걸 보니, 그가 내 존재를 눈치 채고 도망치려는 게 아닐까 하는 생각이 들었기 때문이다. 그와 나는 그런 사이였다. 적어도 그의 입장에서는.

하지만 플랫폼에 내린 그는 딱히 서두르는 기색을 보이지 않았다. 그는 인파에 섞여 동쪽 출구로 향했다. 내 존재는 안중에도 없었다. 마음이 놓였지만 한편으로는 섭섭한 생각도 들었다.

사람들과 부대끼며 계단을 올라 개찰구 쪽으로 통하는 통로를 따라 걸으며, 나는 그의 뒷모습에서 과거 그 어린아이의 얼굴을 보고 있었다. 처음 만났을 때의―.

2

오 년 전 일이다. 좀처럼 보기 드문 의뢰인이 우리 사무소를 찾았다.

꼭 오늘처럼 안개 같은 보슬비가 내리던 날이었다. 하지만 계절은 가을이었고, 날씨는 긴소매를 입었는데도 쌀쌀했다. 의뢰인이 입은 새하얀 셔츠는 내 눈에 무척이나 추워 보였다.

"동복을 입을 때까지는 추워도 웃옷을 입으면 안 되거든요."

그는 그렇게 말했다. 하얀 셔츠에 남색 넥타이는 그가 다니는 공립 중학교의 교복이었다.

당시 우리 사무소에서는 일반적인 조사 이외에도 다소 이색적인 영업 의뢰를 받았다. 일반인을 대상으로 한 경호 서비스였다. 애초에 신청자들은 대부분 여성이었기 때문에 명칭상으로는 에스코트 서비스라 부르고 있었다. 주로 일 관계상 늦은 밤에 귀가하는 직업을 가진 여성들―유흥업소나 근무 시간이 불규칙한 컴퓨터, 출판 관련 업체, 결산기마다 비정상적으로 업무량이 늘어나는 금융 기관 근무자들을 대상으로, '집에 돌아가는 길, 당신의 안전을 보장해 드립니다'라는 캐치프레이즈를 내세우고 있었다.

이 서비스를 신청하기를 원하는 여성 고객들은 계약금으로 일 년에 오만 엔을 지불하고, 실제로 에스코트를 받을 때마다 오천 엔을 지불한다. 남녀 이인조로 구성된 직원들이 경호원 역할을 담당하고, 정해진 시각에 의뢰인을 직장까지 데리러 가서 자택 문 앞까지 데려간다. 원칙적으로는 대중교통을 이용하게 되어 있지만 의뢰인이 원할 경우에 할증 요금을 지불하면 의뢰인이 운전하는 자동차에 동승하거나 이쪽에서 준비한 차로 데리러 가는 것도 가능하다. 이것이 당시 우리 사무소에서 배포한 그리 고급스럽지 않은 소책자에 실려 있던 서비스의 대략적인 내용이다.

그 무렵에도 그렇게 생각했고 지금도 그 생각에는 변함이 없지만, 이 사업은 너무 시대를 앞서갔다. 현재 상황을 생각해도 오 년 정도는 이르다. 앞으로 오 년쯤 지나 대부분의 도쿄 도민들이 다른 나라의 대도시와 비슷할 정도로, 엄격한 자기 관리와 금전 부담 없이 치안과 안전을 손에 넣기란 불가능하다는 사실을 자각하게 될 즈음, 이 사업을 시작하면 별 문제 없이 잘 풀릴 것이다. 아직은 시기상조다.

실제로 고집 센 우리 소장이 풀이 확 죽어 철수 선언을 하기까지 일 년 동안, 제대로 된 의뢰는 단 두 건밖에 없었다. 계산은 간혹 흐려질지 몰라도 숫자에는 밝은 이 도쿄의 여성들이 그렇게 터무니없이 비싼 요금을 지불하면서 경호원을 대동하고 막차로 귀가할 바에야 혼자서 택시를 타고 가는 게 낫다는 지극히 정상적인 선택을 했기 때문이다.

아무리 전직 경찰이나 호신술 사범이 사원으로 일하고 있는 사무소라고 해도, 경호 사업을 시작하기에는 아직 시장이 너무 작았다. 흥신소면 흥신소답게 본분에 충실하자는 결론을 내리고 사업을 접게 되자 나는 가슴을 쓸어내렸다. 경호원이란 정말 위험한 상황이 닥치면 자신을 희생해 의뢰인을 지켜야만 하는 법이다. 그것이 프로다. 텔레비전 뉴스에서 레이건 대통령 암살 미수 사건 현장을 본 적이 있다. 그때 경호원들은 대통령을 향해 총을 쏜 남자를 저지한 것이 아니라, 방패처럼 대통령 주변을 둘러싸는 걸 우선했다. 쏠 테면 나를 쏘라는 뜻이다. 나에게는 그럴 만한 용기가 없었고, 건당 오천 엔의 요금으로 그런 것을 바라는 것도 억지였다.

그런 연유로 단기간에 사라진 기획이었지만, 소책자는 얼마 동안 돌아다녔던 모양이다. 개인을 대상으로 한 에스코트 서비스. 이색적인 사업이었기 때문에 처음 시작했을 당시에는 언론 취재도 곧잘 들어왔다. 그런 경로를 통해 정보가 돌아다니고 있었던 것이리라. 사무소를 찾아온 중학생 의뢰인도 접수처에서 확실하게 경호를 부탁하러 왔으며, 잡지에서 이 회사를 알게 되었다고 밝혔다. 요금에 대해서도 알고 있었다.

얌전하게 생긴 소년이었기 때문에 여직원을 붙이는 게 좋을 거라고 생각했지만, 둘뿐인 여직원은 그때 우연히 자리를 비운 상태였다. 사무소에 있던 남자 직원 셋이서 가위바위보로 정한 결과 내가 소년을 상대하게 되었다.

앉을 곳은 정해져 있었기 때문에 나는 일단 소년을 응접실로 안내했다. 그는 뻣뻣하게 굳어 있었다. 요즘 아이들은 교장실에 불려 간다 해도 이렇게까지 긴장하지는 않을 텐데. 그런 생각을 했던 게 아직도 기억난다.

우리 사무소에서는 이 첫 단계부터 의뢰인의 이름과 신분에 대해 묻거나 하지는 않는다.

"에스코트 서비스를 신청하려 한다고?"

내가 그렇게 말을 꺼내자 그는 고개를 끄덕였다.

"안타깝게도 그 기획은 없어졌어."

나는 애사심이 투철한 사람이 아니었다. 그래서 소장에게 미움 받고 있었다.

"수지가 맞지 않아서 폐지됐지. 가족 부탁으로 왔니?"

그러자 소년은 고개를 들고 대답했다.

"아뇨, 절 지켜 주세요."

나는 잠깐 동안 말없이 그를 바라봤다. 뛰어난 추리력을 가지고 있는 건 아니었지만, 아이를 보니 대충 어떤 사정이 있는지 정도는 금세 짐작할 수 있었다. 그래도 만일을 위해 물어봤다.

"누구한테서?"

"……."

"같은 반 아이들이구나."

정곡을 찌른 듯했다. 그는 학교에서 괴롭힘을 당하고 있었다.

3

소년이 당한 일은 더도 덜도 아닌 왕따였지만, 그 실태는 범죄에 가까울 정도였다. 폭행과 공갈이 계속됐고, 특히 최근 석 달 사이에 급격히 강도가 세지면서 빼앗긴 돈은 모두 합해 십만 엔 가까이 된다고 했다. 가해자는 여러 반에 퍼진 아이들로 구성된 무리로, 그중 한 사람이 소년과 초등학교 시절부터 같은 반이었다고 한다.

"초등학교 때부터 괴롭혔니?"

"네."

"항상 상대는 여러 명이었고?"

"항상 그랬어요."

"괴롭히는 건 너 혼자야?"

"다른 애들도 있지만, 제가 제일 심해요."

에스코트 서비스를 신청하려는 마음을 먹은 것도, 학교에서 돌아오는 길에 기다리고 있다 돈을 빼앗거나 때리는 일이 잦았기 때문이라고 한다.

"학교 안에서는 건드리지 않고?"

"전혀 건드리지 않는 건 아니지만, 걔네들도 선생님 눈은 신경 쓰니까……."

"무서운 선생님이 계시니? 그럼 사정을 말씀드려 보는 게 어때?"

"소용없어요. 녀석들이 선생님을 신경 쓰는 건 무서워서가 아니라 내신 성적 때문이란 말이에요. 선생님이 지적해도 걔네는 무슨 말인지 모르겠다고 시치미만 뗄 뿐이고, 선생님도 그걸로 그냥 끝내 버린다고요."

"무사안일주의로군."

소년은 깜짝 놀랄 정도로 성숙하게 한숨을 쉬었다.

"전 잘못 걸린 거예요. 그러니까 자기 몸은 자기가 지킬 수밖에 없어요."

나는 말문이 막혔다.

"잘못 걸렸다니, 손해 보는 역을 맡게 되었다는 뜻이니?"

"네. 녀석들도 여러 가지로 힘들겠죠. 학교 다니기 좋은 사람이 어디 있겠어요. 모두 장래를 위해 참고 있어요. 하지만 걔네들은 그걸 못 참는 거라고요. 화풀이할 사람을 찾다가 우연히 제가 걸린 거죠."

우리네 긴 인생 속에서 사춘기는 열등감과 자부심이 제일 강한 시기다. 이 아이의 차가운 말 속에는 자포자기와 함께 그것을 감내 하게끔 해 주는 확고한 자신감이 담겨 있었다. 가해자들에게 찍혀 서 당하기만 하는 못난 자신에 대한 자포자기와, 나는 엄한 사람에 게 화풀이하는 녀석들과는 다르다는 자신감이.

왕따란 것이 대상에 대한 이유 없는 공격이란 견해에 이의를 제 기할 생각은 없었지만, 이 아이의 경우는 어쩌면 말과 태도로는 나 타내지 않는 자신감이 화근이 되었는지도 모르겠다. 나는 그런 생 각을 했다.

"성적은 좋은 편이지?"

"조금요."

나는 입을 다물었다. 뭐라고 말을 꺼내야 할지 알 수 없었다.

"아저씨는 자식이 없단다."

소년은 눈을 동그랗게 뜨고 나를 바라봤다. 자식이 없다는 이야기를 듣고 놀란 게 아니라 그것이 자신과 무슨 상관이 있냐고 묻는 눈이었다.

"그래서 요즘 학교가 어떻게 돌아가는지 왕따가 어떤 건지 거의 몰라. 아니, 왕따에 관련된 사건은 많으니까 뉴스에서 본 적은 있지. 하지만 실감이 안 나는구나. 네가 곤란한 상황에 처한 건 알겠지만 무슨 조언을 해 줘야 할지 모르겠다. 만일 우리가 여전히 에스코트 서비스를 하고 있다 해도 네 의뢰를 받아야 하는지는 역시 판단이 서질 않아."

"왜요?"

우리가 의뢰를 받는다면 넌 어떻게 요금을 지불할 거니? 첫 번째로 떠오른 문제에 대해서는 일부러 묻지 않았다. 요즘 아이들은 모두 잠재적인 부자다. 게다가 지금까지도 십만 엔이나 갈취당했다고 하지 않는가. 부모가 얼씨구나 하고 돈을 내놓지는 않았을 것이다. 아이가 부모님 몰래 가지고 나와도 묵인할 수 있을 만한 금액도 아니다.

나는 그 대신 두 번째 문제에 대해 물었다.

"그랬다가 오히려 상황이 악화될 것 같기 때문이야. 상대를 자극하게 되는 게 아닐까."

"지금보다 더 나빠질 것도 없어요."

소년은 틈을 주지 않고 곧바로 대답했다.

대답할 말이 없었던 나는 말없이 팔짱을 끼고 이야기를 들었다.

“선생님에게는 이미 털어놨어요. 아무 소용도 없었죠. 아까 말한 것처럼 됐어요.”

“벌써 말씀드렸구나.”

“네. 그래서 녀석들은 학교에서는 저를 건드리지 않기로 했나 봐요. 대신 밖에서 기다리거나 우리 집에 쳐들어오거나 전화로 불러내기 시작했죠.”

“그럼 부모님은 알고 계시니?”

“몰라요. 제가 말 안 했거든요. 부모님은 맞벌이라 바쁘시고요.”

“다른 일도 아니고 아들 일이니 바빠도 시간을 내 주실 거야. 말씀드리는 게 어떠니?”

소년은 세차게 고개를 저었다.

“우리 부모님은 두 분 다 의사예요. 환자의 목숨이 달려 있으니까 그렇게 쉽게 일을 팽개칠 순 없어요.”

전국에 흘러넘치는 의사들과 의학도들에게 꼭 들려주고 싶은 말이었다. 하지만 나는 이렇게 말했다.

“부모님 사정까지 생각해 주는 건 기특하지만, 그건 도리어 부모님께 실례되는 생각 아닐까?”

“왜요?”

“월권행위잖아. 아빠도 엄마도 모두 직장일로 바쁘시니까 말씀드릴 수 없다. 네 멋대로 부모님을 아래로 보고 판단하고 있잖아.”

“그런 건 아니에요…….”

“그럼 말씀드려. 일단은 거기서부터야. 그래도 하나도 나아지지 않고 부모님도 다른 방도가 없다고 하신다면 그때는 진짜 대책을 세워야지. 네가 혼자 있을 때의 안전을 확보할 만한 수단이 있는지 다시 아저씨랑 상의해 보자. 그러면 되지?"

소장이 알게 되면 독단으로 그런 제안을 했다며 역정을 낼 테지만, 당시의 나는 부모님께 말씀드리라는 한마디로 소년을 내쫓고 싶지 않았다. 확률은 천분의 일, 만분의 일일지도 모르지만, 어쩌면 이 아이에게는 정말 경호원이 있는 편이 좋을지도 모른다고 생각했기 때문이다.

그리고 솔직히 말하자면, 그런 마음 한편에는 집단이라 해도 아이들 상대의 경호원이라면 목숨을 건 SP_{Security Police, 경호 임무를 맡는 경찰} 같은 짓은 하지 않아도 될 거란 약삭빠른 속셈도 있었다.

지금도 나는 그날의 대화를 똑똑히 기억하고 있다. 내 얼굴을 바라보는 소년은 내 안에 방금 말했던 그런 속셈이 존재하는 것을 무서울 정도로 적확하게 꿰뚫어 보고 있었다. 마치 내 넥타이에 '기껏해야 아이들 싸움이잖니'라고 적혀 있는 것처럼 쉽사리 속내를 알아챘다.

소년은 남색 넥타이를 풀기 시작했다. 뭐 하는 거냐고 물었지만 그는 말없이 셔츠 단추를 풀었다.

"보여 드리려고요."

그는 셔츠 앞섶을 열고 연약한 가슴을 내밀었다.

멍 자국이 보였다. 그것도 한두 개가 아니었다. 크기는 제각각이었지만 쇄골을 따라 난 검붉은 멍은 대략 이십 센티미터는 되어 보였다.

"맨손으로 당한 게 아니구나?"

겨우 그렇게 묻자, 소년은 고개를 끄덕였다.

"경찰봉으로 맞았어요."

"경찰봉? 경찰들이 들고 다니는 그거 말이니?"

"네."

"그런 걸 어떻게 구했대?"

"경찰 물품을 파는 가게에 가면 팔고 있어요. 돈만 내면 중학생도 살 수 있는걸요. 다카기가 그랬어요."

"다카기? 널 괴롭히는 애들 중 하나니?"

"두목 격인 녀석이에요. 저랑 같은 초등학교 출신이고요."

소년은 셔츠 단추를 잠그며 희미하게 웃었다.

"그래서 제가 잘못 걸린 거라고 했잖아요."

내가 진심으로 이 소년에게 관여해야겠다고 결심한 것은 바로 이 순간이었다. 그래서 처음으로 그의 이름과 주소, 학교 이름을 물었다. 내 태도가 달라진 것을 알아챈 소년은 입을 열었다.

"멍 자국을 보고 나니 갑자기 보는 눈이 달라진 거예요?"

"선생님께 보여 드렸니?"

"보여 드렸지만 결과는 아까 말한 대로였어요."

"아저씨는 원래 경찰이었어."

나는 소년의 이름을 수첩에 적으며 말했다.

소년은 눈을 깜빡거렸다. 지금까지 본 것 중에 제일 아이 같은 표정이었다.

"정말요?"

"그래. 그만둔 지 벌써 십 년이나 되지만."

"퇴직한 건 아니죠?"

"사정이 있어서 관뒀어."

"분쟁이 있었나 봐요?"

"뭐 그런 거지. 하지만 경찰이란 직업 자체는 싫어하지 않았어. 그래서 더 화가 나는구나. 열이 뻗쳐. 널 괴롭히는 녀석들이 경찰봉을 사용했다는 사실이 말이야. 설령 모조품이라 해도."

그건 경찰관의 기개를 상징하는 물건이거든. 나는 마음속으로 그렇게 말했다.

"오늘 밤에 아저씨가 너희 집에 전화할게. 필요하면 찾아뵐 수도 있고. 물론 이건 회사와는 상관없이 전직 경찰인 내가 개인적으로 하는 일이야."

"왜요?"

"첫째는 네가 부모님께 꼭 말씀드리도록 압박하기 위해서지."

소년은 어깨를 으쓱했다. 나는 말을 이었다.

"또 하나는 사태가 어떻게 돌아갈지, 앞으로의 일이 신경 쓰이기 때문이야."

하지만 그날 밤, 나는 그런 건 신경 쓸 필요도 없었다는 사실을 알게 되었다. 대충 부모님과 이야기를 마치지 않았을까 싶은 시간에 소년의 집으로 전화를 하자 자동 응답기 소리가 나를 맞이했다.

— 지금 거신 번호는 현재 없는 번호입니다.

4

아내는 당시의 내 모습을 ‘제정신이 아닌 사람처럼 걱정했다’고 표현했다.

나는 필사적으로 소년을 찾았다. 단서는 전무했다. 이름도, 주소도, 전화번호도 모두 거짓이었다. 그가 다닌다는 중학교가 존재하긴 했지만 해당하는 학생은 찾을 수 없었다. 그가 입고 있던 교복도 하얀 셔츠에 남색 넥타이, 남색 바지로 평범했다. 교표도 없었기 때문에 학교 이름 같은 건 적당히 말해도 상관없었던 것이다.

소년은 그런 형태로 나와 관련되기를 꺼렸다. 그래서 가명을 사용하고 거짓 주소를 알려 주었으리라.

그렇다 해도 상관없었다. 그가 처한 상황은 변함없었고, 어쩌면 생명이 위험할 수도 있는 위급한 상황이었다. 직접 관여하지는 못하더라도, 그가 내게 이야기해 준 문제가 그 후에 해결되었는지, 그가 안전을 확보했는지만은 무슨 일이 있어도 알고 싶었다.

그런 이야기를 들은 이상 그것을 알 권리가 있다는 생각마저 들었다.

소장과 사무소 직원들은 그런 나를 보며 충고도 하고 비웃기도 했지만 그래도 포기하지 않았다. 조금이라도 단서가 될 만한 것이 없을까 하고 소년과의 대화나 그때의 광경을 머릿속에서 쥐어짜며, 무언가를 떠올리거나 떠올렸다고 생각할 때마다 우왕좌왕했다.

그렇게 삼 개월이 지났다. 삼 개월 동안 발이 바닥에 묶인 채 같은 곳을 빙글빙글 도는 듯한 기분이었다.

　여러 사정과 분쟁과 갈등으로 퇴직한 몸이었기 때문에, 흥신소에서 일하기 시작한 뒤로는 한 번도 옛 동료를 찾아간 적은 없었다. 내 나름대로의 원칙이었다.

　하지만 이번에는 사정이 달랐다. 자신의 문제가 아니라 생면부지의 남이라고는 해도 아이의 생사가 관련된 일이다. 그런 말로 자신을 납득시키며 오래전에 잊어버린 전화번호를 누를 수 있었던 것은, 그 삼 개월 동안 정신적으로 아사 직전에까지 내몰렸다는 자각이 있었기 때문이다.

　내가 전화한 친구는 현재 강력 범죄 수사를 담당하고 있지만, 오랫동안 소년과에서 일했고 그 방면의 베테랑이라 불리는 순사부장^{한국의 경사에 해당}이었다. 하지만 몇 번이나 부재중이었고, 나는 그때마다 애가 탔다.

　"그럼 가까운 시일 내에 한잔하면서 이야기하지. 언제가 괜찮나?"

　"그건 나중으로 미루고 일단 지금 의견을 듣고 싶네."

　겨우 연락이 닿았을 때, 나는 한잔하자는 상대방의 제안을 뿌리치고 숨김없이 사정을 이야기했다. 그는 질문은 일절 하지 않고 대꾸만 하며 내 이야기를 들었다. 그리고 내가 이야기를 마치자 이렇게 물었다.

　"하나만 가르쳐 주게."

　"뭔데?"

　"아이의 멍 자국이 진짜처럼 보였나? 지금 돌이켜 보게, 냉정하게. 그래도 진짜라고 단언할 수 있나? 만일 법정에 섰을 때에도 진짜 멍 자국을 봤다고 증언할 수 있겠나?”

그 일이라면 나 역시 몇 번이고 자문자답했다. 그래서 즉시 대답할 수 있었다.

“자신 있어. 아직 그렇게까지 감이 무뎌지진 않았어. 멍 자국은 진짜였어.”

수화기 너머의 옛 동료는 잠시 침묵에 잠겼다. 찰칵, 라이터를 켜는 소리가 들렸다. 불붙은 담배가 반쯤 재로 돌아갈 만큼의 시간이 흐른 뒤 그는 입을 열었다.

“아이가 한 이야기는 아마 사실일 거야.”

“그렇군……”

“자세한 내용에는 거짓이 섞여 있을지도 모르지. 예컨대 경찰봉으로 맞았다는 이야기 같은 거 말이야. 자네가 전직 경찰이란 말을 듣고 당황했을지도 몰라. 경찰봉으로 맞아 생긴 상처와 그렇지 않은 것을 자네가 구분할 수 있을지도 모른다고 생각했을 테니까 말이야.”

“그거에 대해선 뭐라고 말 못하겠어.”

“부모 직업도 거짓일 가능성이 있어. 부모님이 환자의 생명이 달린 일을 하고 계시니 말 못하겠다? 아무려면 열네다섯 살밖에 안 먹은 꼬맹이가 진심으로 그런 소리를 했겠나? 실제로는 단순히 부모가 아이에게 무관심하거나 일에 시달리는 가엾은 회사원이거나 부부 사이가 나쁘거나, 그중 하나겠지. 아무리 아이가 감춘다고 해도 자네가 놀랄 정도로 심한 멍 자국이 있었잖아. 보통 부모라면 벌써 눈치 챘을걸. 하물며 의사라면 말할 것도 없지. 그런 걸 생각해 봐도 아마 내 생각이 맞을 거야."

"부모님 사이가 나쁘다는 말을 하기 싫어서 거짓말을 한 걸까?"

"아이들에겐 중요한 문제잖아. 혹은 부모가 의사면 좋겠다고 바라고 있던 건지도 모르지."

그는 신음하듯 말했다.

"그리고 자네가 신경 쓰는 현재 아이의 상황 말인데, 내 생각에는 적어도 자네를 찾아왔을 때만큼 절박하지는 않을 것 같아."

"어째서?"

나는 수화기를 꼭 쥐며 물었다.

"그 아이는 이미 부모님에게 다 이야기했을 테니까. 물론 상처도 보여 줬겠지."

"그걸 어떻게 알아?"

"내 생각에 자네는 그 아이에게 연습 상대였을 거야."

"연습?"

"그래. 실험보다는 연습이 맞을 것 같군. 그 아이는 부모님과의 관계가 원만하지 않다는 것을 알고 있었을 거야. 아까도 말했듯, 그런 심한 상처가 생겼는데도 아이가 감춘다고 해서 그걸 알아채지 못할 정도니 말이야. 돈을 훔쳐도 눈치 채지 못했겠지. 아무것도 묻지도 않고."

맞는 말이다.

"하지만 아이가 처한 상황은 점점 악화됐어. 출구가 없었지. 혼자서는 더 이상 어떻게 할 수가 없었어. 부모님에게 털어놓자고 마음먹었지만 막상 하려니 너무 불안했던 거야. 사실대로 말하면 과연 믿어 줄까? 내 이야기에 설득력이 있을까? 이렇게 한다고 부모님의 마음을 움직일 수 있을까?"

잠시 동안 나는 아무 말도 할 수 없었다. 말도 안 돼. 누구나 그 상처를 보면 믿었을 텐데.

"곧이곧대로 믿기 힘든 이야기일 수도 있어. 하지만 이건 사실이야. 그리 어렵지 않게 상상할 수 있었을 텐데. 자네를 찾아왔던 아이는 아파하며, 괴로워하며, 두려워하며, 하루하루 절망 속에서 살아가고 있었지만, 부모는 그런 사실을 전혀 눈치 채지 못했어. 그런 상황이었으니 부모에게 사실대로 털어놓고 자신의 힘든 상황을 알리기는 그리 쉬운 일이 아니었을 거야. 지금까지 숨겨 온 기간이 길면 길수록, 숨겨 온 일이 무거우면 무거울수록, 그런 생각은 더 강해졌겠지. 그래서 또 입을 다물어 버리게 됐고. 그런 악순환이 계속되었을 거야. 과연 내 말을 믿어 줄까, 분명 믿어 주지 않을 거다. 만일 네 말이 사실이라면 왜 더 빨리 말하지 않았냐, 앞뒤가 안 맞는다, 그런 소리를 들을까 봐 걱정했겠지."

나는 눈을 감았다. 그 말도 일리가 있다.

"아이는 스스로 그런 악순환에서 벗어나기 위해서는 어떻게 해야 할지 필사적으로 궁리했을 거야. 그래서 생각 끝에 아무 관련도 없는 생면부지의 남에게 달려가 자신의 말을 믿어 주는지 시험해 보기로 한 거지. 내 생각에는 그렇게 된 것 같아. 그러니까 실험 대상이라고는 할 수 없어. 연습 상대지. 게다가 이야기를 들어 보니 연습은 성공적으로 끝난 것 같군. 당연히 실전도 치렀을 거야. 그렇다면 지금 현재는 이미 위험한 상황에서 벗어났을 테고, 그게 아니더라도 벗어나고 있는 중일 거야."

"그 애 부모가 바보가 아니라면 말이야."

"뭐, 거기까지 걱정하진 마. 괜찮아. 난 위급한 상황에서 발휘되는 부모의 마음이란 걸 믿어. 실제로 그런 예를 많이 보기도 했고."

자네는 좋은 연습 상대가 되어 주었고, 충분히 임무를 완수했어. 잊어버려. 지나간 일은 잊어버려도 돼. 전화를 끊기 전, 그는 그렇게 말했다.

나는 좀처럼 잊지 못했다. 잊는 것보다도 연습 상대가 되는 편이 훨씬 더 쉬웠다.

그리고 지금, 오 년 전 나약하고 멍투성이 중학생이었던 청년이 바로 내 눈앞에 있다. 내 키만큼 자란 그는 나보다 훨씬 긴 다리로 서둘러 걸음을 옮기며 신주쿠 역 동쪽 개찰구를 향해 걸어가고 있었다.

결국 그를 미행한 꼴이 되었지만 말을 걸 용기는 없었다. 무슨 말을 해야 할지 알 수 없었다. 어떻게든 그의 목소리를 들을 수 있다면 좋을 텐데. 그런 생각을 하며 빠른 걸음으로 뒤를 쫓고 있는데, 인파 속에서 그가 갑자기 손을 들었다.

주변을 둘러보자 개찰구 너머에서 그를 향해 손을 흔드는 젊은 여자의 모습이 보였다. 시원한 하늘색 원피스에 짧은 머리. 그 역시 손을 흔들더니 개찰구로 달려갔다.

나는 서둘러 그의 뒤를 쫓아 개찰구를 빠져나왔다. 두 사람은 웃으며 출구 쪽으로 걸어갔다.

"십 분 늦었네."

그는 그렇게 말했다. 그 목소리는 기억 속 소년의 목소리보다 훨씬 굵고, 활달하게 울려 퍼졌다.

"괜찮아, 어차피 제시간에 시작하지도 않을 텐데, 뭐. 일전에는 한 시간이나 늦게 시작한 거 있지. 세트 준비가 늦었다면서."

"정말?"

'정말?' 하고 되묻는 목소리를 들은 순간 나는 확신했다. 그래, 틀림없다. 그 소년이 맞다. 오 년 전 중학생이었을 때와 같은 말투다.

그 순간 기척을 느꼈는지 그는 뒤를 돌아보았다. 똑바로 눈이 마주치고 서로 얼굴을 마주 봤다.

하지만 시선은 금세 개찰구에서 빠져나오는 인파를 향해 이동했다.

"무슨 사람이 이렇게 많아. 더워 죽겠네."

그는 그녀를 향해 그렇게 말했다.

나는 그에게서 시선을 돌렸다.

그리고 두 사람을 쫓는 것을 관두고 걸음을 멈춘 채, 멀어져 가는 뒷모습을 바라봤다.

꽤 잘 어울리는 한 쌍이다. 미인이라기보다는 귀여운 타입이지만, 성격도 밝고 괜찮은 아가씨로 보인다.

그때, 네 문제는 해결됐구나. 나는 그의 뒷모습을 향해 말했다. 이미 먼 옛날 일이 되었구나. 그래, 나는 그때 네가 바라는 것을 제공해 주었다고 생각해도 되겠지.

그렇기 때문에 지금 넌 이렇게 여자 친구와 나란히 걸을 수 있는 거겠지.

화는 나지 않았다. 하지만 큰 소리로 웃고 싶은 기분도 아니었다. 그저 땀으로 흠뻑 젖어 목이 탈 뿐이었다.

손목시계를 보며 주오선 급행열차 시간표를 머릿속으로 떠올렸다. 집에 연락하지 않았는데 걱정할지도 모르겠군.

나는 고개를 저은 뒤 개찰구 쪽으로 발길을 돌렸다. 돌아가서 집 사람에게 이야기해 줘야겠다. 이야기하며 함께 맥주나 마시자. 오늘은 기념할 만한 날이니까.

그가 나를 기억하지 못했던 부분은 생략해야겠지만.

산
자
특
의
권
人
質
6
カノン

1

빌딩이나 맨션의 층수를 바깥에서 세기란 의외로 어렵구나.

벌써 한 시간 넘게 돌아다녔는데도 머릿속에 떠오르는 건 고작 그 정도였다. 대체 무엇 때문에 집을 나왔는지 모르겠다.

그런 생각을 하며 손목시계를 보았다. 열두시 오 분 전이다. 아무리 요즘 사람들이 늦게까지 깨어 있다고 해도, 번화가도 아닌 이런 동네에서 이 시간은 이미 심야나 마찬가지다. 유월 중순이었지만 조금 쌀쌀했다. 얇은 재킷 앞섶을 여미자 타이밍도 기막히게 재채기가 나왔다.

이 동네로 이사 온 지 오늘로—이제 곧 날짜가 바뀌기 때문에 정확히는 어제라 해야겠지만—딱 일주일째다. 새로 이사 온 집 문 옆에는 아직 문패가 없다. 우편함에도 없다. 전에 한번 직접 '다사카'라고 성을 써 넣었지만, 고작 그 정도로도 눈물이 나와서 도중에 그만뒀다. 원래대로라면 지금쯤 이 이름은 '옛날 성'이 되어 있어야 할 텐데, 그런 쓸데없는 생각을 했기 때문이다.

다사카 아키코. 쓰기 쉽고 기억하기 쉬운 이름이다. 너무 평범한 이름이라며 처음으로 부모님께 불만을 토로했던 건 몇 살 때였을까. 초등학교 4, 5학년—아니, 좀 더 어렸을 적이었던가. 이미 당시만 해도 같은 반 여자아이들 중에서 '코'가 붙는 이름을 가진 아이를 찾아보기 힘들었다. 사오리, 마리카, 에리, 마유, 사야카—. 탤런트나 만화 주인공 같은 여자다운 이름 가운데에서 아키코란 이름은 너무 촌스러웠기 때문에 불만도 많았다.

그럴 때면 이름을 지어 주신 아버지는 항상 말했다. 여자애는 언젠가 시집을 가야 한다. 그러면 성이 바뀌지. 그러니까 어떤 성에도 어울리는 평범한 이름이 제일 좋은 법이야.

— 아빠, 그런 배려는 필요 없었어요.

차도 사람도, 아무도 지나지 않는데도 정면 신호가 붉은색으로 변했다. 아키코는 걸음을 멈추고 땅이 꺼져라 한숨을 쉬었다.

가급적이면 그때까지 살던 곳과 멀리 떨어진 곳으로 가고 싶었다—그리고 그다지 '취향'에 맞지 않는 동네가 좋겠다는 생각에 이곳으로 이사했다. 실제로 너저분하고 시끄럽고, 공원도 얼마 없는데다 술집과 주정뱅이들이 널린 지저분한 동네였다. 이곳에서라면 그다지 방해도 받지 않을 테고, 동네 이미지를 해칠 염려도 없다.

투신자살을 한다 해도 말이다.

그렇다. 아키코는 지금 뛰어내려 죽기에 알맞은 빌딩이나 맨션의 옥상을 찾아 동네를 어슬렁거리고 있었다. 그리고 깨달았다. 빌딩 층수는 의외로 세기 어렵다는 것과, 십삼 층 건물은 정말 얼마 없다는 사실을.

아키코와 이구치 노부히코는 직장 동기였다. 아키코는 전문대를 졸업했고 이구치는 재수해 사년제 대학을 졸업했으니, 나이로 따지자면 세 살 차이이다. 입사하자마자 신입 사원 연수로 하코네에 있는 회사 기숙사에서 일주일 동안 지냈을 때부터, 아키코는 그에게 끌렸다.

그의 어떤 점이 좋았던 걸까. 뒤늦게 자문자답도 해 봤다. 하지만 어차피 그런 건 무의미한 짓이다. 연애는 분석할 수 있는 것이 아니다. 굳이 말하자면 이구치의 시원시원한 말투, 굳은 심지, 명석한 두뇌, 신념 등, 그러한 남자다운 면에 끌렸던 게 아니었을까. 생각해 보면 초등학교 6학년 때 첫사랑이 생겼을 때부터 고등학교 2학년 때 처음으로 남자 친구라 부를 수 있는 존재가 생겼을 때까지, 아키코의 마음을 사로잡은 남자들은 항상 이구치 같은 유형이었다.

당연하게도 그런 유형의 남자들은 일반적으로 인기가 많은 법이다. 언제나 경쟁자가 많았고, 그로 인해 발생하는 원한과 분쟁은 아키코에게는 '사랑'의 동의어였다. 지금까지 계속 이기고 지고, 울고 우는 일들을 되풀이해 왔다.

하지만 이제 슬슬 그런 '청춘'도 끝이야, 난 이구치 씨와 결혼할 테니까. 그런 생각을 하며 아키코는 올해 정월을 맞이했다. 작년 크리스마스에 만났을 때 이구치가 이렇게 말했기 때문이다.

"내년 중에는 우리 사이를 확실히 해야겠어."

그런 말을 듣고 기대하지 않을 여자가 과연 이 세상에 있을까? 나아가 '확실히 해야겠다'는 말을 나쁜 뜻으로 해석하고, 어쩌면 나와 헤어지겠다는 뜻일지도 모른다며 마음의 준비를 할 여자가 있을까?

있긴 있겠지. 아니, 당연히 있을 것이다. 적어도 이구치 노부히코의 견해는 그랬을 것이다. 그래, 그렇기 때문에 그는 한 달 전에 자주 가는 호텔 바로 아키코를 불러내, 정면으로 그녀의 얼굴을 바라보며 이렇게 말한 것이다.

"미안하지만 너하고는 이제 그만 만날 거야."

그 말을 듣고 아키코는 일찍이 어떤 드라마에서도, 연애 소설에서도 본 적 없는 반응으로 답했다.

"허?"

'네?', '뭐라고요?', '무슨 말이에요?'가 아니라, "허?"라고 대답한 것이다. 아래턱을 살짝 내밀고, 눈을 크게 뜬 채. 때마침 아키코 앞에는 마르가리타가 든 잔이 놓여 있었다. 긴 유리잔 너머로 누구는 '딱딱하다'고 평하기도 하지만, 아키코에게는 누구보다 멋지게 보이는 이구치의 얼굴이 보였다.

그는 웃고 있지 않았다. 그의 진지한 얼굴을 본 아키코는 말문이 막힌 채 그대로 굳어 버렸다.

아키코 말고 다른 사귀는 여자가 있다고 했다. 생애의 반려로 삼기에는 그쪽이 더 낫다는 생각이 들었다. 사귀는 동안 즐거웠고, 아키코는 자신에게 소중한 사람이지만 다른 여자와 결혼하기로 했다. 실은 벌써 결혼식 날짜까지 정해졌다. 이런 상황에서 아키코와 계속 사귀는 건 두 사람 모두에게 실례가 되는 행동이기 때문에 헤어지려 한다. 그만 끝내자. 이구치는 그렇게 '해설'했다.

그는 내가 어떻게 하길 원했던 걸까. 아키코는 지금도 그런 생각을 한다. 아, 그랬군요, 맞아요, 당신은 참 성실한 사람이네요, 부디 행복하시길. 그렇게 말하며 잔을 들고 건배라도 하길 원했을까.

설마, 그렇게까지 멍청하지는 않았겠지.

그날 밤 아키코는 홀로 자취집으로 돌아왔다. 시계를 보니 오전

두시였다.

그 후로 한참 웃음을 터뜨렸다. 초봄 새벽, 하늘이 하얗게 밝아 오는 시간까지, 가끔 딸꾹질도 해 가면서 낄낄낄, 크크크 계속 웃기만 했다. 왜 내가 웃고 있을까 하고 의아해하며 이상한 일을 떠올렸다.

이 년 전, 학창 시절부터 아키코와 친했던 한 친구가 면허를 따고 새 차를 몰다 전봇대에 부딪히는 사고를 당한 적이 있다. 구경꾼들에게 둘러싸인 그녀는 다가오는 경찰차와 구급차 사이렌 소리를 들으며 피가 철철 흘러내리는 입을 손으로 막은 채 어째서인지 웃겨서, 너무 웃겨서 참을 수가 없었다고 한다. 사고가 무서워서 장롱 면허를 유지하고 있던 아키코가 듣기에는 소름이 돋을 뿐 웃기는 부분은 전혀 없었고, 친구 역시 나중에 생각해 보니 웃을 일이 아니었다며 차분히 이야기했지만, 그래도 당시에는 피와 함께 앞니가 부러져 나온 것을 보고도 실실 웃음이 나왔다고 한다. 아키코는 그때 일을 떠올렸다.

아마 그때 친구의 웃음도 자신의 웃음도, 진짜 웃음은 아닐 것이다. 룰렛 위에서 정신없이 돌던 신경의 바늘이 우연히 '웃음'이란 표시 위에 멈춘 것이다. 그리고 모든 것이 정상적인 상태로 돌아가면, 그때야말로 진짜 감정이 북받쳐 오르기 마련이다.

실제로 그랬다. 아침 해가 떠올라 창문 커튼을 비출 무렵 아키코는 울기 시작했다. 하룻밤 내내 울기란 그리 어렵지 않다. 하지만 그것은 진정한 눈물이 아니다. 마음이 산산조각 나서 울 때에는 누구나 아침 해와 함께 우는 것이다.

그리하여 아키코는 지금 죽으려 하고 있다.

이구치와 같은 회사에 다니기 괴로워서 한때는 퇴직을 고려하기도 했지만, 그보다 죽어 버리는 게 빠르겠다는 생각이 들었다. 어렴풋이 사정을 짐작하고 동정과 야유의 시선을 보내는 회사 동료들에게도 좋은 대답이 되겠지. 이구치와의 추억이 남아 있는 동네를 떠나 홀로 다른 곳에서 고독하게 죽어 가는 자신의 모습을 보여 주고 싶었다.

어째서 죽는 거냐고 묻는다면 단호하게 대답할 수 있다. 참을 수 없기 때문이다. 울분을 도저히 참을 수 없으니까. 자신이 아키코에게 얼마나 지독한 짓을 했는지 이구치가 뼈저리게 깨닫도록.

방법이 그것밖에 없을까? 없다. 아키코는 생각했다. 이구치의 인생에 아키코란 지워지지 않는 상처를 남기기 위해서는 그 방법밖에 없다. 그런 이기적인 남자가 앞으로 아무 죄책감도 없이 태연한 얼굴로 행복하게 살아가는 건 도저히 용서할 수 없었다.

그래서 죽는 것이다. 앞으로도 다른 누군가가 나타나면 예전 일은 깨끗이 잊어버릴 거라든지, 이 세상에 남자는 그 사람 하나가 아니라든지, 죽으면 다 끝이라든지, 그런 당연한 말들을 늘어놓으며 말리려 해도 소용없다.

그런 건 아키코도 잘 알고 있다. 알고 있지만, 아키코에게 다른 인생이 찾아온다 해도 이 분노는 사라지지 않을 것이다. 그의 배신으로 받은 상처는 아물지 않을 것이다. 아키코의 진심과 성의, 꿈과 희망, 진실을 한마디 말로 쉽게 없앨 수 있을 거라 여겼던 이구치에 대한 분노. 이 분노만큼은 그에게 직접 풀지 않으면 영영 사라지지 않을 것이다. 그래서 죽으려는 것이다. 앙갚음하기 위해, 복수하기 위해 죽는 것이다. 슬퍼서 죽는 것이 아니다. 그러니까 실연당해 자살하는 것이 아니다. 아키코는 그런 생각까지 했다.

가지를 치지 않은 가로수의 무성한 잎사귀 사이로 푸르스름한 가로등이 자신을 내려다보듯 서 있었다. 모르타르로 칠한 목조 건물의 지붕 사이사이로 일관성 없게 들어선 빌딩과 토탄 지붕의 공장이 군데군데 보였다. 수로도 다리도 많고 탁한 강물 위로 불빛이 비치는 이 마을은 아키코에게는 이국이나 마찬가지다. 이런 곳에서 죽어 가는 나. 이런 변두리 마을에서. 깊은 슬픔을, 커다란 상처를, 이구치가 과연 알아줄까.

— 하지만 알맞은 빌딩은 좀처럼 보이지 않는구나.

너무 높아서는 안 된다. 지은 지 얼마 안 되는 빌딩이 좋다. 옥상에서 바닥 사이를 가로막는 물체가 없어야 한다. 낙하지점에 화단이 있었으면 좋겠다. 하지만 새로 지은 빌딩이나 맨션은 현관이 자동 잠금 형식으로 되어 있고, 비상계단도 잠겨 있다. 게다가 올려다보니 옥상도 철조망으로 둘러싸여 있다. 이보다 경비가 허술한 빌딩도 많았지만, 그런 건물들은 외관상 그다지 아름답지 않다. 자주색 네온사인이 번쩍거리는 '카페 엔젤'이란 간판이 달린 건물에서 떨어졌다가는 어쩐지 빚쟁이에게 시달리다 자살한 것처럼 보일 것 같았다.

이것도 아니고, 저것도 아니야. 그런 생각을 하며 걷다 보니 옆동네까지 가고 말았다. 아키코는 전봇대에 붙은 주소를 보고야 그 사실을 눈치 챘다.

오늘 밤은 그만 돌아가야겠다. 그렇게 포기하고 발걸음을 돌린 순간 시야 한구석에 까맣고 작은 그림자가 들어왔다.

고개를 숙이고 있다. 하얀 셔츠에 하얀 운동화.

아무래도 어린아이 같다.

아키코는 작은 교차로에 서 있었다. 오른쪽 바로 옆에는 어린이 놀이터가 있다. 낮은 울타리로 둘러싸인 빈약한 화단이 군데군데 보였고, 아무도 없는 그네가 잠든 듯 축 늘어져 있다. 아이는 길 건너 한 블록을 둘러싸고 있는 콘크리트 담에 머리를 기댄 채 반쯤 등을 돌리고 있었다.

콘크리트 담 안쪽에는 창문이 많아서 밤중에도 하얗게 눈에 띄는 사 층 건물이 자리하고 있다.

학교구나. 아무리 낯선 동네라 해도, 학교와 유흥업소는 한눈에 알아볼 수 있는 법이다. 잘못 볼 리가 없다.

길 건너편에서 바라보자 힘없이 벽에 기대고 있던 작고 하얀 실루엣이 천천히 걷기 시작했다. 그러다가 고개를 홱 들었다. 푸르스름한 가로등 불빛을 받아 눈가가 은빛으로 빛난다. 안경을 낀 모양이다.

아이가 향하는 쪽에는 굳게 잠긴 철문이 보였다. 건물과의 위치 관계를 따져 봤을 때 정문은 아닌 것 같다. 문 안쪽에는 심야의 거리를 감싼 어둠보다 한층 더 짙은 암흑이 버티고 있었다. 아키코의 눈에는 그렇게 비쳤다.

한밤의 학교는 왜 저렇게 무섭게 보이는 걸까? 이구치와 그런 이야기를 했던 적이 있다. 왜 그런 대화를 나누게 되었는지는 정확히 기억나지 않지만 아마도 둘이서 밤거리를 걷고 있을 때였을 것이다. 그때 이구치는 이렇게 말했다. 교육이란 게 원래 미심쩍은 일이기 때문이지. 학교는 학생을 가둬 놓는 우리 같은 곳이니까 말이야, 무섭게 느껴지는 게 당연하잖아.

하얀 셔츠를 입은 아이는 철문을 붙잡고 오르려는 듯했다. 이런 시간에 저런 어린애가 혼자서 무엇을 하러 학교에 숨어들어 가려는 걸까?

길을 건너 아이를 향해 달려간 짧은 시간에 아키코의 머릿속에 떠오른 대답은 '방화'였다. 내일 시험 준비를 하지 못했다, 학교가 불타면 시험도 연기된다, 다 타 버려라. 그런 생각이 번뜩였다. 말려야 한다. 목소리도 자연히 매서워졌다.

"애, 거기 너!"

아이는 뒤돌아봤다. 그리고 그 순간, 위태롭게 매달려 있던 철문에서 순식간에 떨어졌다. 마치 살충제를 맞고 떨어진 파리처럼.

2

"정말 엉덩이 괜찮니?"

하얀 셔츠를 입은 아이는 플라스틱 의자 위에서 아픈 듯 엉덩이를 문지르고 있었다. 아키코는 작은 크기의 코카콜라 종이컵을 테이블 위에 올려놓고 그 옆에 앉았다.

"괜찮아요. 살짝 놀랐을 뿐이에요."

소년은 작은 소리로 대답했다.

"미안해. 놀라게 할 생각은 없었는데."

학교 근처에 있는 이십사 시간 편의점 구석에 테이블과 의자가 있는 것을 발견한 아키코는 그리로 남자아이를 데려갔다.

자살 시체가 발견되었을 때 금세 신원을 파악할 수 있도록, 아키코는 운전면허증이 든 지갑을 가지고 나왔다. 덕분에 콜라와 반창고를 살 수 있었다. 소년의 오른쪽 팔꿈치는 심하게 까진 상태였다. 소독약도 필요했지만 벌써 새벽 한시가 다 된 시간이었기 때문에 약국을 찾을 수가 없었다. 이 편의점 안에도 묵묵히 걸레질을 하는 직원 한 사람밖에 없다.

"콜라 마셔."

아키코는 소년에게 콜라를 내밀었다.

"마시면 마음이 좀 가라앉을 거야. 아니, 오렌지 주스로 살걸 그랬나?"

초등학교 3, 4학년쯤 되었을까. 남자아이는 새파랗게 질린 얼굴로 입을 움찔거리며 고개를 푹 숙이고 있을 뿐, 아키코의 얼굴을 보려고도 하지 않았다. 무서워하는 것이리라. 긴장을 풀어 주기 위해 음료수를 사 왔지만 효과는 없는 듯했다.

문에서 떨어지는 바람에 안경 오른쪽 렌즈에 금이 갔지만 벗으려 하지 않고 그대로 쓰고 있었다. 가까이서 보니 상당히 도수가 높아 보이는 안경이다.

"안경도 깨졌네, 미안해."

아키코는 소년의 얼굴을 들여다보며 말했다.

"누나가 집까지 데려다 줄 테니까 가자. 엄마한테 안경에 대해서도 말씀드릴게."

그러자 소년은 화들짝 놀라 고개를 들었다. 금이 간 렌즈 너머로 잠시 아키코의 얼굴을 쳐다본다.

"됐어요. 혼자서 갈게요."

오늘 밤 있었던 일을 부모가 알게 되면 곤란하기 때문이리라.

"이 근처에 살지? 너, 저 학교에 다니는 애지?"

소년은 다시 고개를 숙이더니, 아키코의 물음에 긍정의 뜻을 보였다.

"잊어버린 물건을 가지러 갔던 거니?"

대답은 없었다. 코를 훌쩍거릴 뿐이다.

"이런 늦은 시간에 집에서 빠져나왔으니 부모님께서 걱정하실 거야."

잠깐의 침묵이 흐른 뒤, 소년은 입을 열었다.

"몰래 나왔어요."

그야 그럴 테지만…….

"이런 적이 처음이야?"

소년은 고개를 갸웃거렸다. 자기 일이니 모를 리가 없다. 예전에도 이런 일이 있었으리라. 하지만 그렇게 대답하면 이 낯선 누나에게 혼날지도 모른다는 생각에 얼버무린 것이다.

한밤중에 집을 빠져나오다니 요새 애들은 참 배짱도 좋다니까. 그러다가 금세 생각을 고쳤다. 내가 어렸을 적에도 못할 이유는 없었을 것이다. 갈 곳만 있었더라면 말이다. 지금처럼 밤중에도 영업하는 가게가 많았다면, 부모님 눈을 속이고 한밤의 거리로 나오는 것쯤 일도 아니었으리라.

하지만 오늘 밤 이 아이는 학교에 숨어들어 가려 했다. 무슨 목적으로 그랬을까. 역시 방화인가?

"애, 너 말이야."

아키코는 가능한 한 부드러운 목소리로 말했다.

"네가 다쳐서 누나도 미안한 마음이 들긴 하지만, 다시 한번 물어볼게. 왜 학교에 들어가려고 했니? 잊어버린 물건이라도 있어?"

소년은 눈을 깜빡거렸다. 이내 눈가가 촉촉해졌다. 울고 있다.

"울 일이야?"

소년의 눈에서 눈물이 뚝뚝 떨어진다. 눈물 한 방울이 금이 간 렌즈에 떨어졌다.

"괜찮으면 누나한테 이야기해 봐. 도와줄 수 있을지도 모르니까."

죽으려고 집에서 나온 주제에 왜 여기서 어린애 상담이나 하고 있는 걸까. 하지만 아무리 요즘 아이들이 되바라지다 해도, 눈앞에서 우는 아이를 그냥 내버려둘 수는 없었다.

"뚝, 남자가 울면 못써."

이 대사는 페미니즘 시대의 아이들에게도 효과가 있는 듯—그래서 페미니즘이 확산되기 어려운 것이겠지만—소년은 안경을 벗고 손등으로 눈물을 훔쳤다. 양손으로 눈을 비빈다. 아이들의 특징이다. 조금만 더 크면, 한 손으로만 닦는다. 아키코는 그 모습이 귀엽다고 생각했다.

“수, 수, 숙제가.”

“숙제가 어쨌는데?”

“교실에 있어요.”

“책상 속에?”

소년은 고개를 끄덕였다.

“내일까지 해 가야 하는데?”

“네.”

“안 해 가면 선생님한테 혼나니?”

“네.”

소년은 코를 훌쩍이며 대답했다.

“그렇구나. 그래서 가지러 갔던 거구나. 갈 거면 좀 빨리 가지 그랬어.”

“가지러 가려고 했는데…….”

소년은 입술을 깨물며 얼굴을 찌푸렸다. 그러고는 모기만 한 소리로 중얼거렸다.

“감시당하고 있어서 갈 수가 없었어요.”

“감시당했다고? 엄마한테?”

아키코는 깜짝 놀라 물었다.

소년은 고개를 저었다.

“그게 아니면 누가?”

“밤중에 가지러 갈 수 있는 용기가 있는지 시험하는 거니까, 밝을 때 가면 안 된다고 했어요.”

“그러니까 누가?”

참지 못하고 그렇게 물은 순간, 아키코는 어떻게 된 일인지 알아챘다. 어머, 그렇게 된 거였어?

"네 친구가 감시하고 있었구나?"

이제야 알았냐는 얼굴로 소년은 고개를 끄덕였다.

"숙제도 내가 놓고 온 게 아니에요. 뺏어서 숨겼기 때문에 어쩔 수 없었어요."

"그거 왕따잖아. 너, 왕따당하는 거니?"

아키코는 저도 모르게 큰 소리로 말했다.

계산대에서 멍하니 있던 직원이 화들짝 놀란 얼굴로 이쪽을 돌아봤다.

소년은 또다시 얼굴을 찡그렸다.

"네……."

"얘, 그런 건 그냥 당하고만 있으면 안 돼. 선생님께……."

아키코는 거기서 입을 다물었다. 그녀 주변에 학교에 다니는 아이는 없었다. 현재의 학교가 어떻게 돌아가는지 정보도 없고 관심도 없었다. 하지만 신문이나 텔레비전을 통해 '왕따로 인한 자살'이나 거의 살인이라 할 만한 사건을 접했기 때문에, 이런 사건에서는 대부분 선생님에게 이야기해 봤자 사태가 악화될 뿐이라는 정도는 알고 있었다.

"……선생님께 말씀드릴 수는 없었구나."

자연스레 목소리가 작아졌다. 소년은 말없이 고개를 숙이고 있었다.

그래서 밤중에 몰래 학교에 들어가려고 했구나.

“하지만 그 애들이 어떻게 밤늦게까지 널 감시하니?”

“같은 단지에 살거든요…….”

한술 더 떠서 아이들의 어머니들은 소년과 그 아이들이 친한 친구라고 생각하기 때문에, 서로 집을 방문해 늦게까지 공부하거나 놀아도 전혀 간섭하지 않는다고 했다.

“엄마는 모르셔?”

“몰라요. 걱정하실까 봐 말 안 했어요.”

아키코의 물음에 소년은 기특하게도 이렇게 대답했다.

요새 아이들은 이런 면에서는 어른스럽다니까.

“큰일이네……. 그럼 넌 집에 있어도 마음이 편치 않겠구나? 괴롭히는 애들이 몇 명이나 있어?”

“다섯 명이요.”

“언제부터 그랬어?”

“올해 같은 반이 되고 난 뒤부터요.”

“계속 참았던 거야?”

소년은 대답하지 않았다. 하지만 스스로도 발견하지 못했던 말들이 오열이 되어 솟아오르는지, 잠시 동안 무언가 말하고 싶은 듯 입을 벙긋거렸다.

“지금 몇 학년이니?”

“3학년이요.”

예상대로였다. 하지만 3학년치고는 덩치가 작다. 그런데다가 안경까지 썼으니, 확실히 왕따의 표적이 되기 쉬운 유형일지도 모른다. 아마 성적도 좋을 것이다.

"그러면 앞으로도 한참 더 다녀야겠네."

"……."

"한참 더 다녀야 돼. 참을 수 있겠어?"

아이를 몰아붙여서 어쩔 셈일까. 무슨 설교를 하려는 걸까.

"엄마가 걱정할까 봐 말 안 했다니, 어린애가 무슨 그런 생각을 하니. 엄마한테 말씀드리고, 선생님한테도 말씀드려서 문제를 해결해야지. 이런 식으로 숨겨 봤자 아무 도움도 안 돼."

입으로 말하는 건 쉽다. 난 상관없는 남이니까. 이 아이가 안고 있는 문제에 깊이 관여할 필요는 없으니까. 그렇게 생각하면서도 뻔한 말들을 늘어놓을 수밖에 없었다.

"엄마하고 이야기해 봐."

스스로에게 화가 나서 말투가 더 엄해졌다.

"오늘은 그만 돌아가. 그리고 내일 아침 꼭 말씀드려. 도둑처럼 몰래 학교에 들어가기나 하고, 그게 뭐니. 자, 집에 가자. 누나가 데려다 줄게."

아키코는 자리에서 일어나 소년에게 말했다. 그는 고개를 숙인 채 굼뜨게 일어났다. 아키코는 앞장서 편의점 문을 열고 소년을 밖으로 내보냈다.

"혼자 갈게요."

"안 돼. 위험하단 말이야."

애초에 헤어진 뒤에 곧장 집으로 돌아갈지 의심스럽다. 또 학교에 갈 수도 있으니까 말이다.

"단지라고 했지. 어디야? 말해 두지만, 누나도 이 동네 살거든.

거짓말해도 다 알아.”

소년은 허리에 손을 올리고 자신을 내려다보는 아키코를 보고 쭈뼛거리며 고개를 들었다.

“공단 다치가와 하이츠 9동이에요.”

“그래? 그럼 가자.”

아키코는 소년을 앞세우고 뒤를 따라갔다. 솔직히 다치가와 하이츠가 어느 방향인지도 몰랐기 때문이다.

정적에 휩싸인 밤길을 때때로 빈 택시가 가로질렀다. 아키코는 소년과 나란히 서서 말없이 걸었다. 소년은 계속 고개를 숙이고 있었다. 꼭 경찰에 끌려가는 죄인처럼.

오 분도 지나지 않아 작은 교차로가 보였다. 신호등에 ‘다치가와 4번지’라고 적혀 있다. 고개를 들자 교차로 북쪽에 하얀 블록 같은 중층 주택 여러 채가 늘어서 있는 모습이 보였다. 저곳이 소년의 집이리라.

소년은 그쪽으로 걸음을 옮겼다. 회색 담을 따라 걷다 보니 곧 단지 입구에 도착할 수 있었다. 문을 지나 바로 왼쪽에 ‘집회소’란 간판이 달린 건물이 나왔다. 그 건물 옆에 자전거 주차장까지 이어진 샛길이 있었고, ‘7, 8, 9동’이란 화살표가 붙은 표지판이 세워져 있었다.

“이제 혼자서 갈게요.”

아키코를 돌아보며 소년은 그렇게 말했다.

“그래……. 그럼 누나는 그만 갈게.”

꾸벅 고개를 숙이더니, 소년은 문을 지나 안으로 들어갔다.

"엄마한테 꼭 말씀드려야 해, 알았지?"

뒷모습을 향해 그렇게 말하자 소년은 어깨를 으쓱하며 고개를 끄덕였다.

아직 할 말이 더 있는데. 이렇게 돌려보내도 되는 걸까.

"얘, 안경 일도 있으니까 누나 연락처 가르쳐 줄게."

소년은 걸음을 멈추고 고개를 저었다.

"아니에요, 제가 떨어져서 깨진 건데요."

"그래도……."

아키코의 대답을 듣지 않은 채, 소년은 터벅터벅 길을 따라 걸음을 옮겼다. 고개 숙인 목덜미를 가로등 불빛이 비추고 있다. 창백하고 매끈매끈한 목덜미였다. 마치 앞으로 망나니의 손에 목이 달아나기를, 포기하고 기다리는 듯한.

저 아이는 아마 엄마에게 털어놓지 않을 것이다. 아키코는 그렇게 생각했다. 소년의 작아지는 뒷모습을 보면 볼수록 확신은 점점 굳어간다.

— 왜냐면.

아키코의 의견이 정론이라는 걸 모를 나이도 아니다. 더구나 상당히 똘똘해 보이는 아이다. 하지만 그는 아직 부모님과 선생님에게 말씀드려서 지금 사태를 개선하기 위한 계기를 만들지 못하는 것이다.

무섭기 때문이다.

무서우니까. 겁에 질렸으니까. 무서워할 것 없어, 무서워하기만 하면 아무것도 못해. 누가 그렇게 말해도 소용없다. 아키코는 그것을 알 수 있었다.

— 그래, 왜냐면.

나도 마찬가지니까. 마음속으로, 큰 소리로, 스스로를 향해 말했다.

이구치와 헤어진 뒤, 아니, 차인 뒤, 아니, 정확하게 말하자, 버림받은 뒤, 울기도 했고, 화내기도 했고, 친구들에게 이야기도 했다. 죽고 싶어, 죽어 버릴 거야, 그렇게 소란을 피우기도 했다. 날 버린 대가로 그 녀석에게도 무거운 짐을 지울 거라면서.

그때마다 친구들은 말렸다. 하나둘이 아니었다. 모두 똑같은 소리를 했다. 그렇게 자포자기하면 안 돼. 왜 목숨 귀한 줄을 모르니. 눈을 떠, 좀 더 긍정적으로 생각해.

알고 있다. 아키코도 그런 건 알고 있다. 친구들의 말이 옳다는 것을 알고 있었다. 왜냐면 정론이기 때문이다. 옳은 길은 그것밖에 없다는 걸 아키코도 알고 있었다.

하지만 그러지 못하는 것이다.

그것으로 마음의 고통은 사라지지 않는다. 가슴 밑바닥을 태우는 분노가 사그라지지 않는다. 아무리 논리적인 말도, 생각도, 아키코를 움직일 수 없었다. 그 정도로 상처가 깊었기 때문이다. 꼭 저 아이가 지금 느끼는 공포처럼, 논리로는 설명할 수 없는 그것은 마음의 크레바스 같은 것이었다.

그래서 오늘 밤 일부러 잘못된 길을 선택해 죽으려 했던 것이 아닌가. 죽을 장소를 찾아 헤매지 않았는가. 모든 올바른 의견에 등을 돌리고, 선명하게, 멋지게, 극적으로 죽으려 했던 것이 아닌가.

그런 주제에 저 아이에게는 정론을 강요하는 건가?

샛길을 따라 걷는 소년의 모습은 이미 시야에서 사라진 지 오래였다. 하지만 정신을 차려 보니 아키코는 어느새 죽을힘을 다해 달리고 있었다.

금세 소년을 따라잡을 수 있었다. 십 미터가량 떨어진 곳에 9동 건물이 보인다. 자신을 따라온 아키코를 보고 소년은 숨이 넘어갈 정도로 놀란 듯했다. 아키코는 숨을 헐떡이며 아이의 가녀린 팔을 붙잡고 말했다.

"하, 학교 가자."

소년의 눈이 휘둥그레진다. 금이 간 렌즈 너머로 보이는 오른쪽 눈동자가 커졌다.

"누나가 같이 가 줄게. 숙제 몰래 가져오자. 오늘 밤은 그렇게 하자. 알았지?"

어쩐지 눈물이 날 것 같았다. 그것을 숨기기 위해 아키코는 활짝 미소 지었다.

"둘이서 가면 안 무서울 거 아냐?"

3

문을 넘던 소년은 아까 부딪힌 엉덩이가 아픈지 얼굴을 찡그렸다. 예전에는 알아주는 말괄량이였던 아키코도 몸이 둔해졌는지 문 위에서 학교 안으로 뛰어내리다가 하마터면 발을 삐끗할 뻔했다.

보아하니 문 너머는 뒤뜰인 모양이다. 질서 정연하게 들어선 화단이 보였다. 부드러운 흙 위에 작은 팻말이 빼곡하게 늘어서 있다. 딱 초등학교 분위기다.

가까이서 보이는 학교는 밤의 어둠 속으로 가라앉아 있었지만, 밤보다 더 캄캄했다. 건물은 커다란 ㄷ자를 뒤집어 놓은 모양이었고, 중앙에는 교정이 있었다. 일층 제일 앞쪽 방에 불이 켜져 있다. 요즘 세상에도 숙직 선생님이나 경비 아저씨가 있나?

"너희 반은 어디야?"

작은 소리로 소곤거리자, 소년은 말없이 왼쪽을 가리켰다. 삼층 모퉁이 교실이다. 건물 남쪽 방향이었다.

"어디로 들어가면 되니?"

언뜻 보기에는 창문도 문도 모두 굳게 닫혀 있다. 당연히 잠겨 있을 것이다. 그러자 소년은 팻말이 늘어선 화단 옆을 빠져나가 건물 왼쪽으로 걸어갔다.

"저쪽 바깥에 계단이 있어요."

"계단을 올라가도 문이 잠겨 있을 거 아냐."

"계단을 올라가다 중간에 교실 발코니로 건너가면 돼요. 안 잠긴 창문도 있으니까요. 그런 창문을 찾아서 거기로 들어가려고요."

"너, 전에도 이런 적 있니?"

"밤에 학교에 온 건 처음이에요. 정말이에요. 하지만……."

"하지만 뭐?"

"전에 교실에 갇힌 적이 있거든요. 그때 발코니에서 바깥 계단으로 나갈 수 있다는 사실을 알아냈어요."

"갇혔다니, 괴롭히는 애들이 그런 거야?"

소년은 말없이 걸음을 옮겼다. 무신경한 질문이었다.

콘크리트 계단을 삼층까지 올라가자, 소년의 말대로 계단 층계참이 이층 교실 발코니와 비슷한 위치에 있었다. 둘 사이의 거리도 겨우 오십 센티미터 정도밖에 되지 않아 보인다. 몸이 가벼운 아이가 아래를 보지 않고 폴짝 뛴다면 충분히 건널 수 있는 거리다.

실제로 소년은 어렵지 않게 교실 쪽으로 건너뛰었다. 그러고는 재촉하듯 아키코를 돌아봤다.

"누나는…… 무서워서 못 뛰겠어. 네가 교실에 들어가서 복도로 나가 삼층 계단에서 안으로 들어가는 문을 열어 줘."

그 순간 소년은 입을 떡 벌렸다.

"저 혼자요?"

그렇다. 혼자서 그렇게 할 수 있었다면 처음부터 이런 짓도 하지 않았을 것이다. 자기 교실에 가서 숙제를 가지고 왔겠지.

아키코는 어색하게 웃었다.

"그렇네, 혼자는 무섭겠구나. 그럼 나도 그쪽으로 갈게."

아키코는 콘크리트 계단 난간에 손을 올린 채 아래를 내려다봤다. 땅바닥이 까맣게 보였지만 밤의 어둠 때문에 거리감이 느껴지지 않아 그나마 다행이었다.

"일부러 떨어지지 않는 한 떨어질 일은 없어요."

소년은 그렇게 말했다. 지금 소년은 자신이 서 있는 발코니에서 교실 안으로 들어갈 수 있는 창문을 찾는 데 반쯤 정신이 팔려 있었다. 당연히 창문 너머는 새카맸다. 눈을 부릅뜨면 어디서 들어오

는지 모르는 희미한 빛으로 차갑게 빛나는 교실 안의 책상이 보일
지도 모른다. 하지만 신경이 쓰이면서도 소년은 결코 자기 앞에 있
는 창문을 보지 않았다. 거기에 책상 이외의 무언가, 교실 벽 이외
의 무언가가 보일까 무섭기 때문이다.

사람 얼굴이나 쭉 뻗은 하얀 손 같은 것 말이다.

하지만 아키코는 이 층 높이가 더 무서웠다.

"신발을 그쪽으로 던질 테니까 받아 줘."

시체가 발견되었을 때 싸구려 신발을 신고 있으면 부끄러울까
봐, 아키코는 오늘 아끼던 정장을 입고 제일 좋은 구두를 신었다.
'긴자 가네마쓰_{일본의 유명 패션잡화 브랜드}'에서 구입한 구두다. 미리 말해 두
지만 세일 때 산 것도 아니다.

소년은 아키코의 구두를 받았지만 눈동자 절반은 여전히 창문을
살피고 있었다. 만일 지금 아키코가 장난으로 창문을 보며 '어머!'
하고 소리친다면 공포와 경악으로 인해 심장마비라도 일으킬 기세
였다.

"누나, 빨리요."

"알았다니까."

아키코는 비틀거리며 조심조심 계단 난간 위로 올라갔다. 붙잡
을 데가 없었기 때문에 빨판처럼 양손을 건물 벽에 딱 붙였다.

투신자살을 하려고 마음먹은 주제에 왜 이것밖에 안 되는 높이
를 무서워하는 걸까?

아니, 이 정도 높이니까 무서워하는 거다. 여기서 떨어지면 죽지
못할지도 모른다. 그러니까 지금 여기서 떨어질 수는 없었다. 그러

니까 무서운 거다. 그런 거야.

"내가 하나, 둘, 셋 하면 뛰어요."

"됐어, 가만히 있어. 지금 갈 테니까."

겨우 오십 센티미터밖에 안 돼. 아키코는 눈을 감고 자신을 달랬다. 오십 센티미터. 다리를 벌리고 욕조를 넘어간다고 생각해. 아니, 그건 아닌가.

눈을 뜨고 숨을 골랐다.

"발코니에 아무것도 없니?"

"아무것도 없어요."

"화분이라도 밟으면 큰일이잖아."

"아무것도 없다니까요."

소년은 금방이라도 울상을 지을 것 같았다.

"저기, 교실 쪽에서 무슨 소리 들리지 않아요?"

"그럴 리 없잖아, 겁이 많구나."

"그치만……."

소년은 교실 쪽을 훔쳐보며 말했다.

"뭔가 움직이는 것 같아요."

그 순간, 차 한 대가 학교 바로 앞 도로를 지나갔다. 어디 사는 누구인지는 모르겠지만, 창문을 열고 시끄럽게 음악을 틀고 있었다. 텔레비전 광고에서 들었던 노래의 한 구절이 갑자기 아키코의 귓가를 찔렀다.

"—자유롭게 사랑의 날개를 펼치고—oh, yeah!"

마치 그게 신호라도 되는 양 아키코는 난간에서 발코니로 건너

뛰었다. 뛴 순간에는 눈을 질끈 감았다. 그런데도 발밑에서 지나치는 까만 바닥이 또렷하게 보였다.

발코니 바닥도 콘크리트 재질이었다. 스타킹만 신은 맨발이었기 때문에 착지할 때에 상당한 통증이 느껴졌다. 덤으로 힘이 넘쳤는지 앞으로 구르는 바람에 왼쪽 어깨를 부딪혔다.

"oh yeah 좋아하시네!"

"큰 소리 내면 안 돼요."

아키코를 향해 달려온 소년은 그녀에게 와락 달려들었다.

"누나, 괜찮아요?"

"괜찮아, 애. 걱정 안 해도 돼."

아키코는 일어나 치맛자락을 털었다.

"자, 열려 있는 문이 어디니?"

발코니는 건물 한 면의 끝에서 끝까지 연결되어 있었다. 창문도 많았다. 무서워서 움찔거리는 소년을 데리고 아키코는 창문을 하나씩 살펴봤다. 착지한 곳에서 여섯 번째에 있는 창문이 열려 있었다. 옆으로 밀어 보니 창문은 스르륵 열린다.

"찾았다, 여기로 들어가자."

이 발코니에 접한 창문에서 들어가지 못했다면, 건물 모퉁이를 돌아 다른 쪽 발코니로 다시 건너뛰었어야 했을 것이다.

바깥으로 돌출된 창이었기 때문에 힘들게 올라갈 필요는 없었다. 창문턱을 넘어 들어가면 바로 교실이다. 쥐죽은 듯 조용한 교실 안에는 책상이 늘어서 있었고, 칠판은 어둠 속에 잠겨 있었다.

"손전등 같은 거 없니?"

“엄마 몰래 가지고 나올 수가 없어서요……”

“여기 불 켜면 안 되겠지?”

“잘 모르겠어요……”

학교 관계자에게 발견되었을 경우 이 학교 학생인 소년은 어떻게든 넘어갈 수 있겠지만 아키코에게는 변명의 여지가 없다. 하는 수 없다. 눈이 어둠에 익숙해질 때까지 참아야지.

하지만 교실을 가로지르는 것조차도 힘들어 보인다. 뒤에 있는 소년은 겁에 질려 슬금슬금 창문 쪽으로 뒷걸음질 쳤다.

“애, 여기가 어딘지 아니?”

“2학년 교실일 거예요.”

“너희 반은 이 위층이야?”

“네. 3학년 2반이에요.”

“네 책상이 어디 있는지 누나한테 알려 줘.”

“왜요?”

“누나 혼자 갔다 올게. 넌 여기 있어. 그렇게 무서워하는데 제대로 걸을 수나 있겠니.”

그 말을 들은 소년은 펄쩍 뛰어 올랐다.

“싫어요! 이런 데 나 혼자 어떻게 있어요!”

목소리가 떨리고 있다. 아키코는 소년을 돌아보며 어둠 속에서도 하얗게 보이는 얼굴을 바라보며 말했다.

“그럼 정신 똑바로 차리고 따라와. 괜찮아, 어두워서 으스스한 것뿐이야. 왜 그렇게 무서워하는 거니?”

“손 잡아도 돼요?”

아키코는 거칠게 소년의 손을 꼭 쥐었다.

"네가 그렇게 겁이 많으니까 애들이 널 괴롭히는 거야."

"그치만…….."

"아무것도 없다니까."

교실을 가로질러 문을 열고 복도로 나오자 소년이 말했다.

"우리 학교에는 있단 말이에요."

"뭐가?"

"귀신이요."

아키코는 등골이 오싹해졌다. 하지만 애써 웃음을 지었다.

"그런 이야기는 어느 학교에나 있어. 누나가 다녔던 초등학교에도, 중학교에도, 심지어는 회사에까지 있었어."

"정말요?"

"정말이라니까. 그런 건 다 지어낸 이야기야. 계단은 어느 쪽이니?"

복도 왼쪽에는 교실이 늘어서 있었고, 오른쪽에는 한눈에 교정이 내려다보이는 창문이 있었다. 그 사이사이에 벽과 기둥, 게시판 등이 있는, 알기 쉬운 구조였다. 아키코는 복도 한가운데로 걷고 싶었지만 그녀의 손에 달라붙은 소년이 계속 창문 쪽으로 잡아끌었기 때문에 어쩔 수 없이 그쪽으로 향할 수밖에 없었다.

이내 위층으로 올라가는 계단이 나왔다. 계단 앞에 선 아키코는 다시 등골이 오싹해졌다. 지금까지 지났던 복도와는 달리 계단은 어두웠다. 층계참에 창문이 하나 있을 뿐이었다.

"이 계단을 올라가야 해요."

소년은 그렇게 말했다.

"그럼 가자."

아키코는 용기를 내 걸음을 내딛었다. 아니, 처음 한 발을 스텝 삼아 다음 순간부터는 거의 뛰기 시작했다. 층계참까지 오르자 계단이 꺾였다. 모퉁이를 돌 때도 무서웠다. 무언가가 앞에서 기다리고 있다면—.

"누나, 잠깐만요!"

소년을 잡아끌듯 삼층 복도로 뛰어 올라간 아키코는 계단에서 빨리 벗어나고 싶은 마음에 그대로 아무 생각 없이 복도 오른쪽으로 꺾어 달렸다.

"우리 반은 반대편이에요."

소년은 숨을 헐떡이며 말했다. 체육 수업을 꼬박꼬박 받는 아이가 이 정도로 숨이 찰 리 없다. 겁에 질렸기 때문이리라.

아키코는 걸음을 멈추고 숨을 골랐다. 당황스러울 정도로 심장이 벌렁거렸다.

"얘, 이 층에 혹시 과학실 있니?"

"과, 과, 과—."

"있는지 없는지 물어본 것뿐이잖아, 겁먹지 마."

"과학실은 이층에 있어요."

"그럼 괜찮아. 가자. 학교에 나오는 귀신은 과학실에 살거든. 해골 표본 같은 데 말이야."

아키코는 소년의 손을 잡아끌었다.

"우리 학교 귀신은 그런 게 아니에요."

소년은 마치 귀신이 들을까 걱정하듯 목소리를 낮췄다.

"거울 속에 있어요."

애는 왜 이런 소리를 하필 이 타이밍에 하는 걸까. 두 사람이 걷는 복도 오른쪽으로 식수대가 보였다. 옅은 핑크색—아마 그럴 것이다—타일로 만들어진 사각형 수돗가에 수도꼭지가 여섯 개 달려 있었다. 수도꼭지 위에는…….

"저거 거울 아니니?"

크기도 그렇고 위치도 그렇고 목욕탕에 있는 거울과 똑같았다. 두 사람이 앞을 지나가면 그 모습을 비추려고 하겠지. 아니, 거울에게 그럴 생각이 없다 해도 자연스레 비칠 터다.

"저런 거울 말고요."

소년은 그렇게 말하긴 했지만 식수대가 가까워지자 아키코에게 찰싹 달라붙었다.

"그럼 무슨 거울인데?"

"이 모퉁이를 돌면요. 교실이 네 개 있는데, 그 앞에 또 계단이 있거든요. 그 계단 이층과 삼층 층계참 벽에 거울이 있어요."

"왜 그런 데 거울이 있어?"

"졸업한 선배들이 기증한 거래요. 벽 한 면을 다 차지할 정도로 큰 거울이에요."

"그 거울에 귀신이 있어?"

거울을 기증한 졸업생들이 학생이었을 무렵 졸업을 앞두고 교통사고로 죽은 학생이 있는데, 그 학생의 모습이 거울에 비친다. 아키코는 그런 이야기를 기대했다. 그것도 그리 기분 좋은 이야기는 아니었지만 그런 흔한 이야기는 쉽게 웃어넘길 수 있으니까.

하지만 소년은 고개를 저으며 말했다.

"그게 아니라요……."

때마침 아키코와 소년은 식수대 앞을 지나고 있었다. 보지 않겠다, 보지 않겠다, 마음먹었지만 절로 눈이 가는 건 어쩔 수 없었다. 아키코는 곁눈으로 거울을 훔쳐봤다. 아키코와 소년의 얼굴이 음침한 하얀 풍선처럼 위아래로 거울 속을 가로질러 갔다.

'아, 싫다…….'

지금 이 거울 속에 나 혼자밖에 비치지 않으면 어떡하지? 저도 모르게 그런 생각이 들었다.

그 순간 소년도 입을 열었다.

"아, 다행이다. 누나가 비치지 않으면 어떡하나 했어요."

똑같은 생각을 하고 있었던 것이다.

계단을 오를 때만큼 노골적이지는 않았지만, 두 사람은 빠른 걸음으로 식수대 앞을 지나쳐 곧바로 오른쪽으로 꺾었다.

"우리 반은—."

"두 번째 교실이지?"

창문에서 쏟아지는 희미한 달빛을 받아 '3학년 2반'이란 표시가 보였다. 교실 문은 닫혀 있었다.

"자, 빨리."

아키코는 문을 열어 소년의 등을 밀고는 서둘러 교실 안으로 들어갔다. 교탁 위에 꽃이 든 가느다란 꽃병이 보였다. 자세히 보니 카네이션이다. 어째서인지 마음이 놓였다.

소년은 굉장한 기세로 책상을 향해 달려가더니, 교실 가운데에 있는 책상 서랍을 뒤졌다. 그곳이 소년의 자리인가 보다.

"찾았니?"

"응, 찾았어요."

그렇게 말하며 소년은 프린트 같은 것을 꺼낸 뒤 곧바로 아키코에게로 돌아왔다.

"이상한 곳에 숨겨 놓지 않아서 다행이다."

"걔네는 내가 가지러 오지 못할 거라고 생각하거든요."

교실 안은 깨끗하게 정돈되어 있었다. 어두워서 구석구석까지 보이지 않는 탓일지도 모르지만, 아키코가 다녔던 초등학교에 비해 상당히 현대적인 느낌이 들었다. 교실 뒤쪽 칠판 아래에는 아이들의 사물함이 놓여 있고, 칠판 양옆에는 웃옷이나 우비 등을 걸어 놓는 고리가 열 개 정도 붙어 있었다.

"자, 그만 가자."

그렇게 말하며 소년의 손을 잡은 순간, 어딘가에서 쾅! 하는 소리가 났다.

두 사람은 마네킹이라도 된 양 그 자리에 그대로 멈췄다. 둘 다 처음에는 서로의 얼굴조차 보지 못했다. 이내 천천히, 목뼈가 삐걱거릴 정도로 천천히, 뻣뻣하게 굳은 얼굴로 서로를 마주 봤다.

"지금 그거, 뭐예요?"

소년이 물었다.

"그냥 소리야. 별거 아냐."

아키코는 그렇게 대답했지만 여전히 움직일 수는 없었다. 가만히 숨죽이고 있으면, 정체가 무엇이든 지금 저 소리를 낸 무언가가 자신들의 기척을 찾지 못하고, 다시 조용히 또아리를 틀며—그렇다고 뱀이라는 소리는 아니다—어둠 속 둥지로 돌아갈지도 모른다는 생각이 들었다.

"사람이 없어도 여러 소리가 나거든."

"왜요?"

"그냥 그런 거야."

활짝 웃으려고 하긴 했지만, 거울로라도 지금 자신의 얼굴을 보면 실신할지도 모른다는 생각이 들었다.

"자, 가자."

조금 전까지는 소년이 아키코에게 달라붙었지만 지금은 서로 달라붙어 있는 모양새다. 아키코가 교실 뒷문으로 나가려 하자 소년이 한 걸음 나아가 제지했다.

"그쪽은 안 돼요. 아까 말했던 계단에 가깝단 말이에요. 앞으로 나가요. 조금이라도 떨어지는 게 낫잖아요."

어린애다운 발상이었지만 아키코도 굳이 반대하지는 않았다. 두 사람은 앞으로 이동했다. 바짝 달라붙어 걷다 책상에 부딪히는 바람에 덜컹거리는 소리가 났다. 아키코는 심장이 덜컹 내려앉았다. 조금 전 수상한 소리를 낸 '무언가'가 이 소리를 들었다면.

복도로 나간 두 사람은 누가 먼저랄 것도 없이 냅다 뛰었다. 서로 손을 꼭 잡고 술래잡기를 하듯 전속력으로 달렸다. 그대로 쏜살같이 계단을 뛰어 내려가 이층 복도에서 겨우 한숨을 돌렸다.

"또 발코니로 나가긴 싫어."

아키코는 말했다. 어쩐지 목소리가 떨렸다.

"일층으로 내려가 문을 통해 나가자. 내일 누가 눈치 챈다 해도 그 정도로 일이 커지진 않을 거야. 선생님들도 어제 깜빡 잊어버린 건가 하겠지."

"그렇겠죠?"

그렇게 하기로 한 두 사람은 그대로 빠르게 계단을 내려갔다. 다 내려간 순간, 소년은 갑자기 몸을 웅크리더니 오른쪽에 깔린 어둠 속을 바라보며 말했다.

"앗, 실수했어요. 이 계단을 내려오면 급식실 쪽으로 나오게 되는데."

"어머, 급식을 만드는 곳인데 무서울 게 뭐가 있어?"

"여기, 굉장히 어둡단 말이에요. 문도 멀리 있고. 이 복도 왼쪽으로 쭉 가면 막다른 곳에 있어요."

둘러보자 어두운 터널 같은 복도가 길게 뻗어 있었다. 소년의 말대로 복도 끝에 문이 있는지, 열려 있는 작은 창문이 반짝이는 것이 보였다. 좌우로는 문이 늘어서 있다. 열린 문도 있었고, 닫힌 문도 있었다. 복도에는 불빛이라곤 하나도 없었다.

"아까 밖에서 봤을 때 불이 켜진 데가 있던데, 거긴 어디야?"

"막다른 곳에 있는 문에서 오른쪽으로 돌면 있는 방이요."

"그럼 누가 있다 해도 여기를 지나가는 건 상관없겠구나."

아키코는 걸음을 옮겼다. 그녀에게 딱 달라붙은 소년은 가끔씩 등 뒤에 있는 컴컴한 급식실을 힐끔거렸다. 지금이 낮이었다면 즐거운 마음으로 급식실을 찾았을 텐데.

그래도 정면에 보이는 출구가 점점 가까워지자 아키코의 마음속
에는 안도감이 번졌다. 긴장이 풀렸는지, 이제는 힘을 풀고 여유롭
고 다정하게 소년의 손을 잡을 수 있었다.

"아까 했던 귀신 이야기 말인데……."

"거울 속에 사는?"

"그래. 어떤 귀신이야? 누구 유령인데?"

소년은 아키코에게 달라붙었다.

"유령 같은 게 아니에요. 귀신이에요."

"뭐가 다른 점이 있어?"

"뭔가, 하얀 시트 같은 거래요."

"그게 거울 안에 있어?"

"네. 밤중에 거울에서 나와서 학교 안을 날아다니다 사람을 공격
한대요."

아키코는 살짝 웃음을 터뜨렸다.

"뭐야, 그렇게 무서운 귀신도 아니잖아."

"아니에요. 사람을 공격해 거울 속으로 끌고 간다고 했어요. 그
안에 갇히게 되는 거예요. 지금까지 다섯 명이나 그렇게 끌려가 행
방불명된 선생님이나 애들이 있대요. 비 오는 날에는 그 사람들이
우는 소리가 들려온대요."

내보내 줘, 여기서 내보내 줘, 하고요. 소년은 연기라도 하듯 그
렇게 말했다. 아키코는 웃으려 노력했지만, 실은 등골이 오싹했다.

"그러니? 누나는 잘 모르겠네."

소년은 고개를 갸웃거렸다.

"그 귀신은 날아다닐 때도, 사람을 공격할 때도 큰 소리로 웃는 대요. 케케케, 케케케 하고."

정면 문까지 앞으로 십 미터 정도 남았다. 양옆에 있는 교실을 하나만 지나면 된다. 왼쪽 교실 문은 닫혔고, 오른쪽 교실 문은 열려 있었다. 아키코는 거의 본능적으로 열려 있는 문 안쪽을 쳐다보았다. 교실 안에서 하얀 무언가가 둥실 움직였다.

자기 눈에만 보인 거라고 생각했다. 하지만 아니었다. 소년 역시 갑자기 걸음을 멈췄다.

서로 마주 본 두 사람의 눈동자 속에는 방금 전에 본 무언가가 비치고 있었다.

케케케, 케케케…….

실제로 그런 소리가 들렸는지, 아니면 단순히 머릿속에서 울려 퍼진 것인지는 아키코도 알 수 없다. 그저 다음 순간 소년은 아키코의 손을 잡아끌었고, 그녀 역시 소년의 손을 잡아끌고 정신없이 달리기 시작했을 뿐이다.

앞으로 앞으로. 문을 향해, 문을 향해. 필사적으로 달리던 두 사람은 온 힘을 다해 무거운 철문에 달라붙었다.

"어떻게, 어떻게 여는 거야?"

"여기예요, 여길 열면 돼요! 빨리, 빨리요!"

자물쇠가 보이지 않았다. 아키코는 손으로 문을 더듬었다. 아, 찾았다, 크레센트 걸쇠였다. 하지만 좀처럼 걸쇠가 풀리지 않았다.

"누나!"

아키코는 뒤돌아보지 않았다. 죽어도 돌아보기 싫었다. 하얀 시

트 같은 귀신이 기분 나쁘게 킬킬대며 사냥감을 거울 속으로 끌고
가기 위해 긴 복도를 둥실둥실 날아오는 모습이 보이면 어쩌지. 그
런 걸 봤다간 마지막 남은 제정신까지 사라져 버릴지도 모른다.

걸쇠가 위로 올라갔다. 정신없이 문을 열자마자, 아키코와 소년
은 밖으로 뛰쳐나와 그대로 달렸다. 화단을 뛰어넘어 철문까지 돌
진했다. 아까는 그렇게 고생했는데도 불구하고 아키코는 눈 깜짝
할 사이에 문 위로 올라갔다.

하지만 역시 소년에게는 당할 수 없었다. 아이는 한발 먼저 바깥
도로로 뛰어내려 아키코를 올려다보고 있었다. 그가 만일 귀신을
보고 무서워하는 표정을 짓고 있었다면, 게다가 아키코의 뒤에 시
선이 고정되어 있었다면, 아키코는 그 자리에서 미쳐 버렸을지도
모른다.

신발을 신은 채 도로로 뛰어내렸다. 이번에는 보기 좋게 균형을
잃고 양 무릎과 손이 바닥에 닿았다. 그래도 학교 밖으로 나왔다는
사실에 안심했다. 이제 됐어.

도로 위에 무릎을 꿇은 채 아키코는 학교 철문을 올려다봤다. 안
쪽에도 위에도 아래에도, 하얀 시트 같은 건 보이지 않았다. 아무
것도 없다. 어스름한 어둠이 보일 뿐이다.

하지만 귀신이란 모두 그런 게 아닐까? 무척 발이 빠르고 재빠
른 게 아니었던가? 지금도 바로 저기까지 쫓아왔을지도 모른다.
간발의 차로 두 사람을 놓쳤기 때문에, 귀신은 포기하고 연기처럼
재빨리 학교의 어둠 속으로 돌아간 것이 아닐까.

"누나도 그거 봤죠?"

소년은 울먹이며 말했다.

"응, 봤어."

"하얗고 둥실둥실 떠다녔죠? 그게 귀신이에요. 우리, 귀신을 본 거죠."

아키코는 자리에서 일어났다. 무릎이 욱신거렸다. 다 까져서 스타킹에도 커다랗게 구멍이 나 있다. 하나에 천 엔이나 하는 브랜드 스타킹인데.

두근거리던 가슴이 조금씩 가라앉았다. 크게 심호흡을 한 뒤, 아키코는 소년을 돌아보며 말했다.

"자, 가자."

다치카와 하이츠까지 천천히 걷다 보니, 일종의 공황 상태와도 같았던 공포심도 샤워기로 샴푸 거품을 씻어낸 듯 사라져갔다. 신기할 정도로 말끔하게.

어른으로 돌아왔기 때문이다. 학교는 안에 발을 들여놓은 사람을 한동안 어린애로 돌아가게 하는 마력을 가지고 있는 모양이다. 그곳에서 떠나면 다시 어른으로 되돌아가는 것이다.

단지 입구에 도착하자, 아키코는 소년을 향해 말했다.

"무서웠지?"

소년은 말없이 고개를 끄덕였다.

"귀신하고 널 괴롭히는 애 중에 어느 쪽이 더 무섭니?"

소년은 풀이 죽은 듯 어깨를 으쓱했다.

"그런 걸 어떻게 정해요."

"둘 다 무서워?"

"그래요, 당연하죠. 누나도 나처럼 괴롭힘을 당한다고 생각해 봐요. 귀신하고 걔네들 중에 누가 더 무서운지 정할 수 있겠어요?"

그건 그래……. 하지만 누나는 말이야, 오늘 밤 널 만나기 전까지는 아무것도 무서울 게 없었어. 죽으려고 했거든—.

그런 나도 귀신은 무섭더라. 발코니로 건너뛰는 것도 무서웠고.

아키코는 허리를 굽혀 소년과 눈을 맞췄다.

"애, 전화번호 잘 기억하니?"

"그런 편이에요……."

"그래, 그럼 내가 부르는 번호 잘 기억해."

아키코는 천천히 집 전화번호를 불러 줬다. 번호를 들은 소년은 입으로 몇 번 웅얼거렸다. 살짝 고개를 갸웃거리긴 했지만 외운 것 같았다.

"집에 가면 바로 메모해. 잊어버리지 말고. 그리고 네가 엄마한테 괴롭힘당하고 있다는 사실을 말씀드릴 용기가 생기면, 그 번호로 전화해. 우리 집 전화번호야. 누나가 엄마를 뵙고 네 말이 사실이라고 말씀드릴게."

소년은 눈을 깜빡거리며 아키코를 쳐다봤다. 졸린지 눈꺼풀이 살며시 내려와 있다.

"하나 더. 앞으로 또 그 애들이 밤중에 학교에 가라고 시키면, 그때도 누나한테 전화해. 그러면 누나가 바로 달려와서 같이 학교에 가 줄게."

"귀신이 안 무서워요?"

"무서워. 그래도 같이 가 줄게. 그러니까 안심하고 집에 가. 응?"

아키코는 소년의 어깨를 툭 쳤다.

소년은 고개를 숙이고 불안한 듯 계속 눈을 깜빡거렸다. 아키코는 그의 어깨를 밀었다.

소년은 계속 아키코의 전화번호를 중얼거렸다. 그러더니 걸음을 옮기며 물었다.

"누나 이름은 뭐예요?"

"다사카 아키코."

아키코는 활짝 미소 지었다.

"난 시마다 겐타로라고 해요."

아키코의 이름을 반복한 후 소년은 말했다.

그러고는 9동 쪽으로 걸어갔다. 그 모습을 지켜본 뒤 아키코는 집으로 발길을 돌렸다.

혼자가 되자 갑자기 피곤이 몰려왔다. 졸려서 하품이 나왔다. 처음에 한 번, 이어서 또 한 번. 연이어 크게 하품을 한 뒤 아키코는 웃음을 흘렸다.

— 어쩐지 엄청난 모험을 한 듯한 밤이네.

무서웠다……. 소리 내어 그렇게 말했다. 그렇게까지 무서워한 건 대체 몇 년 만일까. 생각해 보면, 어른이 된 후로는 순수한 공포에 휩싸인 적이 한 번도 없었다.

— 하물며 귀신 같은 걸 무서워하다니.

그런 생각을 하며 아키코는 혼자 미소 지었다. 점점 마음이 가라앉자 어른 특유의 현실적인 분별력이 조금씩 돌아왔다.

— 그건 그렇고, 어떻게 그 타이밍에 귀신이 나왔을까.

냉정하게 상식적으로 생각해 보면 귀신의 정체도 알아챌 수 있다. 아마도 칠판 옆 고리에 누군가가 걸어 놓은 급식용 앞치마쯤 되겠지. 그게 바람에 날려 떨어진 것이다. 별것도 아니다.

하지만 그 순간, 그 자리에서 그것은 분명히 귀신이었다.

그리고 정말 무서웠다.

죽을 정도로, 죽을 것 같을 정도로. 죽으려고 결심했던 몸이었는데도.

천천히 구두 굽을 끌며 아키코는 걸음을 옮겼다. 아직도 어둑한 하늘 아래에서, 조금 전까지 이것도 안 돼, 저것도 안 돼 하고 죽을 장소를 품평하며 올려다보았던 빌딩과 맨션을 지나쳤다.

지금 보이는 저 빌딩 중 하나에 올라가 그곳에서 떨어질 수 있을까. 혹은 내일 밤, 오늘 밤과 같은 결심을 품고 죽을 장소를 찾아 거리를 헤맬 수 있을까.

자문했지만 답은 나오지 않았다. 마음이 흐린 유리창처럼 변해 자신의 진심이 어디 있는지 짐작할 수가 없었다. 어째서일까.

갑작스레 입 밖으로 한마디 말이 튀어나왔다.

"나, 살아 있구나."

작은 중얼거림이었지만 그 말은 아키코의 입에서 귀로 분명히 닿았다. 살아 있어. 지금도 살아 있고, 앞으로도 살아갈 거야—.

소년과 헤어진 방향을 돌아본 아키코는 눈을 부릅뜨고 고요한 밤거리를 바라봤다.

그래, 살아가야 한다. 아까 그 아이에게 약속했잖아. 그 번호로 전화를 걸면 받겠다고. 엄마한테 말씀드려 주겠다고. 죽으면 아무 것도 할 수 없다.

왜 그런 약속을 했을까?

상대가 어린애라고 되는 대로 말했던 것은 아니다. 지킬 생각이 었기 때문에 그런 약속을 했다.

약속을 하는 순간 아키코는 자신이 죽으려 했다는 사실을 깨끗하게 잊고 있었다. 그렇기 때문에 앞으로 살아 있어야만 지킬 수 있는 약속을 한 것이다.

— 나, 살아 있구나.

살고 싶은 거구나.

다사카 아키코로서. 이구치 노부히코와 아무 상관도 없이.

그 말에는 일종의 새로운 에너지가 깃들어 있었다. 입 밖으로 소리 내어 중얼거릴 때마다 에너지는 점점 강해졌다. 발걸음에 힘이 들어갔다. 집이 보이는 곳까지 왔을 때, 죽지 못했던 밤에 처음으로 눈물이 어렸다.

새 어
나 오 는
마 음
人
質
カノン
7

1

이쿠미가 큰 소리로 뭐라고 하고 있다.

데라이 가즈코는 아직 반쯤 잠에 취한 채 살짝 고개를 들고 인상을 찌푸리며 머리맡에 놓인 자명종 시계를 보았다. 오전 여섯시다. 괜찮아, 아직 더 자도 되는 시간이다. 하지만 아이들은 소란을 피우고 있었다. 그래, 저건 이쿠미의 목소리다. 어라? 가즈키도 깨어 있는 모양이다. 별일도 다 있네, 저 애들이 일요일 아침에 이렇게 일찍 일어나다니.

어젯밤에는 자리에 누워 이것저것 생각하느라 좀처럼 잠을 이룰 수가 없었다. 그 때문에 머리가 무겁다. 부동산 업자는 아홉시에 온다고 했다. 조금 더…… 아니, 일곱시 반까지는 자도 괜찮겠지. 집 안을 깨끗하게 청소하고 치우는 데는 한 시간이면 충분하니까.

창문 커튼 너머로 하늘이 뿌옇게 밝아 오는 것을 눈꺼풀 사이로 확인한 가즈코는 다시 베개에 얼굴을 묻었다. 날씨는 맑은 것 같다, 다행이다—.

두 아이가 떠드는 소리는 계속 들려 왔다. 엄마, 엄마 하고 목청이 찢어지게 소리를 지른다. 이내 쿵쾅거리는 발소리가 들리더니 가즈코의 방문을 여는 소리가 들렸다.

"엄마, 엄마, 일어나."

채 말이 끝나기도 전에 문을 열고 이쿠미가 들어왔다. 가즈코는 이불을 머리끝까지 뒤집어썼다.

"엄마 조금만 더 잘게…….."

"그치만 엄마, 큰일 났어."

"빵 사다 놓으니까 아침 먹어."

"그게 아니라."

이쿠미의 목소리가 이상했다. 졸린 와중에도 이상하다는 게 느껴졌을 정도다. 가즈미는 이불 밖으로 얼굴을 반쯤 내밀고 딸의 얼굴을 보았다.

그 순간 잠이 확 달아났다.

사 년 전 이쿠미가 초등학교 2학년이었을 때, 세 살 아래인 가즈키가 맨션 계단에서 떨어져 머리를 다섯 바늘이나 꿰매는 대형 사고가 일어난 적이 있었다. 사고 당시 현장에 있던 이쿠미는 조금 떨어진 관리실 앞에서 관리인과 이야기를 나누고 있던 가즈코를 향해 숨을 헐떡이며 달려왔다. 그때도 꼭 지금 같은 표정을 짓고 있었다. 엄청나게 안 좋은 일이 일어났지만 어떻게 할 방법이 없었고, 자신이 잘못한 게 아닌가 하는 생각이 들어서 무섭기만 하고, 죄송하다는 말을 하기 전에 해야 할 일이 있는 것 같긴 한데 어쩌면 좋을지 알 수 없는―. 아이들이 이런 표정을 지을 때마다 부모들의 심장은 남아나지 않는다.

가즈코는 벌떡 일어나 물었다.

"무슨 일이야?"

이쿠미는 대답하려다 말고 웃음을 터뜨렸다. 하지만 눈은 웃고 있지 않았다. 이리저리 움직일 뿐이다.

"왜 이렇게 된 건지 모르겠어."

"그러니까 무슨 일인데? 뭐가 어떻게 됐다는 거야?"

이쿠미는 침대에서 내려온 가즈코를 붙잡고 웃으며 말했다.

"거실에 비가 내려."

"비……?"

"그래서 바닥이 물바다가 됐단 말이야. 가즈키가 발견했어. 화장실에 들어가니까 거기도 축축했대……. 그걸 보고 날 깨웠나 봐."

가즈코는 침실에서 나와 달렸다. 거실 입구에 잠옷 바지를 걷어 올린 채 맨발로 서 있는 가즈키의 모습이 보였다.

"엄마, 이게 뭐야?"

가즈키는 그렇게 말하며 엄마를 올려다봤다.

아연실색한 가즈코는 입을 떡 벌렸다.

이쿠미의 말은 사실이었다. 여섯 평 남짓한 거실 천장 한 귀퉁이에서 비처럼 물이 떨어지고 있었다. 올려다보니 그 부분이 퉁퉁 불어 부풀어 있고, 주변 벽지도 벼락치기로 투입된 아르바이트 직원이 포장한 선물 꾸러미처럼 쭈글쭈글하게 주름이 져 있다.

물방울은 교대로 세 곳에서 떨어지고 있었다.

첫 번째 물방울은 거실 동쪽 창문을 지나 떨어지고 있었다. 덕분에 짙푸른 커튼 윗부분이 완전히 젖어 까맣게 변했다. 낙하지점에는 아무것도 깔려 있지 않았기 때문에, 물방울은 맨바닥 위에 생긴 커다란 물웅덩이 가운데로 똑똑 소리를 내며 떨어졌다.

두 번째 물방울은 첫 번째 부분보다 십오 센티미터나 거실 가운데에 근접해 있었다. 소리도 없이 조용히 떨어진다. 왜냐면 거기에는 가죽 소파가 있기 때문이다.

"탈수하기 전의 빨래 같아."

흠칫거리며 그쪽으로 다가간 이쿠미는 소파를 만져 보더니 그렇게 말했다. 가즈코도 소파에 손을 댔다. 집게손가락으로 누르자 물이 새어 나왔다. 그렇지 않아도 커다랗고 무거운 소파인데 물을 먹으니 평소의 배 이상은 무거워진 것 같다. 물방울을 피하기 위해 잡아당겨 봤지만 그리 쉽게 움직이지는 않았다.

세 번째 물방울은 벽과 제일 가까운 곳으로 떨어지고 있었다. 언뜻 보기에 이 부분이 가장 심해 보였다. 그 아래에는 가즈코가 너무너무 가지고 싶어 시간제 아르바이트를 해 가며 할부로 산 이탈리아산 그릇장이 있다. 그릇장 꼭대기에 떨어진 물방울은 그대로 바닥까지 흘러내려서 바닥에 스며들어, 어제 이쿠미가 읽다 내버려둔 만화 잡지를 적시고 있었다.

잡지는 원래 두께보다 절반은 더 부풀어 올랐다. 아니, 방 안에 있는 물건 중 팔십 퍼센트는 그랬다. 가구도, 도구도, 깔개도, 모든 것이 물에 빠져 죽은 익사체처럼 퉁퉁 불어 있다. 여기는 칠층인데 마치 침수라도 당한 모습이다.

누수였다. 위층에서, 팔층에서 물이 샌 것이다.

"가네모리 아저씨에게 알려야 하는 거 아냐?"

바로 뒤에 있던 이쿠미는 놀라움과 혼란을 엄마에게 떠넘기고 제정신이 들었는지 태연한 목소리로 말했다.

"오픈 하우스는 그만둬야겠네. 이런 꼴을 보면 더 안 팔릴 거 아냐."

그렇다. 데라이 가는 오늘 새로 분양받은 지 오 년째 되는 이 맨

션 '파크 하이츠 조난' 칠층 703호를 매각하기 위해 오픈 하우스를
예정하고 있었다. 사람이 살고 있는 집을 공개해 구입 희망자를 불
러들이려는 기획이다. 가네모리란 그 일을 담당한 부동산 업자의
이름이다.

"오픈 하우스에는 정말 집을 사고 싶어서 오는 사람들보다는 그
냥 구경만 하러 오는 사람들이 더 많아요. 하지만 하염없이 손 놓
고 있다간 영영 살 사람을 구할 수 없을지도 모르니까요."

가네모리는 격려하듯 그런 말을 했다. 가즈코도 그 말을 듣고 납
득했다. 실제로 집을 부동산에 내놓은 지 한 달이 다 되어 가고, 광
고지도 뿌렸고 '주간 주택 정보'에도 계속 올려놓았지만 찾아온 사
람이라고는 한 사람밖에 없었다. 심지어 그 사람도 값만 호되게 후
려치더니 끝내는 더 좋은 물건을 찾았다며 구입을 거절했다.

가격이 너무 높다고? 하지만 가능한 범위 내에서는 이미 몇 번
이나 값을 내렸다. 은행 대출금도 못 갚을 정도의 금액으로 매각할
수는 없다. 절대로 그럴 수는 없기 때문에 당연히 하한선을 정할
수밖에 없었다. 그렇게 집이 도저히 팔릴 기미를 보이지 않자 가네
모리는 오픈 하우스를 해 보면 어떻겠냐는 아이디어를 내놓았다.

"이제 날씨만 좋으면 되는데 말이죠."

그는 어제 근처 길가 이곳저곳에 오픈 하우스를 개최한다는 포
스터를 붙인 뒤 그런 말을 남기고 돌아갔다.

"이를 어째."

가즈코는 양손으로 머리를 감싸 안았다.

"애들아, 너희 가서 포스터 다 떼어내고 와."

"하지만 이 물은……."

"이건 엄마가 알아서 할 테니까 빨리 가서 포스터나 떼. 역 앞까지 가는 길에 쭉 붙어 있을 거야. 그걸 보고 누가 오면 안 되잖아!"

알겠습니다! 아이들은 이해했다는 듯 집 밖으로 뛰어 나갔다. 혼자 남은 가즈코는 가즈키가 그랬던 것처럼 바지를 걷어 올리고 힘차게 떨어져 내리는 물줄기들을 향해 다가갔다. 머리 위에 물방울이 맺힌 곳까지 다가간 가즈코는 천장을 매섭게 노려봤다.

노려본다고 떨어지는 물방울이 멈출 리는 없다. 쭈글쭈글해진 벽지는 잡아당기면 그대로 벗겨질 정도로 불어 있었다.

"이게 뭐야. 대체 나한테 무슨 억하심정이 있어서 이러는 거야?"

가즈코는 중얼거렸다.

물방울은 힘차게 계속 떨어지고 있었다. 가즈코는 서둘러 화장실로 가 양동이와 바가지, 소화용 삼각 양동이까지 가지고 와 물이 떨어지는 곳에 놓았다. 그리고 미끄러지지 않도록 조심조심 집을 가로질러 인터폰 전화를 들고 옆에 있는 긴급 연락 매뉴얼을 들었다.

매뉴얼도 물에 젖어 페이지가 불어 있었다. 안에 기재된 전화번호도 번져서 읽기 힘들었다. 정말, 이러면 아무것도 읽을 수가 없잖아. 그렇게 생각하며 무심코 눈을 비비자 이번에는 번호가 확실하게 보였다. 젖어 있던 것은 페이지가 아니라 가즈코의 눈가였다.

제일 먼저 맨션 관리인이 달려왔다. 관리인은 시라이라는 오십 대 중반의 자그마한 남자인데, 부부가 함께 맨션 동쪽 라인의 일층에 살고 있다. 곧장 달려온 그의 입가에는 치약이 묻어 있었다.

"죄송해요, 일요일에 오시게 해서."

가즈코는 일단 사과했다.

"천만의 말씀이십니다. 일단 긴급 센터에 연락했으니 금방 올 겁니다."

시라이는 감탄한 얼굴로 천장을 올려다봤다.

"이 라인에서는 처음 있는 일이네요. 서쪽 라인에서는 이런 적이 한 번 있었지만."

물방울이 여기저기서 떨어져 시끄러웠기 때문에 그는 언성을 높였다.

"어디지……."

시라이는 양동이에 담긴 물을 손으로 뜨더니 코에 대고 냄새를 맡았다. 그러고는 다시 한번 물을 떠 뚫어지게 바라봤다.

"물이 깨끗한 걸로 봐서는 급수관에서 샌 것 같네요."

가즈코도 시라이를 따라 물을 떠 냄새를 맡았다. 그의 말대로 생각보다 훨씬 깨끗하고 차가운 물이었다.

"윗집에 알려야겠네요. 우리는 몇 번 본 적이 없어서 모르겠는데, 이 윗집이 803호 맞죠?"

시라이는 관리인답게 준비해 온 남쪽 라인의 청사진과 배치도를 펼쳤다.

"그게 꼭 그렇지는 않은가 봐요. 803호인지, 804호인지, 805호인지."

가즈코는 혀를 찼다. 그렇구나, 윗집이 반드시 우리 집과 같은 구조라는 법은 없으니까.

이 맨션은 지상 팔 층 건물로 동쪽, 서쪽, 남쪽으로 난 세 동이 이어진 구조로 되어 있다. 모두 삼백이십 세대나 되는 대형 맨션이다. 하지만 한 동네를 구성할 수도 있는 규모의 맨션치고는 드물게, 가족형의 3LDK거실과 부엌, 그리고 식탁을 놓는 공간이 모두 이어진 구조의 집을 말한다. 앞에 붙는 숫자는 방의 개수나 4LDK, 1LDK와 2DK식탁을 놓는 공간과 부엌이 이어진 구조의 집 구조의 집들이 섞여 있다. 물론 가족형 세대가 압도적으로 많았지만, 제일 꼭대기 층인 팔층은 1LDK와 2DK 세대가 절반 이상을 차지하고 있다. 집을 살 때 들은 이야기에 의하면, 이런 유형의 맨션은 꼭대기 층이 제일 인기가 없다고 한다. 햇볕이 직격으로 내리쬐어서 덥기 때문이다. 그래서 입주자의 전출이 잦고, 투자용으로 구입해 임대로 내놓을 가능성이 높은 작은 평수의 세대를 많이 배치한 것이다.

꼭대기 층 바로 아래인 칠층에다 남향집이어서, 가즈코 역시 처음 이 집을 살 때는 좋은 조건이라 생각했다. 위층에는 주로 독신자들이 살기 때문에 아이들 소리로 고민할 걱정이 없을 테니 다행이라고 생각했고, 실제로도 그랬다. 지금까지 문제가 발생한 적은 한 번도 없었고, 마음 편히 남과의 거리를 유지할 수 있는 맨션 생활의 특징 덕분에 지금도 윗집과 아랫집에 사는 사람의 얼굴조차 모른다. 엘리베이터에서 누군가와 마주치면 인사 정도는 나누지만, 그 누군가가 건넛집 사는 사람이라는 사실조차 모를 정도였다.

번거롭기만 한 이웃과의 교류는 되도록 피하자는 것이 가즈코와 도시유키의 방침이었다. 계속 그래 왔지만 별 문제 없었다. 그런데 지금 와서 이런 일이 생길 줄이야.

"여기 오기 전에 전화했더니, 803호와 805호는 집에 있었습니다. 양쪽 집 모두 사택이에요. 회사에서 빌려서 사원에게 제공한 거죠. 집세도 회사에서 부담하고요. 그 사람들에게도 아랫집에 누수가 생겨서 물난리가 났다는 이야기는 해 두었습니다. 문제는 804호인데, 아무래도 집에 없는 것 같더군요……."

시라이는 살짝 얼굴을 찌푸리며 귀를 긁적였다.

"분명히 학생이었던 것 같은데, 대학생."

"혼자 사는 학생이요?"

"네, 아마 그럴 겁니다. 부모님 명의로 된 집에 혼자 사는 학생일 텐데, 어디 살았더라……. 긴급 연락 명부에 실려 있을 텐데……."

부모가 맨션을 사서 아이에게 준 건가. 부자인가 보다.

"대단하네요."

자신의 형편 때문인지, 가즈코는 저도 모르게 쌀쌀맞은 목소리로 말했다.

시라이는 그 말에 동의하듯 웃었다.

"부러울 뿐이죠. 그 집 어머니가 아들을 돌봐 주러 가끔 얼굴을 내비치기 때문에 인사한 적도 몇 번 있어요."

시라이와 함께 가구와 카펫 등의 상태를 점검하고 있으려니, 관리 회사의 담당 직원이 배관업자를 데리고 나타났다. 담당자는 구도라는 이름의 젊고 빠릿빠릿한 남성으로, 가즈코에게 명함을 내밀며 사과했다.

"이런 불편을 겪으시게 해서 정말 죄송합니다. 실례지만 잠시 들어가 사진 좀 찍겠습니다. 보험금을 청구할 때 필요하거든요."

그는 작은 자동카메라로 천장과 벽, 바닥을 촬영한 뒤 바쁜 듯 시라이를 돌아보며 말했다.

"그럼 윗집을 살펴보고 오죠. 시라이 씨, 안내 좀 해 주시겠어요?"

시라이가 그들과 함께 팔층으로 올라가자, 가즈코는 물이 새는 거실에 혼자 남겨졌다. 그제야 비로소 남편에게 알려야 한다는 생각이 들었다.

시계를 보니 거의 여덟시가 다 되어 간다. 벌써 일어났을까? 아니면 피곤해서 자고 있을까. 골프 접대를 나갔을지도 모르겠다.

데라이 도시유키는 오사카에 본사가 있는 광학 기기 제조사의 엔지니어다. 서른여덟 살로, 지난달까지는 도쿄 본부 기획개발부 차장 자리에 있었다. 가즈코와는 십오 년 전 아는 사람의 소개로 만나 결혼했다.

가즈코는 결혼 전, 도내의 작은 신용 조합에서 근무했다. 그래서 광학 기기 회사의 엔지니어가 무슨 일을 하는지 전혀 몰랐고, 도시유키는 집에서는 회사 일에 대해서 아무 말도 하지 않기 때문에 여전히 아무것도 모른다.

아무것도 도울 일이 없는 이상, 회사 일에 대해서는 괜히 관심을 가지고 참견하지 않는 게 낫다는 것이 가즈코의 지론이었고, 그 때문에 문제가 일어난 적은 없었다. 도시유키는 일이 취미나 마찬가지인 사람으로, 놀러 다니는 일이 거의 없었다. 중간 관리직이 된 후로는 접대 골프 자리에 동석하긴 했지만 술도 약하고, 파칭코나 마작에도 잠깐 손을 대긴 했지만 전혀 센스가 없어서 손해만 보다 접고 말았다. 그런 사람이기 때문에 월급은 모두 집으로 가져왔다. 얼마 되지 않는 용돈도 가끔 부하들에게 한턱 내거나, 비싼 기술 관련 서적을 사는 용도로밖에 쓰지 않았다. 뭐, 조금 더 월급이 많으면 좋겠지만 그거야 도시유키에게 따질 수 있는 일도 아니고, 엔지니어의 월급은 어느 분야나 기업에서도 대체적으로 적은 편인 모양이다.

아이들도 크고 했으니, 가즈코는 부족한 생활비는 직접 일해 벌기로 결심했다. 그래서 작년 가을부터 근처 슈퍼에서 시간제로 검품 일을 하고 있다. 근무 시간은 평일 아침부터 오후 두시까지다. 애당초 집에 가만히 있는 것은 성미에 맞지 않았기 때문에 일은 그다지 힘들지 않았다.

그렇게 가즈코 입장에서는 딱히 불만 없는 하루하루가 지금껏 계속되어 왔다. 그런 생활이 백팔십도 달라진 것은 바로 지난달부터다.

도시유키가 이번 구월 인사이동 때 자신도 움직이게 되었다고 했다. 그의 얼굴이 왠지 경직된 것처럼 보여서, 가즈코는 혹시 전혀 다른 부서에 배속된 것이 아닌가 하는 걱정이 들었다. 도시유키가 하고 싶어 하는 일이 아닌 다른 분야에 말이다.

가즈코가 그에 대해 묻자 도시유키는 고개를 저으며 이렇게 대답했다.

"그런 게 아니야. 말하자면 발탁된 거야."

"발탁? 그럼 승진이야?"

"응. 새 프로젝트를 하나 맡게 됐어. 맡는다고 해도 나는 기술 분야만 담당하면 되지만. 그래도 일단 관리직이야."

가즈코는 짝, 하고 손뼉을 쳤다.

"잘됐네, 축하해."

"그게 꼭 좋은 일만은 아니야."

도시유키는 손끝으로 입가를 긁적였다. 무언가 하기 어려운 말을 할 때의 버릇이다. 컴퓨터를 새로 사고 싶다든가 한 권에 오만 엔이나 하는 자료집을 사려고 할 때, 그는 자주 이런 표정을 지었다.

"뭐가?"

"전근을 가야 할 것 같아."

"전……근?"

도시유키는 고개를 끄덕였다.

"당신 회사는 도쿄에서 채용한 직원은 도쿄 밖으로 보내지 않는 게 원칙 아니었어?"

"그건 그런데, 이번에는 특별 케이스야. 새로운 프로젝트 때문에 새 공장하고 연구소까지 지었거든."

가즈코는 얼굴을 내밀며 물었다.

"그럼 어디로 가게 된 건데? 오사카는 아니지? 거긴 본사잖아."

"응."

도시유키는 힐끗 창문 쪽을 바라보며 말했다.

"시고쿠의 마쓰야마 시 교외인데."

가즈코는 말문이 막혔다.

너무나도 생소한 곳이었기 때문이다. 가즈코와 도시유키는 모두 관동 출신으로, 그 지역 밖으로는 나가 본 적이 없었다.

"마쓰야마 시라면 소세키의 『도련님』에 나오는 거기?"

"그래. 새 연구소에서 도고 온천까지는 차로 삼십 분밖에 안 걸린대."

"그래? 좋은 곳……인가 보네."

생각에 잠긴 가즈코를 향해 도시유키는 혼잣말처럼 밝은 목소리로 말했다.

"그 동네는 물가가 싸대."

문제는 도쿄의 이 맨션이었다.

처음 이야기를 들었을 때만 해도, 새 프로젝트가 성공하면 도시유키는 다시 도쿄로 돌아올 수 있을 것 같았다. 그래서 가즈코는 가족 모두가 마쓰야마로 옮겨 가게 되어도, 그동안 이 집은 세를 주자고 제안했다. 도시유키도 그 의견에 찬성하는 듯했다.

하지만 인사이동이 내정된 지 채 일주일도 지나지 않은 어느 날, 집으로 돌아온 도시유키는 아무래도 오랫동안 그쪽에 있어야 할 것 같다고 말을 꺼냈다.

"실은 오사카 본사가 그대로 마쓰야마로 이전할 건가 봐."

회사 경영진은 물류 유통망만 확보되면 굳이 땅값이 비싼 오사카에 본사를 둘 필요가 없다고 생각하는 모양이었다. 실은 본사 빌딩도 자사 빌딩이 아니라 임대라고 했다. 급등하는 임대료를 견디지 못하게 된 것이리라.

"그래서?"

"그래서 그렇게 되면 나도 계속 시고쿠에 있게 될 가능성이 높지. 애초에 이번 프로젝트는 오사카 본사가 중심이 되어 진행하는 프로젝트거든. 난 주요 제작진 중 하나로 도쿄에서 발탁되었고."

그렇다면 도쿄에 집을 보유한 채 대출금을 갚으며 세를 놓는 것은 바보 같은 짓이나 마찬가지다. 게다가 도시유키가 계속 시고쿠에 있게 될 것 같다고 하니, 남편 혼자 그쪽으로 보낼 수도 없는 노릇이었다. 가즈코는 가족은 함께 살아야지 가족이라 생각했다. 그것이 당연했다.

"팔아야겠네……."

가즈코의 말에 도시유키는 말없이 고개를 끄덕였다.

그 후로 얼마 되지 않아 프로젝트가 시작되었고, 도시유키는 그에 따라 한발 먼저 마쓰야마로 떠났다. 아직 사원 기숙사가 완공되지 않았기 때문에 연구소 근처에 셋집을 빌렸다고 한다.

"애들 학교도 새 학년으로 올라갈 때 옮기는 게 나을 테니 차라리 잘됐지, 뭐. 내 걱정은 하지 마."

그래, 도시유키라면 혼자 살아도 영양실조에 걸릴 일은 없을 것이다. 꼼꼼한 성격이기 때문이다. 하지만 가즈코는 집을 처분하는 어려운 문제를 혼자 해결해야만 하는 상황에 처하게 되었다.

아무튼 집을 처분하기 위해 그녀는 부동산을 찾았다. 그때 그녀의 상담에 응한 사람이 바로 가네모리였다.

그는 정중한 말투로 불길한 소리를 했다.

"요새는 주택 시장이 침체기예요……. 세입자 우선이죠. 사모님도 아시겠지만 워낙 불경기잖아요."

"큰 평수도 그런가요?"

"월세는 얼마나 생각하십니까?"

가즈코는 잠깐 생각하다 가네모리의 얼굴을 보았다. 서른이 넘은 남자인데도 아이처럼 얼굴이 매끈하다. 부동산 업계에서는 얼굴에 주름이 생길 만한 일은 일어나지 않는 건가? 아니면 그런 일은 모두 손님에게 미룬 건가?

"지은 지 오 년 됐고, 약 22평에 방이 세 개예요. 남향이고요. 살짝 서향으로 치우치긴 했지만."

"그렇군요."

"욕실도 최신식이고, 빨래도 건조시킬 수 있고요."

"건조 기능이 있군요."

"집도 깨끗하게 썼어요. 가족 중에 흡연자도 없고."

"네."

"역까지 걸어서 이십 분이지만, 버스로는 오 분이에요. 버스도 자주 다니고요."

"위치상으로 보니 편의 시설도 많은 것 같군요."

"맞아요."

가즈코는 한숨을 쉬었다.

"잘 모르겠네요. 시세는 얼마나 하나요?"

"십사, 십오만 정도 하겠네요. 관리 상태가 좋으면 십칠만까지 기대하셔도 될 것 같습니다.”

나쁘지 않은 금액이다. 매달 갚아야 할 돈이 만 오천, 남편 월급은 보너스 때에는 삼십팔만 엔이고—삼십오 년 상환이니까—.

“하지만 과연 세입자가 나타날지 모르겠군요.”

“전혀 가망이 없나요?”

“솔직히 말씀드리자면, 그건 실제로 내놓아 봐야 압니다. 요즘은 맨션이 인기니까요.”

“구입 말씀이시죠?”

“네. 터무니없이 낮은 금리에 신축 맨션도 계속 나오고 있으니까요. 수도권에서는 물건이 너무 많아서 가격이 떨어지고 있어요. 조금이라도 생각이 있는 사람이라면 한 달에 십칠만 엔을 내고 세를 사느니 그보다 싼 값으로 신축 맨션을 구입할 테니까요.”

가즈코는 잔뜩 인상을 찌푸리며 말했다.

“상황이 그러면 내놓아도 잘 팔리지도 않을 거 아니에요.”

“그래도 세를 주기보단 그쪽이 더 빠를 겁니다. 가격을 낮추면 불가능할 것도 없죠. 지은 지 얼마 안 됐으니까요.”

“가격을 낮추다니, 얼마나요?”

“얼마에 구입하셨죠?”

“오천삼백만에요.”

가네모리는 가볍게 고개를 끄덕이더니 무언가 메모를 했다.

“오 년 전이면 버블 후기로군요. 음, 이거 참⋯⋯. 대출금은 얼마나 남았습니까?”

가즈코는 손가락으로 세어 보았다.

"공채하고 연금 융자, 회사 융자에 시공사 연계 융자도 받았고, 부모님한테서도 빌렸으니까……."

"다 합해서 얼마죠?"

"앞으로 사천만 엔 정도 남았어요."

가네모리는 말없이 고개를 끄덕였다.

"도심까지 사십 분밖에 안 걸리니까 그럴 만한 가치는 있을 거라고 생각했어요."

"그렇죠. 당시로서는 잘 사신 겁니다. 시공사도 대기업이고 집도 고급이니까요."

가즈코는 살짝 눈을 내리깔았다. 분하고 답답한 마음을 여직원이 가져다준 차와 함께 꿀꺽 삼켰다.

사천만 엔이나 빚을 져서 형편에도 맞지 않는 집을 샀다. 그래, 그건 잘 알고 있다. 하지만 분양중인 이 맨션을 본 순간, 한눈에 반해서 꼭 사야겠다고 마음먹었기 때문에 어쩔 수 없었다. 어떻게든 될 거라고 생각했다. 열심히 일해 대출금을 갚으면 된다고 생각했다. 어차피 융자를 받아 살 거라면 그럴 만한 가치가 있는 집을 사야 한다고 생각했다.

우리 형편에는 너무 비싸다며 내키지 않아 하는 남편을 설득한 것도 가즈코였다.

가네모리의 매끈매끈한 얼굴에 처음으로 주름이 잡혔다.

"지금 파실 거면—."

"네, 얼마나 받을 수 있나요?"

"삼천칠백만 정도네요……."

그건 말이 안 된다. 대출금이 삼백만 엔이나 남지 않는가.

"사천이백만으로는 안 될까요? 우리는 플러스마이너스 제로에요. 경비도 무시할 수 없으니까요."

"그렇죠. 그 가격으로 내놓으셔도 되긴 합니다."

가네모리의 얼굴에서 주름이 사라졌다. 그렇다고 해서 전망이 밝은 건 아니었다.

"어떤 가격을 매기든, 최종적으로는 파시는 분이 결정하시는 거니까요."

가네모리의 태도가 돌변했기 때문이다. 적어도 가즈코에게는 그렇게 보였다.

"저희도 최선을 다하겠습니다. 확실히 말씀드릴 수 있는 건, 조금 더 경기가 좋아질 때까지 기다렸다 매각하시는 게 제일 좋은 방법이란 겁니다."

"그건 어려워요."

마쓰야마로 이사하면 일단은 사택으로 들어갈 예정이지만, 그래도 매달 기약도 없이 대출금을 갚을 여유는 없다. 앞으로 아이들한테도 돈이 많이 들어갈 텐데.

"애초에 알맞은 매각 시기가 올 거란 보장도 없잖아요."

"그것도 그렇죠. 그럼 말씀하신 가격으로 내놓겠습니다."

결국 구입하겠다고 나서는 사람은 없었다. 사천이백만을 사천백오십만으로, 그다음에는 사천백삼십만으로, 결국 사천백만까지 내렸는데도.

그렇기 때문에 오픈 하우스를 계획하게 된 것이다.

전화를 걸자 도시유키는 일어나 있었다. 아침을 만들던 중이라고 했다.

"그럼 다 먹고 전화할게. 들으면 밥맛 떨어질 테니까."

"뭔데?"

"물이 새. 누수야."

사정을 설명하자, 도시유키는 작은 소리로 뭐라고 중얼거리더니 "침수야?" 하고 물었다.

"물고기도 잡을 수 있을 정도야."

"거실만?"

"화장실도 다 샜어. 침실하고 애들 방은 괜찮고."

"배관 위치 때문인가……."

다시 중얼거리더니, 도시유키는 이렇게 말했다.

"들키지 않도록 해야겠는데?"

"물론이지."

"집 보러 온 손님뿐만 아니라 이웃 사람들한테도."

가즈코는 입을 다물었다.

"중고 맨션을 사려는 사람들은 이웃집도 관찰하고, 이것저것 물어보기도 하니까 말이야. 집을 내놨는데 물이 샌다는 사실이 알려지면 그게 우리 책임이 아니라도 값을 깎으려 들 거야."

벌써 지금도 깎았어, 시세대로.

"—알았어. 조심할게."

"고생해."

가즈코는 다시 눈물이 날 것 같았다.

3

연락을 들은 가네모리는 깜짝 놀라 달려와 거실의 참상을 보고 몇 번이고 한숨을 쉬었다.

"하필이면 왜 이때……."

"포스터는 우리 애들이 뗐어요."

"그러셨군요……. 깃발도 만들어 놨는데, 아직 세우지 않길 잘했네요."

집을 보자는 사람이 나타나도 얼마 동안은 보류하겠다는 말을 남기고 그가 돌아간 뒤, 어제 포스터를 보았다는 가족들이 두 팀이나 들이닥쳐 가즈코의 간담을 서늘하게 했다. 갑자기 아픈 사람이 나와서 집을 보여 주기가 어렵게 되었다고 변명했지만, 관리실 옆에 커다랗게 '배관 수리, 누수 점검'이라 적힌 트럭이 세워져 있다는 사실을 이쿠미에게 듣고서는, 단번에 맥이 빠져 버렸다. 눈치챘을지도 모른다.

오후가 되어서야 겨우 누수 원인과 정확한 지점을 찾을 수 있었다. 청사진을 들고 찾아온 시라이와 구도는 천장을 가리키며 설명해 주었다.

"804호였어요. 급수관 접합 부분에 금이 갔다더군요."

구도는 그렇게 말했다.

마른 체격에 하얀 얼굴이 눈에 띄는 청년으로, 요즘 인기 있는 배우와 닮았다. 여장을 해도 어울릴 것 같다. 이쿠미는 거실 구석에서 흥미진진한 얼굴로 그의 얼굴을 바라보고 있었다.

“뭐가 막힌 게 아니라요?”

“네, 그건 아닙니다. 실은 지난주에 맨션 전체 배관 청소가 있었지 않습니까.”

“네, 그랬죠.”

반년에 한 번씩 업자가 나와 급수관과 배수관을 청소한다. 이렇게 철저히 관리하는 점 역시 가즈코가 이 맨션을 선택한 이유 중 하나였다.

“청소할 때는 높은 압력을 가해 막힌 파이프를 뚫죠. 그러다 보면 어쩌다 배관이 헐거워진 부분이—특히 구부러진 부분이 그렇습니다만, 압력을 이기지 못하고 금이 가거나 부서지거나 틈이 생겨서 누수가 생기는 경우가 있어요. 자주 그러는 건 아니지만 그렇다고 아주 드문 경우도 아니죠.”

“그럼 누구 잘못도 아니라는 거군요.”

“그렇죠.”

구도는 고개를 끄덕인 뒤 황급히 이렇게 덧붙였다.

“물이 샌 파이프는 804호 구역에 있었으니, 원칙적으로 따지자면 804호가 책임을 져야겠죠. 벽지나 천장 도배에 드는 비용과 청소비는 보험으로 처리되니까 걱정하지 않으셔도 됩니다.”

“윗집 학생과는 연락이 되지 않네요. 부모님이 연락을 받고 열쇠를 가지고 오셨습니다. 그렇지 않으면 안에 들어갈 수 없으니까요.”

시라이가 말했다.

“그럼 지금 집에는 가족분이 계신가요?”

“네, 어머니가 계십니다. 나중에 내려오신다고 하더군요.”

파이프가 그리 심하게 파손되지는 않았기 때문에 수리는 금세 끝났다. 하지만 꽤 오래전부터 조금씩 새어 나온 듯, 804호 바닥 밑에는 물이 고여 있었다고 한다.

"지금까지는 천장이 다 빨아들였지만, 그것도 한계에 이르러서 아래위 방의 지붕과 바닥을 관통하는 배수 파이프 연결 부위에서 물이 샌 모양입니다."

"이 집, 팔려고 내놓으신 거죠?"

시라이는 돌아가는 길에 주위를 신경 쓰며 그렇게 물었다. 가즈코는 그렇다고 대답했다.

"금방 깨끗해질 겁니다."

그가 웃으며 말했다.

파이프 수리를 마치고 804호 바닥 아래 고인 물을 다 빨아들이자 벌써 오후 다섯시가 다 되어 있었다. 누수 자체는 세시경에 멈췄기 때문에 가즈코는 아이들을 데리고 집 안 청소를 했다. 그래서 구도의 말대로 윗집 학생의 어머니가 내려왔을 때는 셔츠와 바지를 걷어 올리고 머리에는 수건까지 두른 와일드한 차림이었다.

"804호 아사이 씨 어머님이십니다."

구도가 소개한 중년 여성은 고개를 꾸벅 숙였다.

"아사이라고 합니다. 이번 일로 저희 아들이 폐를 끼쳐 죄송합니다. 남편은 일 때문에 같이 오지 못했습니다만 죄송하다는 말씀을 꼭 전해 달라고 했습니다."

804호 학생의 어머니는 목 부분이 멋지게 디자인된 정장을 쫙 빼입고, 통통한 체격에 다소 힘들어 보이는 높은 구두를 신은 우아한 차림의 여성이었다. 화사한 색상을 보아 하니 아마 유럽에서 수입된 옷 같다. 자그마한 얼굴에 비해 몸은 통통했는데, 그 모습이 애교 있게 느껴졌다. 목과 눈가의 주름으로 짐작건대, 마흔대여섯 살 정도 되어 보인다. 평소에 관리를 받는 것인지 깜짝 놀랄 정도로 피부가 깨끗했다.

작은 평수긴 하지만 자식을 위해 맨션까지 사 준 부모. 그런 선입관이 있었기 때문에 가즈코는 이 부인의 세련된 옷차림에는 그리 놀라지 않았지만, 왠지 기분이 나빠졌다. 이쪽은 머리부터 발끝까지 엉망진창이 되어 열심히 청소를 하고 있는데 굳이 이렇게 멋을 부리고 나타날 것까지는 없지 않은가.

"원인을 알아내서 다행이에요. 계속 못 찾았다면 그 댁 바닥 밑도 물바다가 되었을 테니까요."

가즈코는 그렇게 말했다.

"그러게 말이에요. 처음에 구도 씨가 전화하셨을 때는 우리 에이지가 또 깜빡하고 욕실 물을 틀어놓았나 싶어 가슴이 철렁했답니다."

"804호 학생은 지금 대학 동아리 합숙으로 기요사토에 있다고 하네요."

구도는 싱글싱글 웃으며 말했다.

"정말이지, 벌써 3학년인데 공부는 뒷전이고 놀러만 다녀서 큰일이에요."

"무슨 동아리인가요?"

"트레킹이라고 하던데, 저는 뭔지 잘 모르겠어요."

아사이 부인은 웃음을 거두며 말했다.

"등산 서클인가 보네요."

그렇게 말한 뒤, 가즈코는 들고 있던 걸레를 바로 밑에 놓인 양동이 안으로 떨어뜨렸다. 뒤에 있는 이쿠미와 가즈키는 무언가 말하고 싶은 듯 서로 마주 보고 있었다.

"물을 빨아들이기 위해 바닥에 구멍을 뚫은 거죠?"

가즈코는 구도를 향해 물었다.

"아드님도 얼마 동안은 고생이겠어요. 구멍을 피하며 살아야 하니 말이에요. 공부에 지장이 생겨서 어쩌죠."

"어차피 공부도 안 하는데요, 뭘."

아사이 부인은 생글거리며 대답했다.

"알고 보니 제 후배였지 뭡니까. 와세다 정경학부 학생이라네요. 저는 서클 활동만 해서 성적도 별로였지만."

"어머나."

아사이 부인과 구도는 웃고 있었다.

"어머, 저희 남편도 와세다 출신인데."

가즈코는 그렇게 말하며 웃었지만 얼굴은 전혀 웃고 있지 않았다.

돌아가기 전, 아사이 부인은 다시 한번 깊이 고개를 숙이며 과자 상자를 내밀었다. 비닐 코팅된 포장지에는 가게 이름인지 제품 이름인지는 모르겠지만 프랑스어로 이름이 적혀 있었다.

"별거 아니지만, 저희 성의입니다. 따님하고 아드님이 좋아할지 모르겠네요."

"보험이나 사후 처리에 대해서는 제가 계속 연락드리겠습니다. 무슨 일 생기시면 바로 전화 주십시오."

구도는 그렇게 말하며 아사이 부인과 함께 나갔다. 문이 닫히자 가즈코는 양손을 허리에 올리고 "흥" 하고 코웃음을 쳤다.

"무슨 과자야?"

가즈키와 이쿠미는 상자를 펼쳐 내용물을 확인했다.

"와, 초콜릿이다."

"이거, 다이칸야마에 있는 유명한 가게 거야. 전에 텔레비전에서 봤어."

나무 상자 안에는 예쁜 초콜릿이 가지런히 담겨 있었다. 코를 대자 양주 냄새가 났다.

"따님하고 아드님이 어쩌고저쩌고 한 주제에 애들한테 주라면서 술이 든 초콜릿을 가져온 건 또 뭐야?"

"그치만 맛있어 보여. 자기 전에 하나 먹어도 되지? 취할 정도로 많이 든 것도 아니잖아."

"진짜 귀한 집 아가씨는 이딴 건 안 먹어."

이쿠미와 가즈키가 깔깔대며 웃었다.

"엄마, 오늘 좀 이상해."

"엄마, 아까 왜 거짓말했어?"

"거짓말이라니?"

"아빠는 와세다 대학 출신 아니잖아."

가즈코는 속이 부글부글 끓는 걸 느꼈다. 이제 더 이상 못 참겠다. 닦아도 닦아도 물기가 가시지 않는 바닥에 더 이상은 못 있겠어. 당장이라도 베란다로 달려 나가 큰 소리로 외치고 싶었다. 이 바보, 멍청이, 얼간이! 대체 뭐야! 웃기지 마, 돈 많으면 다야!

그런 자신을 억누르기 위해, 가즈코는 눈을 감아야만 했다.

"거짓말 좀 하면 어때."

그렇게 말하며 거칠게 양동이를 집어 들었다.

욕실에 들어가자 거울에 비친 자신의 얼굴이 보인다. 흐트러진 머리와 먼지투성이 얼굴. 뺨 위로 흘러내린 땀자국이 뚜렷하게 보였다.

가즈코는 얼굴을 닦았다. 하나도 깨끗해지지 않았다. 다시 속이 부글부글 끓었다.

4

그 후로 이 주 동안, 구도와 보험 회사 직원이 몇 번이나 찾아왔다. 피해 정도를 확인하고 당사자가 보상을 어느 정도나 요구하는지 알아보기 위해서라고 했다.

어찌 되었든 집 안을 빨리 원래대로 돌려놓기 위해서라면 뭐든지 할 생각이었지만, 사람이 찾아올 때마다 일을 쉬어야 한다는 점은 짜증이 났다. 조금이라도 수입을 늘리기 위해 마쓰야마로 이사 가기 전까지 쉬지 않고 일하려 했는데 말이다.

혹시 어떤 형태로든 이 집의 대출금을 남겨놓고 이사를 가야 할지도 모른다고 생각하니 밥맛도 없었고, 잠도 잘 오지 않았다. 따뜻한 물에 몸을 담그고 있어도 으슬으슬했다.

짜증스런 기분도 사라지지 않았다.

이번 누수 사태가 누구의 잘못으로 일어난 일이 아니라 해도, 가즈코는 엄연한 피해자니까 마음 편히 먹고 보험금이나 두둑하게 타내면 된다. 그렇게 생각하려 했지만, 속 편하게 웃는 아사이 부인의 얼굴을 떠올릴 때마다 화가 치밀었다. 예의 바른 사람인데다, 구도의 말에 의하면 자식도 하나밖에 없다고 하니 그렇게 싸고도는 것도 이상할 건 없다. 그렇게 생각하고 웃으며 용서해 줘도 될 텐데 어째서인지 짜증이 나서 참을 수 없었다.

다행히도 수리나 보험 회사와 교섭하는 일 등은 모두 담당자인 구도를 통해서 이루어졌기 때문에 가즈코가 아사이 부인과 다시 얼굴을 마주할 일은 없었다. 잘된 일이다. 만나면 더 화가 날 게 뻔했으니까.

하지만 한편으로는 804호에 사는 그 아들이란 학생을 한번 만나고 싶기도 했다. 대체 어떤 분위기의 청년일까? 부모의 울타리에서 벗어나지 못한 우등생 같은 도련님? 아니면 멍청한 날라리일까?

하지만 같은 맨션에서 아래윗집에 산다 해도 사람이 나가고 들어오는 걸 그리 쉽게 알 수 있을 리 없다. 마음먹고 지키고 있지 않는 이상 마주치는 건 도저히 무리였다. 가즈코는 그렇게 한가한 사람이 아니었다.

그래서 딱 한 번만 직접 찾아가 보기로 했다. 때마침 시댁에서 밤을 보내 왔기 때문에 가즈코는 그걸 나눠 주러 왔다는 구실로 804호를 찾았다.

— 친정아버지가 너무 많이 주우셨다고 보내 주셨지 뭐예요. 한 번 드셔 보세요. 밥에 넣어 먹어도 맛있어요. 가끔씩 어머님이 오시던데, 말씀드리면 아실 거예요.

804호 명패에는 '아사이 에이지'란 이름이 적혀 있었다. 가즈코는 힘차게 초인종을 눌렀다.

딩동, 딩동.

대답이 없다.

'또 트레킹인가 뭔가로 산에 간 건가.'

딩동, 딩동.

초인종 소리가 복도까지 들렸다.

없는 모양이다. 발길을 돌리려는 순간, 바로 옆 803호에서 젊은 여자가 나왔다. 낙낙한 앞치마를 두르고 있었지만, 그것으로도 감출 수 없을 정도로 배가 불룩했다. 오 개월쯤 됐나. 가즈코는 그런 생각을 했다.

"아사이 씨 찾아오셨어요?"

옆집 여자가 물었다.

"네. 안 계신 것 같네요."

"네, 집에 잘 안 계세요."

"학생이라고 들었는데……."

"노느라 정신없나 보죠."

옆집 여자는 배에 손을 올리고 싱긋 웃었다.

"집에 있는 걸 거의 본 적이 없어요. 어머님은 가끔 뵀었지만요."

"매주 오시나요?"

"……그런 것 같던데요. 인사도 꽤 자주 했거든요. 저번처럼 배관 청소나 가스 점검할 때도 그렇고. 아, 벽 청소할 때도 어머님이 계셨어요."

여자는 고개를 갸웃거리며 대답했다.

전문 업자를 고용하는 대청소나 점검이 있는 날에는 지정된 날에 입주자가 꼭 집에 있어야 한다. 학업으로 바쁜 아들이 그런 일로 학교를 쉬어서는 안 되니까 어머니가 대신 집에 있는 건가.

가즈코는 옆집 여자에게 미소 지으며 물었다.

"첫 아이예요?"

"네, 늦게 가졌죠."

여자도 따라 웃으며 말했다.

"오 개월쯤 됐나요? 이제 한숨 돌려도 되겠네요. 그건 그렇고 밤 좋아하세요?"

"네? 아, 네, 좋아하는데요."

"그럼 이것 좀 드셔 보세요. 사양하지 말고요. 뱃속 아가한테 주는 거니까요."

가즈코는 어쩔 줄 몰라 하는 여자에게 밤이 든 꾸러미를 억지로 건넨 뒤 집으로 돌아왔다. 문득 깨달았다. 이곳에서 오 년이나 살았지만, 이웃과 무언가를 나눈 것은 이번이 처음이라는 사실을.

십일월 초, 겨우 집수리가 끝났다. 가즈코는 다시 가네모리와 상의해 첫째 주 토요일과 일요일에 집을 공개했다. 이틀 동안 여섯 가족이 다녀갔지만 관심을 보인 건 한 가족밖에 없었다. 게다가 그 사람들도 실내를 둘러보며 비싸다는 말을 연발했기 때문에 기대하기는 힘들어 보였다.

아이들 학교 문제도 있기 때문에 내년 봄방학 중에는 마쓰야마로 이사를 가야 한다. 도시유키가 그 무렵에는 사택도 완공될 거라고 했다. 전화를 할 때마다 목소리가 지쳐 있었고, 역시 혼자 살기는 힘들다며 불평을 늘어놓는 일도 많아졌다.

집을 내놓았는데 누수 사고가 일어나 신경이 쓰였는지, 합의서에 서명하고 보험금이 나온 후에도 구도는 자주 데라이 가족을 찾았다. 별일 없죠? 항상 그렇게 확인하고 곧 돌아가 버렸지만, 아무래도 이쿠미는 이 잘생긴 청년에게 마음이 가는 듯, 그가 찾아오면 밖에도 나가지 않고 얌전히 집에 있었다.

십일월 중반에도 구도는 데라이 가족을 찾아왔다. 이날, 그는 보험 회사에 제출할 마지막 영수증에 필요한 인감을 받으러 온 것이었지만, 묘하게 어른스런 표정의 이쿠미가 계속 말을 시키는 바람에 쓸데없는 잡담으로 시간을 끌게 되었다.

그러던 중 우연히 대학 시절 이야기가 나오자 구도는 문득 생각났다는 듯 말했다.

"그리고 보니 전에 윗집 아사이 씨의 아드님이 와세다 정경학부에 다닌다고 했었죠?"

"네, 들었어요."

"우리 아빠도 와세다 나왔거든요."

이쿠미가 재빨리 말했다. 가즈코는 이쿠미를 흘겨보며 한쪽 눈을 찡긋했다.

"그게 좀 이상하더라고요……."

구도는 고개를 갸웃거리며 말했다.

"제가 근무하는 영업 본부의 본부장님 아드님이 와세다 정경학부에 다니는데요. 같은 3학년이라고 하기에 아사이 씨 아드님에 대해 물어봤죠."

그의 말로는 정경학부에 아사이 에이지라는 학생은 없다고 한다.

"명부가 있어서 확인해 봤다고 하던데요. 뭔가 착오가 있는 건가……."

"어쩌면 부모님 몰래 학교를 관뒀을 수도 있죠."

가즈코는 웃으며 말했다.

"에이, 설마요……."

"거의 집에 없는 것도 이상하잖아요. 보통은 대학생이 그렇게 자주 집을 비우진 않잖아요?"

"하지만 집 안은 깨끗했어요. 옷장 안도 깔끔했고. 욕실이나 부엌도 마찬가지고요. 마치—."

구도는 말을 흐렸다. 가즈코와 이쿠미는 호기심 어린 얼굴로 물었다.

"뭔데요?"

"뭐, 어머님이 깨끗이 청소하셔서 그런가 보죠. 어쩐지 사람 사는 집 같지 않고 조용하더라고요."

구도는 겸연쩍은 듯 웃으며 말했다.

구도가 돌아간 뒤 이쿠미가 다 마신 찻잔을 부엌으로 나르며 말했다.

"그러고 보니 엄마는 눈치 못 챘어?"

"뭘?"

"윗집 말이야."

"윗집 학생?"

"응."

이쿠미는 살며시 천장을 올려다봤다. 도배한 지 얼마 되지 않은 천장은 하얗게 빛나고 있었다.

"지금까지 윗집에서 발소리나 물 트는 소리 같은 거 들어 본 적 있어? 난 한 번도 없어. 대학생이면 밤에도 늦게까지 깨어 있을 텐데 말이야. 밤에도 쥐죽은 듯 조용하잖아."

가즈코도 천장을 올려다봤다. 새로 바른 벽지 말고는 아무것도 보이지 않았다.

며칠 후, 가네모리에게 연락이 왔다.

"좋은 소식이 있습니다."

그 말을 들은 가즈코는 벌떡 일어났다.

"집이 나갔어요?"

"네. 그것도 이쪽이 처음에 제시한 가격으로 구입하겠답니다."

"사천이백만에요?"

"네. 경제적으로 여유가 있어 보여서 처음에 그 가격을 제시한 뒤에 상황에 따라 더 깎을 수도 있다고 했거든요. 그랬더니 물건이 좋으니 그냥 그 가격에 산다더라고요."

한숨이 나오려 했다. 아사이 부인도 그렇고 이번 구매자도 그렇고, 이런 불경기에도 돈이 있는 사람은 있구나.

"어떤 가족인데요?"

"제가 만난 건 중년 부부였습니다. 주인이 물류 관련 사업을 하셔서 빌딩도 몇 채나 가지고 계신다더군요. 지금은 가와구치 시에 사는데, 그 맨션에 혼자 사는 대학생 아들이 걱정돼서 같은 곳으로 옮기려는 거라고 하시던데요. 아사이 씨라고 하시는데―어라? 여보세요, 사모님, 듣고 계십니까? 여보세요? 여보세요?"

"난 싫어."

수화기 너머에서 도시유키는 쓴웃음을 짓고 있었다.

"왜 이상한 데 고집을 부려."

"그렇지만 싫은 걸 어떡해. 그 아줌마, 재수 없단 말이야."

"원래 부자들은 다 그런 거야."

가즈코는 부루퉁한 표정을 지었다.

스스로도 왜 이렇게 싫은지, 화가 나는지 알 수 없었다. 아무 근거도 없이 이렇게 좋은 조건을 차 버리려 하다니 바보짓도 이런 바보짓이 없다.

하지만…… 참을 수 없었다.

열심히 일했는데, 나쁜 짓에는 손도 안 대고 성실하게 살았는데, 구입 시기가 나쁘고 매각 시기도 좋지 않아서 대출금이 산더미처럼 늘어났고, 그 때문에 이렇게 고생하고, 힘들게 물에 젖은 집을 치우고, 살 사람이 나타나지 않아 밤마다 욱신거리는 위를 부여잡고 잠이 들었다. 우리는 그렇게 사는데.

― 따님하고 아드님이 좋아할지 모르겠네요.

있는 척, 잘난 척은 다 하는 그 사람은 만두나 찐빵을 사 먹듯 태연하게 이 집을 사려고 한다.

"설마, 당신 마음에 안 든다고 거절한 건 아니지?"

"그러진 않았어."

"잘했어. 실은 연내에 한 번 집에 갈 것 같아."

"언제?"

"다음 주 주말에. 연초까지는 거기 있을 거야. 집 파는 건 내가 알아서 할 테니까 그렇게 하는 걸로 하자. 알았지?"

논리적으로 따지자면 도시유키가 옳다. 그는 언제나 논리정연하게 행동하기 때문이다.

"그렇지만 난 싫어."

"가즈코, 그만 좀 해."

"……내가 왜 이러는지 당신도 좀 알아 줘."

"애처럼 왜 그래. 차라리 이쿠미가 더 어른스럽겠어."

도시유키는 웃으며 그렇게 말했다. 가즈코는 수화기를 든 채 창문에 비치는 자신의 얼굴을 보았다.

일하는 여자의 얼굴이다. 하루에 네 시간, 마트에서 서서 일하는 여자의 얼굴. 몸단장이나 나이에 신경 쓰기보다는 아이들 뒷바라지나 하루하루 먹고사는 것을 우선시하는, 그렇게 살 수밖에 없는 여자의 얼굴이었다. 웃어 보았지만 얼굴에 이제 더 이상 젊음은 남아 있지 않은 것 같았다.

매매는 차질 없이 술술 진행되었고, 내년 삼월 말에 이사를 가기로 정했다. 지금까지 가즈코에게만 맡겨 두었던 게 미안했던지 도시유키는 부지런히 움직였다. 은행과 부동산을 오가며 서류를 준비하고, 적금 통장을 붙들고 끙끙댔다.

시간이 흐르면서 가즈코의 내면에 있던 아사이 부인에 대한 혐오감도 조금씩 사라져 갔다. 애초에 얼굴을 보고 이야기한 적도 한 번밖에 없다. 스스로도 오래 지속될 만한 감정은 아니었다는 것을 자각할 수 있었다. 남의 인생을 부러워해 봤자 아무 소용도 없는데. 그런 생각을 하며 쓴웃음을 짓기도 했다.

그렇지만 거래에 필요한 모든 절차는 남편에게 맡기고 아사이 부부와는 되도록 만나지 않으려 했다. 마음 불편할 일을 만들고 싶지 않아서였다. 그리고 도시유키가 이곳 생활을 정리하는 데 힘을 쏟고 있으니, 가즈코는 마쓰야마에서의 새로운 생활을 대비해야 했다. 바쁜 나날이 이어졌다.

이사 가는 날에는 관리인인 시라이뿐만 아니라 구도까지 나와 배웅해 주었다.

"무사히 끝나서 다행입니다."

구도는 한시름 덜었다는 듯 그렇게 말했다.

마쓰야마로 이사 온 지 한 달 정도 지난 어느 날이었다.

친척 중에 돌아가신 분이 생겨 가즈코는 혼자 친정을 찾았다. 남편이 이삼일 있다 와도 된다고 했기 때문에 그럴 생각이었다.

장례식이 끝난 뒤 가즈코는 시라이를 찾아갔다. 오 년 동안 신세를 졌는데, 이사할 때 제대로 인사도 하지 못한 게 마음에 걸렸기 때문이다. 마쓰야마 특산물이 뭔지도 아직 잘 몰랐고, 그냥 일반적인 물건이 좋을 거라는 생각에 선물로는 기쓰네 우동을 샀다.

시라이는 관리실 안쪽에서 무언가 통계 같은 것을 보고 있었다. 표정이 썩 좋지는 않았지만 가즈코의 얼굴을 보자 활짝 웃으며 인사했다.

"이게 누구세요. 잘 지내셨어요?"

"저번에는 신세가 많았습니다."

관리실에서 시라이가 내어 준 커피를 마시며 두 사람은 잠시 세상 돌아가는 이야기로 꽃을 피웠다. 그러던 중, 시라이는 문득 주변을 살피며 목소리를 낮추고 말했다.

"데라이 씨, 아사이 씨 기억하죠?"

"우리 집을 산 사람들이잖아요. 아들은 윗집에 살고요. 그때 물이 새서 얼마나 고생을 했는데, 그걸 어떻게 잊겠어요."

가즈코는 웃으며 대답했다.

"그 아드님 말인데요."

시라이는 한층 더 목소리를 낮췄다.

건물 현관 우편함 쪽에는 사람이 드나들고 있었다. 그 사람들의 눈과 귀가 신경 쓰이는지 시라이는 몸을 숙이며 속삭였다.

"그 집, 아들이 없답니다."

가즈코는 눈을 깜빡였다.

"네?"

"아들이 없대요. 처음부터 없었다더군요. 부부가 가와구치에 살

앉을 때부터 그랬대요. 그 사모님은 있지도 않은 아들을 위해 집을 사고, 가구와 생활 도구, 옷까지 사서 소꿉놀이처럼 엄마 행세를 한 거예요."

가즈코는 정신이 확 들었다. 구도와 이쿠미의 말이 떠올랐다. 803호에 사는 젊은 새댁의 말도 떠올랐다.

— 정경학부에는 그런 학생이 없다던데요.

— 발소리도, 물소리도 들어 본 적 없어.

— 배관 청소를 할 때에는 항상 어머님이 계시더라고요.

"뭐랄까……, 참 안됐어요. 이 맨션 특성상 모두 남들 사는 데에는 관여하지 않으니까 떨어져 사는 동안에는 숨길 수 있었겠지요. 하지만 같은 곳에 살면 언젠가는 들키게 되어 있잖아요. 여기저기서 소문이 돌기 시작하고, 나도 신경이 쓰여서 주인 양반에게 넌지시 물어봤죠."

집사람은 줄곧 있지도 않은 아들을 있다고 생각하고 있습니다. 아사이 씨는 그렇게 말했다고 한다.

— 가엾은 사람이에요. 집을 사고, 그 집을 청소하고, 아들을 위해 옷을 사고. 그렇게 해서 집사람 마음이 조금이라도 나아진다면 그냥 내버려두기로 했습니다.

이곳으로 이사하는 것도 아사이 씨는 반대했다고 한다. 주변 사람들에게 진실을 들킬까 봐 두려웠으리라. 실제로 조금씩 소문이 퍼지고 있었다.

— 아랫집에 물이 샌 뒤부터, 집사람은 에이지를 혼자 두었다간 또 그런 일이 생기면 어떻게 하냐면서, 우리가 옆에 있어야 한다고

고집을 피우지 뭡니까. 그래서 저도—집사람 뜻대로 해 줄 수밖에 없었습니다.

사정을 털어놓은 그는 모쪼록 잘 부탁한다는 말과 함께 고개를 숙였다고 한다.

"아들 말인데요, 처음부터 없었던 걸까요? 아니면…… 세상을 떠난 걸까요?"

"글쎄요, 저도 자세한 사정은 모르니까요."

파크 하이츠를 떠나 역으로 향하던 중, 가즈코는 길 반대편에서 집을 향해 돌아가는 아사이 부인의 모습을 보았다. 반사적으로 근처 우체통 뒤에 몸을 숨겼다. 가슴이 쿵쾅거렸다.

부인은 횡단보도를 건너 이쪽으로 다가왔다. 지나는 사람이 많았기 때문에 가즈코의 존재를 눈치 채지는 못한 듯했다. 밝은 프린트 블라우스에 하얀 바지, 어깨에는 보드라워 보이는 검은 가죽 가방을 매고 있었다.

부인이 이쪽 보도로 건너왔을 때, 일 미터 정도 거리를 두고 가즈코는 그녀의 얼굴을 보았다. 여전히 달걀 같은 매끈한 피부였다.

하지만 지금 가즈코의 눈길을 사로잡은 것은 부인의 눈이다. 그녀의 눈은 맑고 아름다웠다. 눈동자도 까맣고, 초점도 제대로 맞춰져 있었다. 제삼자에게는 보이지 않는 무언가를 향해.

투명한 눈빛이었다. 저 눈, 어디선가 본 적이 있는 것 같아. 가즈코는 그런 생각을 했다. 어딘가에서 본 기억이 난다.

부인의 입가에는 희미한 미소가 감돌고 있었다. 집으로 향하는 여자. 남편과 아들이 기다리는 집으로.

가즈코는 그 자리에 그대로 선 채 부인의 뒷모습을 바라보았다.

얼마 동안이나 그러고 있었을까. 그제야 생각이 났다. 저 투명한 눈빛이 무엇을 닮았는지.

그래, 물이다. 그때 천장에서 떨어지던 물이다. 손가락 사이로 흘러 내리던 차갑고 깨끗한 물. 벽을 타고, 바닥에 번져 마음을 싸늘하게 만들었던 그 물.

— 이번 일로 저희 아들이.

조용한 804호에서, 아무도 없는 그 집에서, 옷장을 열어 안에서 재킷을 꺼내 빗질을 하는 아사이 부인의 모습이 눈에 선했다. 그 웅크린 뒷모습과 손동작까지도.

그날, 천장에서 샌 물을 받은 손바닥이 아직도 차갑다. 그 감촉을 감싸 안듯, 가즈코는 가만히 두 손을 꼭 쥐었다.

초판 1쇄 발행 2010년 2월 26일

지은이　　　미야베 미유키
옮긴이　　　최고은

발행편집인　　　김홍민 · 최내현
편집장　　　　　임지호
편집자　　　　　박신양
표지디자인　　　이혜경디자인
용지　　　　　　화인페이퍼
출력　　　　　　한국커뮤니케이션
인쇄 · 제본　　　현문
독자교정　　　　교정인, 기은혜, 문소희, 배은형, Jacqueline

펴낸곳　　　도서출판 북스피어
출판등록　　2005년 6월 18일 제105-90-91700호
주소　　　　(121-130) 서울특별시 마포구 망원동 513 상암마젤란21 101-902
전화　　　　02) 518-0427
팩스　　　　02) 701-0428
홈페이지　　www.booksfear.com
전자우편　　editor@booksfear.com

ISBN 978-89-91931-64-0 (04830)
　　　978-89-91931-11-4 (세트)

책값은 뒤표지에 있습니다.
파본은 구입하신 곳에서 교환해 드립니다.